Ranshao De Heitudi

燃烧的黑土地

毛岸青在克山

高树理 ◎著

中国文史出版社

序

田晓平 *

　　长篇纪实小说《燃烧的黑土地》一书即将出版，受作者高树理同志诚邀作序，欣然应允。

　　此书用纪实小说的形式，记述了毛岸青同志在克山县参加七个多月土改的全过程。毛岸青是伟大领袖毛泽东的次子。一九二七年，父亲毛泽东领导发动秋收起义，并创建了井冈山农村武装革命根据地。母亲杨开慧留在长沙板仓坚持斗争，后来不幸被国民党反动军阀杀害。为躲避敌人的迫害，童年的毛岸青与哥哥毛岸英曾流落上海街头，颠沛流离，受尽了艰辛和屈辱。后被党组织找到，辗转送到苏联学习，并经受了反法西斯战争的历练。一九四七年八月，东北解放战争虽然取得了局部胜利，但铁路沿线的城镇和一些比较大的城市仍然控制在国民党反动派手中，同时继续大量增兵，大举进攻解放区，形势相当严峻。这时，毛岸青从苏联经满洲里回到中共东北局所在地——哈尔滨。

＊　本序作者时任克山县政协主席。

一九四七年十月初，在毛岸青主动要求下，经父亲毛泽东同意，毛岸青仍用原来的化名杨永寿，到条件较为艰苦的克山县投身到伟大的土改运动中，成为一名光荣而普通的土改工作队队员。毛岸青参加土改的主要任务是学习、锻炼和熟悉了解情况，他以共产党员的大无畏精神和坚强的毅力，克服了语言不通、生活不习惯、条件艰苦、气候恶劣等诸多困难。他善于学习，勤于思考，积极主动工作，及时指出和反映土改运动中发生的"左"的倾向，并认真予以纠正。同时，积极组织广大翻身农民种好新分的土地，为巩固新生的红色政权，做出了不可磨灭的贡献，深受克山人民的爱戴和怀念。毛岸青到克山参加土改运动，反映了毛泽东同志高瞻远瞩、心怀天下、一心为民的伟人风范和博大胸怀，也展现了毛岸青平凡与普通中的高尚情操和优秀品质，为我们留下了闪光的历史足迹和宝贵的精神财富，是激励克山人民奋勇前行的不可多得的红色资源。为了缅怀毛岸青同志为克山做出的历史贡献，我县于2008年建立了毛岸青纪念馆，成为红色革命传统教育基地。

高树理同志是土生土长的克山人，曾在曙光乡、涌泉林场、县劳动局工作过，对克山有着不可释怀的桑梓情结。他怀着对伟大领袖毛主席的深厚感情和对毛岸青同志的崇敬之心，为实现弘扬红色传统和宣传家乡的夙愿，退休后不顾身体多病，收集查阅了大量相关资料，拜访了多位健在的土改老干部，到毛岸青同志曾工作过的地方进行调查研究。历时两年时间，笔耕不辍，完成了书稿创作，精神令人敬佩。尤其是他用多年积累的文字功底和东北地方独特的语言风格，描写了毛岸青同志在克山参加土改运动的感人经历，再现了峥嵘岁月里革命前辈们为了全中国的解放，建立和巩固东北根据地的斗争场景。

克山有着光荣的革命历史。日寇侵占东北时期，是当年抗日联军主要活动区域。抗日联军曾夜袭克山县城，两次智取北兴镇，端掉刘大柜伪警察所，狠狠打击了日伪军的嚣张气焰，鼓舞了人民群众的抗日热情和必胜信心。在解放战争中，克山人民在共产党领导下，踊跃参军，积极支前，为解放东北和全中国，巩固新生的革命政权做出了重要贡献。这红色的历史已载入史册，永远铭记在克山人民心中。我相信，《燃烧的黑土地》一书的出版，必将进一步丰富克山红色文化的内涵，为我们更加深切地缅怀先烈、牢记历史、传承红色革命精神提供了强大的精神动力。

　　谨以此序向《燃烧的黑土地》一书出版表示祝贺。

目　　录

第一章
他，来到北大荒一个偏僻的屯子

一九四七年十月上旬的一天，日头渐渐升高，一辆二马车出了县城东门，沿着铁路线北侧土路前行。车厢和车轱辘是结实木头做的，两个轱辘之间安着铁轴，轱辘上面上的铁瓦，显得又笨又沉。车上坐了六个人，除金浪白、杨永寿、孙大壮之外，还有两位省、县土改工作队队员和金浪白的警卫员。这一年初冬冷得早，加上昨晚下了一场大雪，又增添了几分寒意，坐在车上的人都裹紧了羊皮大衣或棉大衣。

马车慢悠悠地向前走着，金浪白向车上的人讲起克山县的一些情况。克山原称"三站"，于民国四年（一九一五年）正式建县。克山地处小兴安岭南麓，嫩江平原东北边缘。一九三二年六月六日日本侵略者占领克山，其间中国共产党领导的抗日联军和其他爱国军民不断奋起反抗。一九四五年八月八日，苏联红军对日宣战，进军中国东北，八月十五日日本宣布投降。这时东北的局面非常混乱，凡是苏军占领的中小城镇，都由随军做向导和参战的抗日联军负责接收，其他地方有原伪政权人员组织自治的，

1

有所谓改编的伪满洲国部队打着国民党的旗号接管的，还有土匪乘机占领的。一九四五年九月初，苏军设立的北安卫戍司令部派抗联干部钮景芳、朱学成去克山。他们与克山的地下党组织一起开始接收伪政权，遭到所谓临时维持会的拒绝。十一月十六日，黑龙江省工委派汪滔、尹之家、张同舟、韩玉等六人，率一个班的抗联战士由省会北安进驻克山，与先期进入的同志组成克山县工作委员会，十一月二十一日宣告克山县人民政府成立。人民政权建立之后，立即积极组织和发动群众，组建人民武装，与日伪的残余势力进行了斗争，配合主力部队开展了大规模的剿匪行动，使大小股土匪土崩瓦解，治安情况逐渐好转。同时，积极培养了一大批苦大仇深的贫苦农民，为建立区、村政权和开展土地改革运动做好准备。一九四六年七月，省工委派金浪白同志带领十八名工作队员进入克山，与县工委一起按照省工委的要求，逐步建立了十五个区和二百多个村级政权，开展了轰轰烈烈的反奸除霸斗争和减租减息运动，并将日伪强占的军事用地和日本开拓团①开垦的土地，无代价地分配给无地的穷苦农民。同时，按照政策规定，根据每户的经济状况，特别是所有土地、房屋、耕畜、农具及其他资产情况，经个人申报、农会审核、群众大会评议，划定了地主、富农、中农、贫农、雇农五种农村阶级成分，有的地方还把中农分为上、中、下三等。这样一来，穷苦农民初步得到翻身，更加热爱共产党，热爱新政权，掀起了送亲人参军和开展大生产的热潮，以实际行动支援东北解放。

金浪白指着右侧告诉车上的人，这条铁路从克山县城城南东西穿过，往东一百二十多里到黑龙江省省会北安，逐渐向南经海

---

① 【开拓团】kāi tuò tuán 指日本占领东北后，组织本国民众团体在那里新开垦大片土地。开荒者，也是开拓者，所以称之为开拓团。

伦、绥化、呼兰到达现在东北局所在地哈尔滨；向西三百里左右经依安、富裕到达齐齐哈尔，是现在的嫩江省省会。再往东走前面那个屯子叫郭家，有火车站，属克山县的郑家区管辖。过了郭家再往东就是克东县的宝泉镇，克东县城不通火车，乘火车或运送物资就得到宝泉镇。郭家和宝泉是半林区，往东北方向更是地广人稀。郑家区处于克山、克东、德都三县的三角地带，区政府所在地郑家窝棚距克山县城二十多里。抗日战争时期，抗联曾在这一带开仓放粮救济贫苦农民，特别是抗联打拜泉、夜袭克山，战斗胜利结束后，都是经过这里返回德都县朝阳山根据地的。郑家区也是光复后共产党最早建立人民政权的地方，这里与全县一样开展了反奸除霸斗争和减租减息工作。可是，前些时候县委（随着形势发展，省工委、县工委已改为省委、县委）领导和金浪白听到一些反映，说是郑家窝棚的恶霸地主郑大头还在作威作福，减租减息也未真正实行。金浪白带领工作队这次来，就是要进一步发动群众，摸清情况，彻底解决"夹生饭"问题。

还没等到郭家，马车就往偏东北方向拐去，进入了半丘陵地带。杨永寿四处一看，漫山遍野白茫茫，阳光照在雪地上明晃晃的。路上几乎没有行人，只有野鸡、沙半鸡、兔子、狍子、狐狸、狼寻食的足迹。偶尔路过稀疏的树林或榛柴岗，没有落尽的树叶在微风中摇晃。灌木上挂着暗黄色的榛子，还有叫不上名的红的紫的果实，在白雪的映衬下显得非常好看。

路上的雪有些化了，越来越难走，马车的速度自然更慢了。省工作队的老王和县工作队的小李他俩穿的是布棉鞋，赶紧从车上跳下来，边跺脚边说："刚进冬天就这样冷，脚冻得像猫咬①。"

---

① 【猫咬】māo yǎo 比喻像猫咬一样钻心难忍的疼痛。

3

杨永寿和孙大壮穿的都是翻毛军用大头鞋，只不过杨永寿是从苏联带回来的，孙大壮是东北局警卫团发的，一看就是缴获日本鬼子的东西。其实他俩是昨晚换上的，还没感觉冻脚，只是有些凉，腿坐久了有点发麻，也下来走一走。四个人一下来车就轻了，车老板一声吆喝，马车跑了起来，车下的人也跟着跑。可能与路滑有关，只一会儿工夫，老王、小李和杨永寿就累得气喘吁吁，只有孙大壮显得轻松些，不愧是干过抗联的。

"快上来吧，落远了就会喂'张三'了。"在马车上一直未动的金浪白招呼了一声。

马车稍微慢了些，四个人赶忙爬上来，这一跑浑身暖和多了。

"还是我们俩的靰鞡①好吧，轻便、结实又扛冻。"金浪白说他自己和警卫员小王。

"我家里人也有穿的，暖和是暖和，就是天天得炕乌拉草②，絮乌拉草也太费事。"小李看着他俩的靰鞡说。小李叫李春海，家住克山县城，爷爷和父亲都是木匠，临街开了一个小木匠铺。他是县伪满国立高等中学（简称"国高"）的学生，因不满日本侵略，参加了学校党的外围组织，晚上跟着贴了几次标语。有一次差点被日本的巡逻兵撞上，吓得他一周未敢上学。

"我俩根本没有用乌拉草，自己缝了一双狗皮袜子套在脚上，

---

① 【靰鞡】wù la 过去东北地区满族、达斡尔等狩猎民族冬天穿的一种鞋，用牛皮缝制而成，里面垫乌拉草，后来农村汉族人也普遍穿它；也可写作"乌拉"。

② 【乌拉草】wù la cǎo 即东北荒草甸子上长的一种红根的草。它的纤维既长又韧，立秋后趁青割下来晾干，留到冬天，用木槌捶绵软，絮鞋絮靰鞡非常暖和。旧时，它和人参、貂皮并称为"关东三宝"，如今它早已完成其历史使命。

你说能冷吗。而且靰鞡底宽又轻，走在雪地上不陷不滑，好着呢。过些天再冷了，把缝的两个鹅毛垫子包在脚上，穿时也不费事，咋冷的天都不怕。"没等金浪白吱声，警卫员小王抢着回答。

杨永寿用胳膊肘碰碰孙大壮，悄声问："哪位叫'张三'？"

他的声音虽然很小，但大家还是听到了，引起一阵大笑。笑过之后，孙大壮告诉他，这地场人都把狼叫"张三"。

"快看，快看，跳猫！跳猫！"李春海喊道。孙大壮掏出手枪瞄了瞄，又放回枪套里。顺着孙大壮的手势，杨永寿看见一只灰色的兔子钻进了林子，明明是兔子，怎么叫跳猫？

又走了约十来里地，到郑家窝棚已是日头偏西。

区政府在屯东头一个小四合院内，一面青的六间房，原是伪满时期郑家区政府盖的。金浪白他们刚一下马车，就从屋里走出一个人来，赶紧接过金浪白的行李说："昨天县里刚散会，我还以为等几天才来呢，金政委还是老八路的作风，雷厉风行。"说着就往屋里让。杨永寿觉得这人有些面熟。

这六间房是偏中间开门，一进门是灶房，一边一口大锅。东屋是三间连着，一进去是区农会和妇女会办公室，里面两间是区长、副区长办公室；西屋外面一间是区自卫队值班室，里面是自卫队长、副队长办公室。区自卫队四十来人，按屯子分三个小队，平时派一个小队的五名队员轮流值班，其他队员在家劳动，也负责本屯子的治安，有紧急情况就集中活动。

进了区长办公室，抖掉帽子上挂的霜，坐定后，金浪白介绍说："这是赵振海副区长。"

正是刚才在门口迎接他们的那个人，杨永寿想起来了，在县委召开扩大会时见过，挺爱发言的。看样子有三十多岁，中等身材，不胖不瘦，椭圆形脸，眼睛不大不小，只是嘴唇有些薄，与

5

整个脸不太协调。但细看那眼睛，一眨一眨地闪着一种光亮。身上穿着普通的棉袄棉裤，上身套的却是羊羔皮缎面坎肩，脚上穿着用狍皮缝的其卡米①，戴的貉壳帽子，显出与众不同。这时，赵副区长已让伙房的大师傅烧了半锅开水，张罗着用大海碗舀水，弯腰时露出匣子枪的红带子。

一碗开水下肚，浑身顿时暖烘烘的。

"老赵，我们工作队今晚住在这里，晚饭后区领导一起开个会。明天就都住到老百姓家去，区政府有伙食点，平时在区上吃，就是家常便饭。"

虽然金浪白有交代，晚饭是小米干饭，还是搞了两个菜，炒土豆丝和白菜炖冻豆腐，还放了几片肉。赵振海边端菜边说："没啥好嚼裸②，将就吃吧。"

说完用眼角一扫，发现金浪白脸色不太好看，就蔫不唧③地端着碗溜到一边去了。也许是饿了，杨永寿、孙大壮几个却吃得分外香。

刚吃完饭不大一会儿天就黑了，区政府领导陆续地来了，区指导员和区长分别从范家岗和月亮泡赶回来。

会议由区指导员耿均主持（那时党组织和党员还处于秘密状态，区委书记对外称指导员，一般由省、县派的工作队人员担任；县委领导对外称政委），他先请金浪白讲讲。

"不了解情况讲什么哪，这次来就是解决郑家窝棚的'夹生

① 【其卡米】qí ka mǐ 鄂伦春、鄂温克、达斡尔等少数民族猎人冬天穿的皮靴。它的靰筒子较矮，用狍腿皮熟后毛朝外缝制，以狍脖子皮、鹿皮或犴皮等毛朝里做底，内有狍皮袜子，穿起来轻便、保暖、不打滑，适合在大雪窠子和冰面上行走，东北地区汉族也有人穿。

② 【嚼裸】jiáo guo 比喻好吃的食物。嚼，咀嚼，用牙齿磨碎食物；裸，裸子，旧时糕点的统称。

③ 【蔫不唧】niān bu jī ①形容人情绪低落、精神不振的样子。②悄悄地。

饭'问题，先请你们谈谈情况。"金浪白单刀直入地说。

区长杜义首先简要汇报了区政府所属十四个村（大致是将二三个邻近的自然屯划为一个村）的情况，当讲到郑家窝棚村时，不自然地挠了挠头。他说，郑家窝棚村很特别，村长黄广富是地主，还是伪满时期郑家区区长，但他带头减租减息，并拿出粮食无偿救济揭不开锅的贫雇农，主动借给分到开拓团土地的农户种子和耕畜、农具，群众没有到区政府告状的，工作还算过得去。你说好吧，又没有像其他村穷人闹翻身的那种景象。他检讨了区政府，特别是他本人有求稳怕乱的右倾思想，相信和依靠贫雇农不够，尤其是去年受到县工委表扬后，产生了自满情绪，干事没有过去主动和深入了，忙于事务性多，对郑家窝棚村过问得不够，如存在问题，他承担主要责任。

"一提黄广富我就气不打一处来，他那是狗戴帽子——装人，他要是好人，世上就没坏人了！"杜义话音刚落，区妇女会主任刘玉兰就愤愤地说。

"你是有个人成见，咱当干部的说话办事要有根据，讲公道，不能不管不顾地乱说。"赵振海赶紧打断了刘玉兰的话头。

"公道，黄广富欺压穷人从不讲公道，现在在郑家窝棚谁敢说黄广富个'不'字，他还不是黑瞎子打立正——一手遮天，郑大头就是依仗他！"刘玉兰激动得脸有些红了。

赵振海是话里有话，他指的是刘玉兰曾给郑家窝棚西烧锅老财东、大地主郑大头的二儿子当过童养媳，黄广富与郑大头是连乔①。那是一九四〇年腊月，刘玉兰的父亲得了伤寒病，东挪西借地治病，最后把家里的粮食都卖了也没治好，刚开春人就没

---

① 【连乔】lián qiáo 姐妹的丈夫之间的姻亲关系，又称"连襟"。此词的由来很明确，人们都知道孙策和周瑜分别娶了乔公的女儿，即大乔和小乔。那么孙、周二人除了君臣关系又有了姻亲关系，就是"连乔"了。

了。家里已穷得叮当响，用什么发送①她爹？日子怎么过？正在刘玉兰母女一筹莫展的时候，区长黄广富登上门来，说是郑大头看上了刘玉兰，只要同意给他二儿子当童养媳，郑大头就负责葬了她爹，并给她母亲和妹妹二石苞米。都知道郑大头的二儿子有羊角风病，刘玉兰从心里不愿意。但看母亲唉声叹气的样子和哭哭啼啼的妹妹，一咬牙就到了郑大头家。那年她十三岁，小女婿才七岁。刘玉兰不但人长得周正，也比一般女孩长得高，在郑家洗衣做饭，喂猪鸡鸭鹅。忙死忙活干了四年，日本投降了，共产党来了。一九四六年春天，在县工委工作队的帮助下，刘玉兰脱离了郑大头家，帮助工作队组建妇女会。工作队一看刘玉兰苦大仇深，泼辣能干，有股天不怕地不怕的劲，就重点培养她，并发展她入了党。区妇女会组建好以后，就让她担任了主任。

金浪白一看要争吵起来，抬起手来示意不要吵，说："其他同志再发表一下意见。"

"我看郑家区的工作去年是不错的，那时贫雇农没地的有地了，租子也少交了，不但肚子吃饱了，人过日子也有劲头，政府怎么说就怎么干。妈拉个巴子，从今年以来就有些变化，特别是郑家窝棚的群众没那样高的热情了。我也琢磨过，问题出在哪里呢？还是地主郑大头的势力没有从根本上被打倒，表面上看像老实了，其实还很洋棒②。"农会主任吴老贵叼着巴掌长的烟袋高声说。

---

① 【发送】fā song 特指办丧事，把去世的长辈依照殡葬礼仪送到祖坟茔地去埋葬。

② 【洋棒】yáng bang 神气和霸道的意思。"洋棒"本是警棍的俗称，比喻像旧时的警察拿着警棍走上街头巡视执法一样，非常得意、神气和霸道。

"要说'夹生饭'，就是郑家窝棚村。郑大头既种地又开烧锅，富得流油。郑家，郑家，姓郑的是屯里大户，亲戚连亲戚势力很大。黄广富在伪满时期当过甲长、井长、村长、区长，缴出荷粮和抓劳工、派官差，日本人的事他都跑在前，还弄了个模范村长，可老百姓没少遭他祸害，他也从中捞了不少黑心钱。现在我们让他当村长，郑大头有了撑腰的，穷人还是敢怒不敢言，别的村也受到影响。"说话的区自卫队队长是个二十刚出头的年轻人，他叫牛春山，去年春天在减租减息热潮中参加了民主联军。到了前线打了几仗，因作战勇敢连续两次受到嘉奖，在今年六月第二次打四平前光荣地入了党。在那次战斗中，他端着冲锋枪冲到一栋楼房的墙角下，敌人扔下的手榴弹炸伤了他的左胸和右腿，被转到克山军民医院治疗（由于当时前线战事越来越激烈，伤员不断增多，东北局将克山县医院扩大为军民医院）。两个月后，牛春山虽然伤口好了，但左胸肋骨间有一块弹片却未取出来，不能再上前线打仗了。正好郑家区自卫队队长调县武装大队任副大队长，他就接了区自卫长这个职务。

"春山，可不能那样说，黄广富掩护过抗联干部，带头减租减息，热心为群众办事，又有能力，当时是作为开明士绅来对待的，所以让他当了村长，工作还是不错的。"赵振海瞅瞅周围的人接上话说。

"妈拉个巴子，黄广富与我不是一个屯，但离得很近，对他也知道个不大离儿①。他掩护抗联一个受伤的中队长是真的，日本投降后这个中队长还专门来感谢他。但黄广富这个人是豁牙子

---

① 【不大离儿】bù dà lír 差不多或不错的意思。

9

啃西瓜——尽道儿，伪满洲国时，他总是在背后出主意，鼓捣别人去干坏事，自己愣装好人，有时还两边讨好。妈拉个巴子，对这人还真得好好纳磨纳磨①。"吴老贵在炕沿上磕磕烟袋补充说，看来"妈拉个巴子"是他的口头语。

"大家都说了，基本情况就是这样。我来的时间短，一些情况了解得还不那么清楚。主要问题是我的思想落后于群众，总想把事情办得稳妥一些，怕群众闹起来不好领导乱了套。也觉得穷人也有地种了，重点是搞好生产，改善群众的生活。金政委，这次在你的领导下，我们一定按照县委的要求把工作做好，把郑家窝棚的问题搞清楚。"耿均原是县土改办公室副主任，前任区指导员乔晓波调走了，他刚来不到俩月。

在参加会议过程中，杨永寿因汉语，特别是普通话讲不好，没有发言。他看到十几个人能记录的不到一半，用蘸水钢笔一笔一画地写，写几个字就要到墨水瓶里蘸一下。不会写的坐着听，叼在嘴里的短烟袋一个劲地吧嗒，喷得满屋是烟，有一人咳嗽，满屋响成一片。金浪白炯炯的目光慢慢地从大家的脸上扫过，虽然挂在柱子上的马灯不太亮，但每个人都觉得那眼神厉害。

从一九四五年毛主席到重庆谈判，实现国共第二次合作，谈到国民党反动派撕毁停战协议，悍然挑起内战，进攻延安和山东解放区，抢占东北。金浪白讲到这里特别指出，人民长期受三座大山的压迫，要求建立一个和平民主的国家，把希望寄托在共产党身上。从全国形势看，逐步向有利于我们的方面发展。现在正是国共两党决战前的关键时期，重点是东北。我们要想取得决定

① 【纳磨】nā mo 寻思、琢磨。纳，本读 nà，在"纳闷"中有怀疑、诧异的心理活动，具有思考的义项；磨，琢磨，思考。

性的胜利，必须建立巩固的根据地。东北百分之八十的农村已建立了人民政权，但这还不够，要把恶霸地主彻底打倒，让贫雇农真正翻身当家做主，这是我们当前的主要工作。他要求大家要把解决郑家窝棚的问题放在全局来看，作为建设和巩固新政权的大事来抓。金浪白虽然声音不高，但讲得非常深刻有力。他提出，明天工作队和部分区领导要蹲到郑家窝棚，先把情况搞清。

讲到这里，金浪白严肃地说："咱们在座的都是共产党员，一定要在复杂的阶级斗争中保持清醒的头脑，站稳阶级立场，与明的暗的阶级敌人进行坚决的斗争，经受住考验。"

听完这话，赵振海知道自己今晚不该为黄广富说话，而且说多了，心里有些后悔。

"玉兰，咱们一起走吧。"散会时，赵振海有些讨好地对刘玉兰说。

"你家在屯东头，我家在西头，走不到一起去。"刘玉兰话音里仍带着气，一甩剂子①就往外屋走去。

"我俩正好路过，顺便将玉兰送到家。"吴老贵在后面接过话头。

"谁也不用送，这点路我敢走。"刘玉兰话音刚落就推开门钻进夜色中。

屯子里传来一阵狗吠声，此起彼伏。

第一次到东北的农村，也是第一次参加农村干部会，从大家的发言中杨永寿感到斗争很复杂，黄广富是什么样的人呢？他有

---

① 【甩剂子】shuǎi jì zi 因发脾气而甩手不干工作了。剂子，本义是从准备包饺子、蒸馒头用的长条面上揪下的一个个面疙瘩，一般是揪一个就甩出一个，然后再进行下一道工序。

些划浑儿①。

杨永寿躺在火炕上翻来覆去睡不着，越睡不着越想起自己过去的一些事。

他一九二三年生于湖南长沙，一直跟着父母在上海、广州、武汉等地颠簸，直到大革命失败。一九二七年党的"八七"会议后，父亲赴湘赣边界组织农民暴动，母亲带着他和哥哥杨永福、弟弟杨永泰住在长沙板仓姥姥家，母亲继续坚持秘密斗争，三年后被国民党反动军阀逮捕杀害。在中共地下党组织的安排下，他们兄弟三人被秘密转移至我党开办的上海大同幼稚园，在此期间，弟弟不幸病故。不久，上海地下党组织遭到严重破坏，大同幼稚园解散。杨永寿和哥哥被迫流落街头，靠卖报、推车、捡破烂儿艰难度日，受尽了屈辱。一九三六年，地下党组织在上海的一座破庙里找到流浪五年之久的杨永寿哥俩，被辗转送到苏联学习。一九四五年八月，全世界反法西斯战争取得彻底胜利，哥哥先行回国，杨永寿继续留在苏联学习。直到一九四七年八月，经父亲同意，杨永寿坐火车经满洲里到达哈尔滨，就住在中央妇委书记兼东北局妇委书记的蔡畅家中。李富春叔叔和蔡妈妈给他介绍中国革命的进展情况，支持他参加哈尔滨共青团组织的一些革命活动，并介绍他加入了中国共产党。李富春本打算先送杨永寿进中学学汉语，学一段时间后留在东北局做俄语翻译工作。可是，有一天杨永寿从蔡畅口中听说，黑龙江省委要在克山县进行土地改革试点。他觉得这是自己学习锻炼的好机会，就坚决要求

---

① 【划浑儿】huà húnr 有些糊涂，产生疑惑，说不准了。浑，本义是水浑浊，引申为糊涂，不明事理。

到克山参加土改工作，决心在农村阶级斗争的革命风浪中好好提高自己的工作水平，同时也能跟身边的同志学习汉语。就这样，十月二日杨永寿与孙大壮坐了将近一天的火车，从哈尔滨来到黑龙江省省会北安。杨永寿他俩参加了黑龙江省委扩大会议，散会后随克山县的领导来到克山，又参加了两天县委扩大会议。这次县委召开的会议，就是按照东北局和黑龙江省委关于克服和纠正右倾思想，进一步放手发动群众，斗恶霸，砍大树，煮好"夹生饭"。在此基础上，认真贯彻落实中共中央颁布的《土地法大纲》，深入进行土地改革，由过去的减租减息变为没收地主土地分配给农民的政策。这是中国历史上破天荒的大事，意义极其重大。

这次能来郑家窝棚，还是主动争取的。县委扩大会议散会的当天晚上，全体土改工作队队员开会，金浪白将去古北区和郑家区的人员名单宣布之后，杨永寿和孙大壮一听没有他俩的名字，心里那个急呀，孙大壮几次要站起来问话，都被杨永寿摁下去了。一散会他俩就急忙跑上前去，没等张口，县委书记汪滔就笑着说：

"县委领导研究了，你俩留在县土改办公室，搞搞资料，跟着尹县长了解一下面上的工作情况。"

"我不识字，坐办公室写写算算是赶鸭子上架，我根本干不了，要是抓汉奸土匪、斗地主，我肯定行。"孙大壮抢先说话。

"我们考虑你俩是东北局下来的，蹲在一个点上了解情况不全面，再说杨永寿同志是南方人，又刚从苏联回来，这里天气寒冷，农村生活相当艰苦，怕一下子适应不了。"汪书记解释道。

"我是来学习锻炼的，就应该到斗争最激烈、生活最艰苦的地方去。"杨永寿因口语问题说得很慢，但很坚决，一双亮亮的眼睛盯着汪书记。

汪滔转过脸来看看金浪白，金浪白点点头，两人低头小声说了几句，金浪白站起来拍拍杨永寿的肩膀说："好，好，明天跟我去郑家。"

其实事情并不那么简单，昨晚县委领导开会结束时就提到杨永寿他俩的工作安排问题。有的同志认为，一个年轻人来参加土改，随他一同来的孙大壮像是给他当警卫员的，杨永寿肯定不一般。还有人提出杨永寿母亲是烈士，作为烈士子女能被党组织送到苏联学习，他父母一定是老革命，他父亲可能在中央担任领导职务。说到这儿，大家都担心杨永寿的安全问题，有人还提出在土改工作中要注意，搞不好杨永寿会把情况直接报告给东北局或党中央。

张同舟听了大家的议论，挠挠头说："我在延安工作时间较长，我认识中央高级干部中姓杨的有杨尚昆、杨献珍、杨成武、杨得志，但他们的子女没有去苏联学习的呀。"

县委书记汪滔说："省委王书记一再叮嘱要保护好杨永寿的人身安全，我们还是注意为好。"就这样他俩最初被安排在县土改办公室工作。

想着想着，杨永寿迷迷糊糊地睡着了，睡在克山县偏东北方向——北大荒一个偏僻屯子里的土炕上。

14

第二章
他惊叹，怎么这样贫穷、落后

"啪、啪、啪"，一阵敲门声将田大柱惊醒，"谁呀？"

"我，赵振海。"一听是赵副区长，田大柱赶忙披上棉袄去开院门。听见响动，上房的灯也亮了。

"进来吧！进来吧！"随着"吱呀"一声，黄广富的声音从半开的上房门内传来。

"不了，不了。"赵振海紧走几步，就在外屋门口俩人阒阒①了一阵子。

赵振海走后，田大柱关好院门，回屋躺下想，这赵副区长深更半夜的来找东家干什么呢？

田大柱原是辽宁康平县人，父子俩相依为命。一九四一年初秋辽河上游发大水，家里租种的土地颗粒无收，父亲一股急火得了头晕症，无钱医治，熬到秋后就咽了气。临终前父亲嘱咐他到

---

① 【阒阒】qū qū 用外人听不到的极细小的声音交谈，又称"阒阒话"。阒，本音 qù，形容寂静，没有声音；方言变读为阴平 qū，意思为外人听不到（寂静）的极细小的声音。

15

黑龙江克山郑家窝棚找小叔去，也许能有一条生路。那年他十二岁，一路要饭走了一个多月才到郑家窝棚，一打听小叔两年前被抓了劳工，去孙吴给日本人挖山洞。一年后有逃回来的人讲，山洞要完工时，田大柱的小叔从一个监工的中国人那里听说，这个空空的大山洞是日本人存放武器弹药的，为了保密，完工后日本人可能要对他们下毒手。田大柱的小叔是那帮人的主心骨，商量着无论如何也要逃出去。一天半夜时分，他们偷偷撬开住的房门，用铁锹将两个日本哨兵撂倒，田大柱他小叔就指挥着人们往山里跑。刚跑到林子边，日本兵就追了过来，枪声响成一片，人们借着探照灯光看见，田大柱的小叔与后面的几个人倒下了，进山的一百来人都逃了出来。这样一来，田大柱的小婶在郑家窝棚无依无靠，只得带着孩子去哈尔滨南边投靠亲戚去了，究竟去了什么地方，谁也不清楚。

这可怎么办哪？死冷寒天的，一个十二岁的孩子不得活活饿死冻死吗？那时的黄广富已当区长好些年了，有好心人求黄广富救救这个孩子。黄广富又龇牙花子又皱眉头，拿捏①半天说："这孩子也真怪可怜的，谁让我当区长了呢，我这个人又心软，没办法，我家先养活着他吧，等找着他的亲戚再走我也不留。"田大柱就这样留在了黄家。一开始是放他家的五头猪，春夏秋主要是到野外放，还要割猪草起猪圈，冬天烀猪食、喂猪。家里的零活如扫院子、抱柴火、扒火倒灰等，他也得干，一天忙得团团转。后来大一些就跟伙计一起下地干活，先是半拉子②，后来就干整趟子③活，晚上还要喂牲口。冬天长工散了，他就赶车，侍弄牲

---

① 【拿捏】ná niē 也可说"拿扭"。①扭捏。②刁难，要挟。

② 【半拉子】bàn lā zi 旧时东北农村穷人家的男孩子去地主家扛大活（当长工），只能干大人一半的活、拿一半的工钱，也就是顶半个劳力，就叫"半拉子"。

③ 【整趟子】zhěng tàng zi 与半拉子相对应，就是跟着打头的干一样的活。

16

口，干零活。一晃五年多了，田大柱没好意思提工钱的事。去年工作队来时，给田大柱分了半垧日本开拓团的地，黄广富也给种上了。黄广富一再说我都记着哪，还张罗给田大柱说媳妇①。

第二天一早，黄广富吩咐村协理员把他家，也就是村办公室收拾一下，让田大柱把炕烧得热热的，说是工作队要来住。可是，等到日头都正南了还没见人影。黄广富沉不住气了，在院子里转了一会儿，就到区政府去找。赵振海告诉他，工作队上午就带着行李进屯子了。

今早吃完早饭，工作队要住到屯子里去。金浪白考虑到这里贫雇农的生活非常苦，条件也特别差，杨永寿是在南方和苏联长大的，他不仅是烈士后代，又是留学的知识分子，得找个差不大离儿的人家住。把这个想法与杨永寿一讲，杨永寿坚决不同意，一定要与大家一样，住到最困难的穷人家去。金浪白虽然嘴上那样说，心里还是很喜爱杨永寿的做法。于是，金浪白将人分成两组，他和省工作队老王、警卫员住在一起，与区指导员耿均重点找郑家区、村干部谈话。李春海、杨永寿、孙大壮住在一起，由刘玉兰领着访贫问苦，重点了解郑家窝棚村的情况。因杨永寿、孙大壮主要是来学习和锻炼，就让李春海负责他们那组的工作。

很快，刘玉兰将杨永寿三人领到后街一座马架子②前。

杨永寿还从没见过这样的房子，尖尖的房脊是南北顺着的，东西两面是房坡。坡下的土墙矮矮的，紧贴着西墙是一人高的烟筒，下面地上还有一些残存的积雪。房子前后呈三角形，前高后低。前面开着窗户和门，歪歪斜斜的窗户和门上糊着窗户纸，门

---

① 【说媳妇】shuō xí fu ①旧时父母包办给男孩子定亲事。②娶媳妇。在词语中，"说"特指娶的意思。

② 【马架子】mǎ jià zi 东北特有的南北走向低矮简易的泥草房，又叫"马架儿"。

上的纸已经破了，用一块破麻袋片挡着。窗前是菜园子，一条便道直通房门。

刘玉兰手扶着菜园的柳条障子喊："二栓子！二栓子！"

听见喊声，一条黄狗从东边的柴火垛里钻出来，"汪、汪、汪"地叫起来，这时一个半大小子开门出来吆喝住了狗，并用手摁住黄狗的脑袋。

"兰子姐呀，什么事呀？"叫二栓子的问。

刘玉兰没说什么，让李春海他仨等一会儿，开门进到屋里，转眼工夫就转身出来招呼他们进去。

一进屋就觉得屋子太暗了，杨永寿适应一会儿才看清楚。外间是灶房，里屋南北两铺炕。二栓子帮他们将行李放在北炕，回身看见南炕炕头坐着一位老人，守着泥火盆抽烟，炕上卷着两个行李卷，油渍麻花①的，炕席不知铺了多少年，已不成样子，有的地方还露出窟窿。地上一口酸菜缸上压着石头，散发着一股酸溜溜的味道。二栓子爷俩穿的棉袄棉裤打着补丁，袖口已磨破。

"大爷，别下炕了，工作队的同志也不是外人。"看到来生人了，炕上的老人起身要下地，刚一动就咳嗽起来，刘玉兰赶忙拦住。

"我爹齁巴②好几年了，一到冬天就蝎虎③。"二栓子边说边把炕用笤帚简单划拉划拉，放好行李，李春海他们就随刘玉兰去

---

① 【油渍麻花】yóu zi má huā 衣服上一块一块地沾着油乎乎亮光光的油渍的样子，显得很肮脏。麻花，本是油炸食品，这里是比喻像麻花似的一疙瘩一块的油光闪亮的样子。

② 【齁巴】hōu ba 指患了气管炎、肺气肿的病人，平时总是齁喽气喘，咳痰不止，失去了劳动能力。过去东北农村由于劳动强度大，加之天气严寒，中老年患此病的人很多。

③ 【蝎虎】xié hu ①这个词由毒虫猛兽组合成，表示厉害、严重的意思。通常也有写作"邪乎"，比较起来就不如"蝎虎"二字在表意上更恰切。②xiē hu 故意大喊大叫，夸大遭受损害或进行恐吓的程度。③xiě hu 夸大事态的严重性。

访贫问苦。

在路上，刘玉兰告诉他们，刚才这家人姓梁，叫梁宝江，十年前从山东逃荒来的，一直给郑大头家扛活。有一年冬天，郑大头家准备开春盖房子，派他带车去北山里拉木头。冰天雪地，回来下山坡时辕马滑倒了，他随木头从车上滚了下来，幸好伤得不重，可是车老板却被压在木头底下了。荒无人烟，四处无人，叫天天不应，叫地地不灵。他不知哪来的力气，硬是把一根根四五百斤的大木头搬开。搬开后一看，车老板已没气了，梁宝江当时连累带急吐了几口鲜血。回来后郑人头不但不给医治，还心疼他的辕马被压死了，把梁宝江从他家撵了出来。

从此梁宝江就不能干重活了，只得从黄广富家租种一垧地，天暖和时他还能帮着大儿子大栓子干点活，冬天就在屋里猫冬①。祸不单行，第二年他老婆得快当病死了，这个家可就难了。去年春天，土改工作队将日本开拓团的地分给他家一垧，又开展减租减息，全家吃饱肚子了，他从心里感激共产党。正好赶上政府动员翻身农民的子弟参军或支前，他第一个送刚十七岁的大栓子入伍，听说现在正在长春一带打仗。别看他很老相，其实才四十多岁，是病痛和生活艰难给造②的。

才四十多岁，刘玉兰怎么管他叫"大爷"呢？莫非是亲戚，杨永寿有些糊涂。

郑家窝棚村有三个自然屯，除郑家窝棚外，还有西边的三间房和北面的小后山两个屯，都离郑家窝棚三四里地。一个屯子也就十多户人家，都是租种地的佃户为了侍弄地方便，临时压个简

---

① 【猫冬】māo dōng 像猫一样躲藏起来度过寒冷的冬天。猫，躲藏的意思。

② 【造】zào ①弄、搞、破坏。②吃。

19

易房子，时间长了户数逐渐增多，也就成为屯子。郑家窝棚四十多户，前后有三趟房子，在周围几十里是个大屯子。屯子处在丘陵的半坡下面。坡上长着稀疏的柞桦杨树，漫坡和坡下是耕种的土地，两坡夹一沟的沟底长着荒草。走访郑家窝棚最困难的贫雇农，了解情况，找出"夹生饭"的原因，是李春海他们的主要任务。因杨永寿口语表达有困难，每到一家自然由李春海负责问话。

访问的第一家住着两间有些歪了的土房，墙根让猪拱得掉了泥片，露出了里面的草垡子①。一开里屋门，见一位三十来岁的男人在屋里忙活着，里屋炕上躺着一个病歪歪的女人，看来头发好长时间没洗了，乱糟糟的，都有些擀毡②了。看见刘玉兰他们进来，女人挣扎着坐起来靠着炕墙大口喘气。挨肩的三个小孩有两个与他妈妈围着一条脏乎乎的被子，大点的那个也就六七岁，光腚披着大人的一件破棉袄在炕上玩耍。交谈中知道这家男的叫杨欣，原来在郑大头家扛活，两年前妻子生孩子时受了寒一病不起，他只得去打短工，别说扎古③病，连吃的都挣不够，日子一天不如一天。去年虽然分了日本开拓团的一垧地，可是没牲口和农具，靠杨欣自己连挖带刨，连别人的一半收成都没有。刘玉兰说，过去这个家虽然穷，但男的能干，女的要强，炕上地下利利

---

① 【垡子】fá zi 又叫"垡头子"，过去在东北垡子是一种建筑材料。它是几百年、上千年的草在草甸子上盘根错节地生长，草根越长越厚，用垡锹在草甸子的表皮上挖出来，切成长方块，阴干后拉回来可以垒房墙和院墙。

② 【擀毡】gǎn zhān ①本义是蒙古等北方游牧民族生产毛毡的工艺。②比喻毛发胶粘到一起了。

③ 【扎古】zhā gu 对疾病进行治疗。扎，用针刺、石砭等方式治病；古，是鼓的通假字，鼓捣的意思，即用各种有效的方式方法对疾病进行诊治。

索索，大人孩子带补丁的衣服穿得齐齐整整、干干净净。现在不行了，女的什么活也干不了，这个家全靠杨欣了。她还说杨欣这个人心里有数，道道不少，说话不多但叨骨头①。

杨欣媳妇抓着刘玉兰的手，眼泪像断线的珠子落了下来。

"嫂子，别哭，别哭，你会好起来的。"说是不哭，刘玉兰也跟着抹眼泪。

"破房漏锅，炕上躺着病老婆"，这是北大荒民间流传的几大愁。杨欣不到三十岁，看上去却像四十多，可能是愁的。李春海开始与杨欣唠嗑，从今年收成到明年的打算，从老婆有病到家中生活，慢慢提到黄广富、郑大头。不管怎么说，杨欣支支吾吾的就是不往那上扯。顶多说郑大头地多又开烧锅，家里有钱，这人心狠；黄广富当村长很操心，忙忙乎乎也不容易。说到这儿，杨永寿看见侧歪在炕头的杨欣媳妇剜②了杨欣几眼。他们看也唠不出啥来，就告辞了。

刚走出门外，断断续续听见屋里杨欣媳妇说："你还说他好话，你种不上地，租他的牲口和犁杖都不干。"

刘玉兰一听赶忙停下脚步，听见杨欣说："前几天，黄村长不是让大柱子送来一袋子苞米吗，还说有啥难处尽管找他，咱不能不知好歹。"

"什么好歹呀，那是黄鼠狼给小鸡拜年——没安好心……"

声音低了下去，往下再说什么也听不清了，刘玉兰就跟着杨永寿他们往院外走。到了门外，听刘玉兰一说，杨永寿觉得黄广富真不是一般人。

---

① 【叨骨头】dāo gǔ tóu 比喻说话摇硬、赶劲，也有说"叨木头"的。
② 【剜】wān 本义是用刀子挖，比喻带着不满情绪短暂又狠狠地注视。

21

没等到第二家的门口，刘玉兰就告诉他们这家男的叫郑玉，与郑大头在关里山东老家是一个地方的。三十多年前，郑大头的父亲在老家与一大户因地界打官司，一打打了五年还是输了，也折腾得差不多了。一气之下将剩下的家底卖巴卖巴，就带着全家奔克山找老乡。那时克山县城还叫"三站"，老乡是牛马贩子。郑大头的父亲一琢磨，郑家的人都不识字，做买卖肯定不行，种地是老本行，也有把握。郑大头的父亲就领着郑大头在"三站"周围转悠，转来转去，看中了离"三站"偏东北方向二十多里几乎无人烟的荒山荒地。于是，买了几头牛和犁杖，搭个窝棚就干了起来。开的地多了，就租给逃荒的种，逐渐发起家来。因是郑家搭窝棚开荒立的屯，所以就叫郑家窝棚。听说郑大头的父亲还记着仇，过了几年偷偷跑回老家，给仇家放了一把大火。

恰逢那年山东老家闹蝗虫，郑玉的父亲就带着老婆过来了，一直租种郑大头的地。郑玉哥三个都是在这里出生的，郑玉是老疙瘩①。哥仨结婚就另立灶火门儿②，但还是种郑大头的地。郑玉的媳妇是黄广富从辽宁庄河老家介绍来的，中不溜个头，不胖不瘦，圆脸盘，大眼睛，细皮嫩肉，一头黑发密匝匝。不但人长得漂亮，还特别能干又懂事，前几年添了个胖小子，全屯子人都说郑玉娶了个好媳妇。郑玉平时种地，农闲时还跟人上山打猎，经

---

① 【疙瘩】gā da 本音 gē da，方言音变读为 gū da，有表示小土丘的意思，也可写作"圪垯"。①本义是纱、丝、线、绳等打的结，如线疙瘩、绳疙瘩、做扣用的蒜瓣疙瘩，或相似之物疙瘩鬏儿、金疙瘩、铁疙瘩等。引申义为不易解决的过结、矛盾或仇隙。②在东北方言中的满语借词，指地方，平时常说"这疙瘩""那疙瘩"。③最小的。在兄弟姐妹中或在同辈人中，排行最小的称老疙瘩。

② 【灶火门儿】zào huǒ ménr 锅灶台一侧底下填柴烧锅的洞口，也有人叫"灶坑门儿"，引申为单独过日子的一户人家。

常打个狍子、野兔、山鸡解解馋。虽然日子不富裕，但很温馨，也很知足。谁知前年夏天，郑玉正在地里干活，他二哥慌慌张张跑来，说他媳妇喝卤水了。等郑玉赶回家，媳妇已被灌了药，将喝的卤水全吐了出来。人是抢救过来了，却趴在炕上一个劲地哭。等众人走后，郑玉就问是怎么回事，媳妇百般不说，后来被逼急了，"扑通"一下给他跪下，说出被郑大头祸害的事。

其实郑大头早就瞄上了郑玉媳妇，只是没有机会下手，也有点打怵郑玉的火爆脾气。那天郑大头喝了不少酒，在街上闲逛，一逛就逛到郑玉家。也巧了，郑玉去地里干活，孩子被他奶奶领着玩去了。郑玉媳妇一看东家来了，赶忙招呼坐下，郑大头却不坐，嬉皮笑脸地往郑玉媳妇跟前凑。郑玉媳妇一看马上把脸子撂了下来，身子往后躲。郑大头从腰里摸出两块银圆递过去，被郑玉媳妇一巴掌打掉。郑大头火了，借着酒劲从腰里掏出一把日本王八盒子，对着郑玉媳妇说："你从了郑爷算你识抬举，不然把你和孩子都打死。"郑玉媳妇这下可吓筛糠了，腿打哆嗦迈不开步。郑大头人高马大，像抓小鸡一样将郑玉媳妇拎上炕，饿狼一样扑上去。郑玉媳妇脑子一片空白，不哭也不闹了，像木头人一样任凭郑大头摆弄。一会儿，郑大头心满意足地穿好衣服，临走还没忘了捡起掉在地上的两块银圆。

郑玉听完媳妇断断续续的诉说就急了，抄起洋炮①就要找郑大头拼命，他媳妇抱着他的双腿不放。这时黄广富进屋了，连哄带吓唬地说了一通，这事就压下了。不知黄广富与郑大头怎么说的，郑大头再也没找过麻烦，当年的租子也免了。从那以后小媳

---

① 【洋炮】yáng pào 一种长铁筒木把装火药的枪，因是一百多年前从国外进入中国，所以称为洋炮。

妇像变了一个人，整天蔫头耷脑，眼睛发直，干啥都丢东落西，像魔怔了似的。郑玉从此也不勤快了，干啥吊儿郎当，种的地撂荒①了不算，还总爱喝酒，喝醉了就骂老婆、摔东西。说着说着就到了。两间土坯房还算周正，靠东房山是个偏厦子当仓房用。篱笆小院已被猪拱出几处窟窿，院内到处是鸡鸭鹅猪狗的粪便，散落在残雪的地上非常显眼。刚走到屋门口，就听见屋里传出骂声：

"败家的老娘儿们，娶了你算是倒八辈子血霉②了！"

屋里批儿片儿③的。一个二十五六岁的男子盘腿坐在炕桌前喝酒，看来是郑玉无疑。桌上只摆一碟咸菜、一棵酸菜心。炕梢旮旯儿坐着一位妇女在低声哭泣，不用问是郑玉媳妇，怀里搂着一个三四岁的男孩。

刘玉兰赶忙上前说："大哥，你少喝点吧，瞧你都喝成啥样了。"

"少喝，凭什么少喝？你，你别说是妇女主任，就是县太爷也管不着我……喝酒啊！"郑玉两眼红红的，舌头都有些大了。

"你有什么苦，有什么冤屈，都可以跟我们说。"李春海没忘了做工作，坐在炕沿边上隔着炕桌对郑玉说。

"说，说了管……管用吗？"郑玉瞪着红红的眼睛问。

"管用，我可以保证。"李春海说。

---

① 【撂荒】liào huɑng 熟地（可耕种的土地）废弃不种了，杂草丛生荒芜了。

② 【倒血霉】dǎo xiě méi "倒霉"一词嵌入"血"（血腥、血仇）字，表示夸张的说法。再在句中嵌入表示恒久不遇的"八辈子"，更加夸张倒霉程度之重。

③ 【批儿片儿】pír piànr 比喻衣物乱扔乱放，哪里都是，很不规整。批儿，线批儿、麻批儿；片儿，布、纸、麻袋等的碎片儿。

"就你，你能……能帮我申……申冤，吹牛逼吧。"郑玉喷了李春海一脸酒气。

"你说吧，我们能替你申冤！"李春海觉得自己的话很有力量。

"你能枪……枪……枪崩人吗？你能枪崩人我就……就说，我是不……不……不见兔子不撒鹰。"郑玉越说越往李春海跟前靠，将炕桌都推斜歪了。

一看这样，杨永寿知道说不出啥来，就拉着李春海往外走，刚走到灶房就听见"啪"的一声，像是一只碗摔在地上。

"你哭，就他……他……他妈的知道哭，找……找收拾啊！"

"哇"的一声，是孩子大声哭起来。

"算什么男人，有气拿老婆孩子砸乏子①，有尿②告他去。"孙大壮愤愤不平。

走访的第三家家境更差，男的四十多岁，老实巴交，人家都叫他孟老蔫。快三十了才找了一个傻拉巴唧③的老婆，什么活都不会干，有了好吃的可劲造，吃完拉倒。新粮一下来也不知稀干搭配省着吃，连喂鸡带喂猪，一到开春种地就差不多快断顿了，只得东家求西家借。她不会干活却爱串门子，整天走东家串西家，谁家有个事她就去凑热闹。有一次，屯里一家跳大神，她在那卖呆儿④，快到半夜才回家。骂也骂过，打也打过，还是改不了，家里的事就全交给孟老蔫了。她这样却没耽误生孩子，给孟

---

① 【砸乏子】zá fá zi 拿别人或东西出气。乏子，没力量的对象。

② 【有尿】yǒu niào 比喻有能耐，有本事。人们认为尿液的冲劲大、尿波子长，是健康有力的表现。

③ 【傻拉巴唧】shǎ la bā jī 糊涂、不明事理、傻里傻气的样子。

④ 【卖呆儿】mài dāir ①闲着没事看热闹。②停下手里的活发愣。

老蔫接连生了两个姑娘一个儿。孟老蔫一直租种郑大头两垧山地，遇见雨水好的年头，收的粮食除了交租子，也就"癞蛤蟆打苍蝇——将供嘴"。娶这傻老婆时借了郑大头两石粮，前几年连续两年大旱，收的粮食仅够交租子的。去年分了一垧日本开拓团的好地，年景不错，满以为可以卖俩钱花，没曾想刚打完场，郑大头的管家就带人将粮食拉走，说是利滚利借那两石粮还差点没还完呢。

一进屋就闻见烀土豆味，孙大壮掀开锅一看，半锅土豆，中间坐了一大海碗剩的苞米糙粥。里屋地上一个人在编筐，炕上三个孩子围着炕桌吃土豆，桌上放一碟大酱。杨永寿一打量，那印象就是：穷。

"大叔，干啥呢？"刘玉兰先打招呼。

"编土篮子，过了年往地里挑粪用。"孟老蔫没停下手里的活。

"婶子呢？"

"谁知死哪儿去了，整天不着家。"孟老蔫的袖头露出棉花，可能是总干家务活又不洗，棉袄前大襟和棉裤膝盖处沾满污垢，嘎巴曳张①的，有些地方已被磨搓得发亮。那瘦瘦的长脸好像从没洗过，眵目糊堆在眼角。

"整天吃土豆怎么行啊，家里一点粮都没了？"孙大壮关心地问道。

"都交租子了，我是披着藏着一点，要让我们家那败家玩意

①【嘎巴曳张】gá ba yè zhāng 人的皮肤上、衣服上都沾满了污垢，一块块、一片片，结成厚厚的嘎巴。由于汗水的浸渍或抓挠，许多硬嘎巴的边缘翘起来，似乎能扯拽下来。曳，扯、拽的意思；张，张开。

儿逮着了，就都祸害没了，别说吃的，连明年的种子都得抬呀。"孟老蔫一脸无奈。正说着，门"吱呀"一声开了，进来一位戴狗皮帽子的青年。

"老疙瘩来了。"孟老蔫头都没抬，算是打了招呼。

"不是搞减租减息了吗，怎么还交那么多租子?"李春海有些疑惑地问。

"什么减租减息，根本就没减，都是糊弄人的。"叫老疙瘩的抢着回答。

"别听他瞎咧咧，说话不贴补绽①，减了，减了!"孟老蔫说着，又对老疙瘩说:

"有事吗? 没事该干啥干啥去，别瞎掺和。"

"树叶掉了都怕砸了脑袋，瞧你那个胆，真是黑瞎子②拱门——熊到家了。"叫老疙瘩的说完转身一撅搭③就走了，传来摔门声。

"大叔，真减了吗? 我怎么听说好多户没减呢?"刘玉兰又问。

孟老蔫停下手里的活，挠挠脑袋说:"真减了，要不我连一

---

① 【贴补绽】tiē pū chen 接近，差不多，挨得上。词中的三个字都是动语素，按字面的意思说，绽，本音 zhàn，变读为轻音 chen，裂开的意思，指衣服上的破口；贴，挨着，即用一稍大的布块贴到破口上；补，本音 bǔ，变读为 pū，缝补的意思，把布块缝补在破口上，衣服就完好无缺了。方言用的是比喻义。

② 【黑瞎子】hēi xiā zi 黑熊的俗称，又叫"熊瞎子""黑小子"，多生活在人迹罕至的丛林水畔。它肥硕笨拙，除胸前一块白斑外，通体皆黑，并且眼睛小，周围有长毛，不易看到眼睛，故有此俗名。

③ 【撅搭】juē dā ①前后此撅彼起颠簸。②往上一蹿一蹿地走路。③猛然转身的样子。撅，翘起；搭，搭拉（或写作"耷拉"），落下。一般用此词时多与生气的样子有关。

27

点口粮也剩不下。"

"你不要怕，有共产党给你撑腰，天塌不下来，谁再敢欺负咱穷人，我们就跟他斗，不老实就打倒他。"李春海有些激动。

"打倒？怎么打倒？我这人从小就胆小，可不敢动手。"孟老蔫有些迷惑。

"不是动手打，是与地主恶霸做斗争，把他们的威风打下去，让他们抬不起头，我们穷人扬眉吐气。"李春海进一步解释。

"好，好，好。"孟老蔫一连说了三个好。

"要想打倒地主恶霸，我们必须掌握他们欺压穷人的证据，所以你一定给我们提供情况。"李春海深入启发。

"好，好，好，知道的我一定说，一定说。"

虽然孟老蔫的态度非常好，但却没把减租减息的真实情况讲出来。杨永寿掏出怀表一看，快下午三点了，现在都吃两顿饭，要到晚饭时间了，他们就离开了孟家。

晚饭吃完也未见金浪白他们回来，杨永寿他仨就回到二栓子家。听见狗叫，二栓子把他仨迎进屋，并告诉他们这狗认生人，过两天就好啦。

北炕让二栓子烧得滚热①，攮灶子②里还闪着火亮。屋子里已黑得看不清人，"哧啦，哧啦，哧啦"，一连几声，梁宝江用火石打着火，支起身子把灯点着。这灯是用小玻璃瓶子做的，瓶盖上插着用薄铁皮卷的细筒子，筒子里穿着棉花线捻的灯捻，小瓶子

---

① 【滚热】gǔn rè 感觉很热乎。滚，滚开的水，比喻热的程度。
② 【攮灶子】nǎng zào zi 就是火炕的炕头的炕墙下扒的一个小洞门，它连通了里面的落（lào）灰膛，可以由此往里填烧柴或圪茇烧热炕。

里灌上煤油，就叫洋油灯①。因买不着煤油，里面装的是麻籽油。梁宝江把油灯从壁墙的灯窝里拿出来，示意二栓子把灯拿给他们用。二栓子把灯交给孙大壮端着，又把炕桌挪到北炕。

"我们爷俩用不着，你们晚上还要写写画画的，办正事用吧。"

梁宝江咳嗽几声说。

有了灯，李春海掏出小本本来，盘腿坐在炕上，准备把一天的走访情况记下来。杨永寿也学李春海的样子，也想盘腿坐着，可是怎么盘也盘不上，只得一条腿盘着，一条腿伸着，孙大壮看他这样就憋不住笑。李春海说，你别着忙，慢慢练，过一段时间自然就会了。

用这样的油灯杨永寿还是第一次，有些不习惯。杨永寿翻开本子，将一天的行动按时间顺序记下来，最后又加上自己的分析。杨永寿用的是从苏联带回来的自来水笔，李春海用的是蘸水笔，写几笔就得蘸蘸蓝墨水。李春海羡慕得不得了，杨永寿看他那个馋样子，就把自来水笔给他用。杨永寿发现李春海不但比自己写得快，而且字还写得好。他就有个想法，自己七岁离开湖南家乡，八岁流浪上海街头，只是哥哥杨永福抽空教自己认了一些字。在苏联虽然学中文，但重点是学俄语，特别是汉字写得不好，读音也不标准。想到这儿，杨永寿决定拜师学艺，他郑重地向李春海提出学写字、练发音的想法。李春海听了很意外，也很

① 【洋油灯】yáng yóu dēng 煤油灯。在二十世纪初东北从国外进口煤油时，人们称它为洋油，在没有电灯的城镇，特别是农村就出现了洋油灯。灯形大体有两种：多数人家用的是带座的小玻璃油壶，插进个带线捻的细铁管，火头比燃动植物油的灯碗亮。另一种是大一点的，用宽片带做捻，上扣着高筒的玻璃罩，有坐着的放在桌上，有用手拎着或挂在柱子上的叫马灯。

激动。他认为杨永寿留苏回来有大学问，又是东北局派来的，这样虚心好学真是难得。李春海工工整整地写了两篇常用字，杨永寿读，李春海听，当杨永寿把"父亲"读成"户亲"，把"哥哥"读成"锅锅"时，全屋的人都笑了。

孙大壮别看长得高高大大，其实才十九岁。他家在拜泉县北面的夏家店，再往北五十多里左右就是克山县城。父母是随爷爷从山东闯关东过来的，全家就靠租种地主焦三爷的地勉强生存。他十三岁那年父亲先是受了风寒发烧，后来高烧气喘不省人事，抓了几服药也不见好，没几天就去世了。母亲带着他和刚满十岁的妹妹拼死拼活地干，除去交租子只能够糊口的。一九四五年开春种地时，孙大壮还不满十七岁。一天傍晚，他家的一个山东老乡突然气喘吁吁跑来说，村长焦三爷要抓孙大壮的壮丁，说是去孙吴修飞机场。警察所来的人正在村公所喝酒，山东老乡的外甥给他们做饭时听到的。大壮的母亲一听就哭起来，妹妹也跟着抹眼泪。

"这时候抹眼泪豪子①有什么用，快点让孩子躲一躲吧。"山东老乡急了。

母亲赶紧给孙大壮收拾两件旧衣服，又包上几个苞米面窝窝头、一块咸菜疙瘩，告诉他往德都县去找他老舅，他老舅在县城北街一家饭馆上灶②。孙大壮真不想走，母亲催促他快走，两人争执不下。

"快走吧，别磨叽③了，再不走就走不成了！"山东老乡催

----

① 【抹眼泪豪子】mǒ yǎn lèi háo zi 特别爱流眼泪。豪子，杰出的、特别的人。

② 【上灶】shàng zào 在灶台上操持饭菜，当厨师。

③ 【磨叽】mò ji ①为达到要求，翻来覆去地不停地诉说。磨，转动石磨不停地研磨粮食；叽，叽咕，小声说话，字面意思是石磨运转之声，此词用的是比喻义。②做事磨蹭，慢。

促道。

母亲告诉孙大壮，她一个月以后去德都找他，他这才背起包拢①走出家门。

从未出过远门，孙大壮只知道德都在北面，没敢走大路，顺着小道一直往北走。连走带问，第三天傍晚到了德都县。县城不大，北街只有两家饭馆，一打听他老舅半年前就走了。还好，饭馆的伙计留他住了一宿。

上哪儿去呢？身无分文，回去又怕被抓。自己遨岗子②了，不知家里怎么样，孙大壮这个愁啊。

晚上躺在炕上，伙计无意中说，抗日联军王明贵部队的根据地在德都附近的朝阳山。王明贵的抗日队伍他早就知道，夜袭克山、打拜泉、端伪警察署和伪警察所，打得日伪军夜间不敢出来。孙大壮心想，回去也没好，不如去参加抗联，等把小日本打跑了，再回去找焦三爷算账，这么一想孙大壮倒睡了一个好觉。第二天简单地吃完早饭，孙大壮就奔朝阳山方向。他冒蒙③去的，找了两天才找到，从此参加了抗联。其实他没有正儿八经打过几仗，跟着小队的老战士截了伪军的一个运粮队，从那他才背上三八大盖。接着就是苏联红军进东北，他们配合作战。没几天日本投降了，抗联的队伍就忙着接收县城和重要的乡镇。共产党的队

---

① 【包拢】bāo leng 包袱，包裹。拢（lǒng），有捆的意思，在此词中变读为轻声 leng。

② 【遨岗子】náo gàng zi 非常快地逃跑了。遨，本音 áo，遨游，在广大的空间里漫游，有向高远处游走的意思。方言音有在零声母音节前加前鼻辅音 n 的习惯，因而变读 náo；岗，高岗、山岗，本音 gǎng，方言音有时读 gàng，有高起的不存雨水的地面的意思，如岗地。此词是说跑得很快，一跑就跑到高岗上去了。

③ 【冒蒙】mào meng 情况不明却不顾危险去行动。冒，往上升，不顾危险，莽撞，触犯；蒙，糊涂，胡乱。

伍来了，穷苦人踊跃参军，队伍迅速扩大。孙大壮很快由战士、副班长、班长，不到两年就当了副排长，而且入了党。一九四六年参加剿匪，今年春天部队完成剿匪任务，开到吉林与国民党军队打大仗，自己却被留在东北局警卫团当排长。

没有仗打，他心里真有些窝火，还闹了几天情绪。连指导员专门找孙大壮谈话，跟他讲，到警卫团的人都是经过认真挑选的，要出身好，思想好，身体好，办事扎实，还要机灵反应快，保卫东北局机关和保卫首长，责任光荣而重大。

在这里他遇见了他要找的老舅，老舅已是哈尔滨卫戍部队的一名连长。老舅先把他熊①了一顿，又鼓励他好好干，将来全国解放了一起回拜泉看他母亲。孙大壮从此安下心来，他干啥都认真，肯下力气，对自己要求严格，威信很高。这个月的一天，团政委找他谈话，让他陪杨永寿到克山参加土地改革试点，主要任务有两项，一是杨永寿是烈士后代，留苏学生，一定保护好他的安全，时刻不离身边，保证万无一失；二是在土地改革斗争中锻炼提高自己。

看见孙大壮笑的那个样子，杨永寿又有了一个新的想法。孙大壮不识字，随着形势的发展和需要那要落伍的，不如趁自己学习的机会，把孙大壮也拉上，也算是一举两得。他把这个想法与李春海一说，李春海举双手赞成，可是孙大壮却不干。

"饶了我吧，让我干啥都行，一说认字我就头疼。"

"大壮，东北和全国很快……就要解放了，新中国一成立就没有仗打了，主要是搞……建设，搞建设没有……文化怎么行？

---

① 【熊】xióng 一种大型野生动物。①比喻笨拙无能。②引申为欺负人，批评人。

你现在年轻，正是学习的好时机，不能错过。"杨永寿虽然说得有道理，但不流畅，有些结结巴巴的。

孙大壮摇摇头，李春海有些急了，"我告诉你大壮，人家杨同志是好心，他能教你识字真是难得，别叭儿狗坐轿——不识抬举。"

"你不要怕难，咱先学简单的，一点一点来，积少成多，慢慢就会了。"杨永寿耐心地开导。

"学认字我真不行，怕白耽误你俩的工夫。"孙大壮还是不答应。

"杨同志，上赶子①不是买卖，不学就算了。"李春海真生气了。

"大壮，不然你先试试，真不行再说。"杨永寿还是不急不躁地劝说，并讲了一个自己学认字的经历。

那是一九三三年夏天，杨永寿和哥哥杨永福在上海流浪，好不容易找了一份在一家点心铺打工的差事，虽然工资微薄，却能抽空跟哥哥学识字。杨永寿最想有一本字典，他已去书店几次，因为没钱没买成。一天，老板给他们哥俩开了工资，下班后赶忙跑到书店买了一本字典。回到栖身的破庙里，哥哥杨永福教他查字典，杨永寿学得非常认真。第二天上工时，杨永寿忍不住把字典带在身边，把该干的活干完，正好没有客人来，他就趴在餐桌上刚翻开字典，这时点心铺的小少爷放学回来了，看清杨永寿手上的字典，一把抢过去嘲笑说："看什么看，你这个在我家混饭吃的'小瘪三'还想识字？"

---

① 【上赶子】shàng gǎn zi 主动去，此词也可说成"上赶着"。

"还我字典，还给我！"杨永寿冲过去抢，小少爷死活不给，你拉我拽，两个孩子扭在一起。

"不给！就是不给！你个小要饭的。"小少爷霸气地嚷道。

杨永寿发怒了，握着小拳头朝着小少爷的鼻梁打去，顿时流下鲜红的血。小少爷哭叫着松开了手，点心铺老板闻声赶过来，顺手抄起门角的扫把劈头盖脑地打杨永寿。这时，哥哥杨永福从外面送货回来，不顾一切地把弟弟挡在身后。为此，点心铺老板把他们哥俩辞退了，他们又过起流浪的生活。从此以后，只要有时间，哥哥就教杨永寿查字典识字、写字，一些常用的字就是那时候学的。

听了杨永寿的讲述，孙大壮很受感动，也就痛快地答应了。

说干就干，杨永寿把李春海写的那两张交给孙大壮，杨永寿教他一个字一个字地念。念了两遍，考一考孙大壮，只记住开头的那个"大"字，还把他憋得满脸通红。杨永寿一想这不是办法，吃多嚼不烂，还是少来。于是规定孙大壮每天只学三个字，还要会写。杨永寿给了孙大壮一个新笔记本，李春海又从挎包里翻出一支蘸水钢笔给他。孙大壮趴在炕桌上吭哧憋肚①地连读带写地练了几遍，头上就有些冒汗了。他操起自己的军用搪瓷缸子，跑到外屋水缸里舀了一缸子凉水，咕嘟咕嘟就喝了下去。看他喝水，杨永寿也觉得有些渴了。晚饭吃的苞米楂粥、白菜炖土豆，可能这地场人口味重，什么菜都咸。可是，杨永寿在苏联和哈尔滨一直喝开水，在这里不能提出这个要求，即使烧了开水也没法保温。就是比较讲究的人家，也是来了贵客或是过年过节烧

---

① 【吭哧憋肚】kēng chī biě dù 说话太费劲，费了九牛二虎之力也没说明白，干吭哧，憋在肚子里的东西就是道不出来。

点开水沏沏茶。没办法，杨永寿硬着头皮喝了一点凉水，这水带着冰碴，喝到肚里拔凉拔凉①的。

杨永寿掏出怀表看看快九点了，在北大荒冬季农村早该睡觉了。这时孙大壮嚷嚷饿了，他这一嚷嚷，杨永寿也感觉肚子里空落落的。

"孙同志，你过来。"梁宝江喊孙大壮，并在泥火盆里拨拉着什么。

孙大壮过来一看，火盆里有四五个烧熟的土豆，梁宝江一个个往出捡，放在炕沿上说："我们这里冬天都吃两顿饭，晚饭吃得早，苞米糙粥又不扛饿，拿去垫补垫补②吧。"

虽然饿了，但孙大壮更知道民主联军和工作队的纪律，连连摆手后退。

"我知道你们有纪律，可这土豆是自家园子产的，不算什么。"梁宝江解释说。

"我不饿，我不饿，刚才我是说着玩的。"孙大壮有点不知所措。

"我知道共产党是为了穷人的，可我不但是穷人，还是民主联军的军属，你们怕什么？"梁宝江有些激动，又猛咳嗽了一阵子。

刚停下又接着说："你们为了我们，来到这破地场，不容易啊，吃我们几个土豆那不是应该的吗。"

---

① 【拔凉】bá liáng ①形容特别凉，感觉像一下子把所有的凉气都吸到身上来了一样。此词中，"拔"有吸出的意思，又有急、特别的意思。②比喻彻底灰心和失望了。

② 【垫补】diàn bu ①吃点食物缓解一下饥饿。②借钱或挪用款项暂时应急。

回头瞧瞧北炕那两位，孙大壮那意思是说他没辙了，你们看着办吧。杨永寿和李春海也犯难了，吃吧，违反纪律；不吃吧，房东真生气了，今后怎么住啊。他俩嘀咕一下，先吃了吧，明天向金政委汇报了再说。李春海忙笑着说："大爷，我们吃。"

梁宝江乐了，让二栓子把土豆送过去。二栓子递给每人一个，并说："晚饭吃得早，我每天晚上都得吃一个烧土豆，要不然饿得睡不着。"

二栓子说着，眼睛不住地瞅杨永寿的胸前，杨永寿纳闷，这二栓子瞅什么呢？原来刚才杨永寿掏怀表时，二栓子看到了觉得新鲜。这玩意儿别说在屯子里，就是在县城也稀罕，连梁宝江都没见过。杨永寿摘下怀表，连表链一起递给二栓子，让梁宝江爷俩看个够。

这土豆烧得正好，外面一层嘎巴，里面面面的。杨永寿在苏联没少吃土豆，这种吃法还是第一次，包括土豆烧牛肉也没这么好吃。

吃土豆时，杨永寿悄悄问李春海，梁宝江才四十多岁，你怎么叫大爷呢？李春海解释说，北大荒这地方管父亲的哥哥，包括比父亲年龄大的同辈人，不叫伯父，叫大爷，这是尊称，也是习惯叫法。

房东这么好，应当主动帮他做点什么，好吧，明天早晨先把院子打扫一下。想到这儿，杨永寿听见孙大壮已呼呼地睡着了，嘴还吧唧几下，可能这家伙做梦还在吃土豆呢。

天刚麻麻亮，杨永寿就醒了，一摸身边的孙大壮不知什么时候起来了。杨永寿、李春海麻溜儿地穿好衣服，李春海急着往外走，刚开开里屋门，孙大壮已挑水回来。孙大壮往缸里倒完水，把水筲①挂在院子的幛子上，看见李春海在房前房后转悠，就问："你是不是要解手？茅楼②在西房山呢。"

什么是解手？什么是茅楼？刚出屋的杨永寿愣住了，孙大壮知道他不明白。

"解手就是大小便，你们城市管拉屎撒尿的地方叫厕所，我们这地场叫茅楼，也有叫茅房的。"孙大壮笑着解释。

到西房山一看，靠着烟筒桥子③贴西房山用土坯子垒了一个方块，仅能挡住屁股。地上屎尿一片，被狗舔得磨磨唧唧。李春海一看没法下脚，就左右望望。好在二栓子家在后街，不远处就是小杨树林，李春海急急忙忙跑到小树林，一撒目④四周没人，赶紧解开裤子蹲下。刚蹲下，二栓子家的黄狗就跟过来蹲在旁边。杨永寿想，这还挺安全的呢，也过去照样子蹲下。那风飕飕地直往屁股底下钻，冻得他俩直打哆嗦。这时，孙大壮已拿着铁锹清理院里的雪和垃圾，他俩回来赶紧戴上棉手闷子⑤，拿起铁锹扫把干起来，一会儿工夫就将院子打扫干净。他们回屋洗漱完毕，打声招呼，就到区政府吃早饭。吃早饭时，金浪白告诉他们晚饭后碰碰情况。

---

① 【水筲】shuǐ shāo 担水用的水桶。传统的是用竹片或木片并拢成，分量很重；近五六十年逐渐被白铁所代替，随着城乡自来水化，已失去了它在生活中的作用。

② 【茅楼】máo lóu 过去东北农村条件差，建厕所就地取材，用草坯子砌墙或用秫秸、柳条围起来糊上泥巴，顶上用茅草搭盖，所以叫茅楼，也有叫"茅厕道子""茅道子""夹道子"的。

③ 【烟筒桥子】yān tǒng qiáo zi 从屋里通往房屋一侧的坐地比较低矮的烟道，也叫"烟筒脖子"。

④ 【撒目】sá mu 满语音译兼意译词，（快）看的意思，引申为四下里观看、寻觅踪影。撒，分散落下、分散开，由上声变读阳平；目，目光。

⑤ 【手闷子】shǒu mēn zi 一种厚厚的棉或皮做的手套，只有大拇指分开，其他四指在一起，是东北地区冬天里最常见的御寒用品。

上午又走访了两家困难户，情况差不多。在走访过程中，杨永寿眼前总是出现梁宝江咳咳嗽嗽，还有杨欣媳妇歪在炕上抹眼泪的样子，他脑子里闪过一个念头：能否想法帮他们治一治病。他一说大伙都赞成，但医药费怎么解决？杨永寿说他这个月的津贴剩得多，李春海和孙大壮也能凑一些。刘玉兰说这个村只有一个老中医，医道还不错，他与黄广富沾点亲，有点狗仗人势，一般请不动，在家坐诊兼开药铺，先试试吧。

他们四人来到屯子中间一座三间一面青房子的院门前，一条大狼狗狂叫起来，把拴的铁链子抖得哗哗响。一个十几岁的少年推开屋门喊："不怕，狗拴着呢！"

走进西屋，屋里生着火炉子，火炉子连着炕，靠墙堆着木头桦子，屋里暖烘烘的。地中间放着一张八仙桌，八仙桌后面坐着一位留着花白山羊胡子的老先生，正给人号脉。他身后是一排药架子，看来那位少年是学徒的，管抓药。东屋两间肯定是老先生家人的住处。老先生给人看完病开完药，刘玉兰先介绍了来的几位，特别提到杨永寿、孙大壮是东北局派来的，杨永寿在苏联留过学，然后说明来意。

老先生打量了杨永寿、孙大壮几眼，说："兰子，你也知道我这里的规矩，我一般是不出诊的，这里地广人稀，我也出不起。再说死冷寒天的，我也一大把年纪了。"

孙大壮刚要搭茬，杨永寿用胳膊肘碰了他一下，慢条斯理地说："老先生，你说得很有道理，我们也理解，但为医者解病人所难，要治病的这两个人你也知道，就求老先生辛苦一趟吧。"

老先生听杨永寿说话很文雅，又瞧瞧杨永寿身后穿军装、挎手枪的孙大壮，沉吟了一下说："好吧，我今天就破个例。"

老先生说着站起来，少年赶紧给他穿上狐皮大衣戴上貂壳帽子。老先生没有戴棉手套，而是将两手套在一个狍皮套筒里。刘玉兰接过诊包，扶着老先生走出来。老先生虽然老了，走起路来并不比年轻人差，一会儿就到了二栓子家。二栓子也知道要面子，吃完早饭就把里外屋收拾一遍，显得干净多了。老先生说梁宝江是老病，得慢慢调养，千万别着凉，嘱咐完给开了几服药。

到了杨欣家，老先生一进屋就皱眉头，杨永寿知道老先生嫌他家埋汰①。给杨欣媳妇号完脉，老先生说："这病耽搁了，但还能治，得多吃几服药。"杨欣媳妇又流泪了，这回是感激的泪。

走出杨欣家，刘玉兰打趣地说："还是杨同志面子大。"说得杨永寿还有些不好意思。

"这不是看人下菜碟儿②吗！"李春海有些感慨。

晚饭后，李春海汇报了他们那组的工作情况，杨永寿补充时把吃土豆、用灯油的事讲了，同时建议给缺粮的贫困户解决一些口粮。杨永寿还提出自己的看法，他觉得好多人好像不敢大胆地说，心里还是有顾虑。孙大壮将请医生看病的事简单说了一下。金浪白表扬了杨永寿他们的做法，要求他们继续深入走访，面要扩大一些，从细微处发现和查找问题的原因。并明确灯油和口粮问题由区政府解决，也给工作队住的房东补贴一点粮食。

开完会回来刚进院子，可能听见脚步声，屋里的灯亮了。大黄狗也不叫了，跑过来还摇摇尾巴。

二栓子已经睡了，梁宝江守着火盆坐着，火盆边上煨着三个土豆，看来是等李春海他们回来。这回他们也没客气，拿起来就

---

① 【埋汰】mái tai ①满语借词，不干净，不卫生，肮脏。它是单纯词，是典型的东北方言，早已经被共同语吸收了。

② 【看人下菜碟儿】kàn rén xià cài diér 对待不同的人采取不同的态度。看，对待；下，放入，引申为使用、采取。

39

吃。杨永寿凑到火盆边边吃边聊，他说："大叔，你看咱这里解放快两年了，剿匪、反奸除霸、减租减息也搞了，好像还存在什么问题，你给我们说说。"

"杨同志……"梁宝江咳嗽两声刚张口，杨永寿赶紧说："大叔，不要叫杨同志，就叫小杨吧。"

"好，好，小杨同志——"说到这儿，梁宝江也笑了。

"共产党刚来时，把祸害人的土匪打光了，罪恶大的汉奸也镇压了，没地的穷人分到了一些土地，又搞减租减息，真是翻身了，哪个不高兴？可是，老百姓最想要的是实惠，是过上好日子。减租减息是好事，是不是真减了？分了地的人家没种子、没牲口、没农具，种不好地、种不上地谁管？全中国还是国民党的天下，他们的军队在哈尔滨那边打仗，谁知啥时候蹿过来呀，心里犯嘀咕。伪满洲国时村长、甲长、井长、区长，就那么几个人，为什么那么多穷人都怕他，还有人虚乎①他，就是权力在他们手里，他们说了算，你得罪不起。郑家窝棚这疙瘩与别的地方不一样，你们要多纳磨纳磨。"杨永寿感到梁宝江说得不但在理，还很深刻。

说了一会儿话，一看时间还早，杨永寿就拿出《中国社会各阶级的分析》和《湖南农民运动考察报告》看。这两本小册子是东北局为了搞好土地改革印发的，他来克山前李富春叔叔给的。杨永寿看着封面上"毛泽东"三个草体字，禁不住用手抚摸起来。这时他想起哥哥杨永福，不知现在在哪里。哥哥虽然只比自己大两岁，这些年不管在什么情况下，哥哥总是关心自己、照顾自己，是自己的主心骨。哥哥潇洒英俊，干什么都爱争第一，学

---

① 【虚乎】xū hu 虚情假意地应酬，也有溜须拍马的意思。

习、工作、生活样样都行，也是自己学习的榜样。在苏联学习时，有好多苏联和中国女孩都追哥哥，可是哥哥就是不动心，专心学习。日本刚一投降他就要求回国，要为建立新中国而奋斗。杨永寿不知道，这时他的哥哥已不在陕北农村郝家坡体验生活，而是跟着爸爸辗转战斗在陕北的山沟里，与国民党胡宗南的部队周旋。杨永寿边学习边做笔记，重要的地方还用笔画上杠杠。杨永寿感触很深，毛泽东主席在二十多年前就把中国社会各阶级的状况分析得如此透彻，现在仍十分适用。"谁是我们的敌人？谁是我们的朋友？这个问题是革命的首要问题。"杨永寿想，现在也是革命的首要问题，一定要紧紧依靠贫雇农，发动他们起来斗垮地主恶霸。自己要站在农民运动的前列，为他们呐喊助威，让穷苦农民真正当家做主。

昨晚杨永寿就觉得身上痒，醒了几次。今早一看，腿上、胳膊上起了一些红包，痒极了。杨永寿与李春海、孙大壮说了，李春海说是咱们新换的衬衣，肯定不是虱子，可能是炕上有跳蚤。什么是跳蚤？杨永寿不清楚。李春海和孙大壮打开棉被找跳蚤，他俩还真抓住一个。怕杨永寿看不清，孙大壮张开一只手，把另一只手捏的跳蚤放在掌心上，杨永寿刚看见一个小黑点，一闪就不见了。李春海说，这东西不但咬人，还会跳，跳得又快又高，很难抓住，因此叫跳蚤。

"有跳蚤啊，我还真忘了这事。"梁宝江有些不好意思地说。说完，他从南炕炕席底下拿出一些烟叶，让他仨铺在炕席底下。

早晨孙大壮还要去挑水，杨永寿也跟着。水井在屯子中间，到二栓子家起码有半里地。井口围着一尺来高的木方围子，上面立一个木架，木架上架着一个圆筒状的东西，一根麻绳拴在圆筒上，绳子垂落在井口中。井口四周因打水挑水时不断地洒水，已结成冰。杨永寿小心翼翼地走上前去，刚要探头往井里看，一把被孙大壮拽住，说：

"溜滑的，往边上去。"

"我们老家都是到塘里或河里打水，这怎么打水呀？"杨永寿疑惑地问。

半丘陵地带为了不受水害，屯子大都建在漫坡上，因离河沟较远，只能挖水井，这里的人都吃井里的水。井架上边带把的圆筒状的东西叫辘轳。孙大壮一边说着，一边摇着辘轳打上了一桶水。杨永寿看见绳子上吊的盛水的家伙是一个椭圆形的东西，孙大壮告诉他，因是用柳条编的，所以叫柳罐斗子。

孙大壮挑着水迈开大步甩着胳膊往回走，扁担上下有节奏地晃悠着，显得轻松自如。杨永寿很羡慕。刚走一半，杨永寿就提出要试试。

"你没挑过，还是我来吧。"孙大壮没有停下的意思，继续往前走。

"就是没挑过，我才想试试嘛。"杨永寿紧跟后面说。

经过半个多月的相处，孙大壮对杨永寿既佩服又尊重，觉得很对撇子①。一看杨永寿这样说，就停了下来，将扁担交给杨永寿，又帮他把扁担钩挂在水桶上。杨永寿也学孙大壮的样子，挑起往前走。可是太沉，压得他挺不起腰来。扁担在他的肩上也不老实，不是前高就是后低，水桶自然上下晃荡，有时还磕地，搞得他不停地来回摆动。杨永寿索性将两只手全放在扁担上把着，简直是一步一步往前挪。孙大壮看他这样，就要接过扁担，杨永

---

① 【对撇子】duì piě zi 比喻人与人之间处事合得来，对劲儿，对心思。"撇子"就是偏向身体两边的手。人习惯用哪边的手做事的不同，分为正手（右手）和左撇。由于两个人习惯用相同一边的手做事，就称"对撇子"。

寿摇摇头，硬要坚持。

没办法，孙大壮走几步就说一句："直起腰！直起腰！"杨永寿咬着牙挺起腰板，确实顺当了一些，终于到家了。杨永寿长长地松了一口气，揉揉肩膀，他觉得自己差得远呢，需要更多地学习和锻炼。

正要去区政府吃早饭，来了一个他们意想不到的人。

"还没吃饭哪？"这人上中等的个头，有些清瘦，长条脸，高鼻梁，不算大的眼睛带着笑意，说话的声音沙沙的。

"啊，还不认识，鄙人是黄广富，应早来看看，昨天处理两家打架的事耽误了，请多多原谅。"看没人搭茬，来人赶紧做了自我介绍，说着摘下貉壳帽子露出了分头。杨永寿想，留分头，在这偏僻的山村可是稀罕。再看他的穿戴也不一样，上身是深蓝色对襟褂子，下身套一条华达呢青布裤子，脚穿趟绒棉鞋，外披一件民主联军穿的黄色军大衣，很有点民主政府文职干部的模样。

对黄广富的身世李春海他们已有一些了解。他出生于辽宁省庄河县一个农村家庭，家里种了十多亩薄地，日子过得也挺紧巴。黄广富的父亲念过两冬私塾，不甘心贫穷，做梦也想发财，于是下狠心借钱与别人合伙开了一家油坊。他有头脑，会经营，又勤恳，几年工夫就挣了一些钱，两家一合计又开了一家烧锅。本来是越干越好，可是黄广富的父亲起了歪心，趁着自己当掌柜的机会，就想法往自己兜里搂钱。一来二去就把油坊和烧锅掏空了，一算账还亏了不少，也就停业了。没办法，黄广富的父亲找了个朋友，好说歹说把油坊和烧锅盘给了人家，合伙那家真是感激得不得了。没过俩月油坊和烧锅又开起来了，而且规模也大了，黄广富的父亲还照样当掌柜的。盘油坊和烧锅那个人只在开业时露过面，就再也不见了，这回原来的合伙人明白了。

又过些日子，有人牵来两匹马，说是从内蒙古倒腾来的。黄广富的父亲一看这马又高又壮，价格很便宜，正好缺拉套的牲口，就买下了。没过几天，黄广富的父亲就被县警察局抓去了，罪名是通匪。原来，前些日子四十里地以外有一大户人家被土匪抢了，这两匹马是土匪抢走的。黄广富的父亲怎么解释也没用，因这伙土匪中的一个小头头原来在油坊干过活，与黄家沾点亲戚。警察局里一名副局长是黄家原来合伙人的外甥，托了多少人也说不通。最后还是将油坊烧锅卖了，用银子把人赎了出来。人是从笆篱子①出来了，家却空了，仇也结下了，不敢再待了，把那点地一卖，就到克山投靠黄广富的二姨家。用卖地的钱在街上开了个杂货铺，黄广富在老家读过三年私塾，在店里连卖货带管账，生活还算过得去。郑大头是种地大户，经常到店里买东西，一来二去就熟了。郑大头看黄广富头脑灵光，腿脚勤快，能说会道，一问刚十八岁，就要给他保媒。保谁呀？他小姨子。郑大头小姨子刚从山东老家来，人长得漂亮。能攀上这样的好亲戚，黄广富和家人自然乐意。

结婚不久，郑大头就串达②黄广富上他烧锅去当掌柜的，一年给二十石粮食，黄广富的父亲一听就同意了。郑大头当时有二百多垧地，牛马成群，除了租出去的，还雇了二十几名长工，根本忙不过来。黄广富跟他爹一样精明，没过多长时间，就将烧锅

---

① 【笆篱子】bā lí zi 俗称监狱。笆篱，本是用竹子、芦苇、荆条一类东西编制的片状障碍物，用它搭建的简陋房屋，屋顶露天，四壁透风，以此比喻监狱的居住条件特别恶劣。

② 【串达】chuàn dɑ 有串联、说服、勾结的意思。串：①连贯；②互相勾结；③量词，用于连贯起来的东西。

经营得井井有条，还在县城开了个销售门市，办了一个养猪场，用酒糟喂猪。这样一来，挣的钱比过去翻了好几倍。郑大头乐坏了，不到两年就给黄广富盖了五间大瓦房，黄广富瓦房住上了，村长也当上了。没过几年日本人来了，郑家原来的区长以年龄大、体弱多病为由，搬回河北省老家了。那时郑家区的几个大户都知道日本人不好侍候，谁也不愿出任区长，就数黄广富年轻，推来推去推到黄广富身上，他真干了。不管当乡长、村长，还是区长，黄广富都是稳稳地坐头把交椅，还被日本人评为模范村长、区长。他家的地一年一年地不断增加，成了郑家窝棚这个屯的第二大户。城里的杂货铺也扩大了，还开了个染坊。伪满洲国一倒，共产党进入东北，提出要团结一切可以团结的力量，建设民主政权，巩固东北根据地的主张。因黄广富救治过抗联中队长，加上减租减息积极，为此作为开明士绅担任了人民政权的村长。别看这个村长级别比伪满时的区长小得多，可黄广富觉得很光彩，总说共产党好、新政权好。

"工作队的同志经常熬夜，我给送一棒子①洋油，咱这地场买不着，我特意去县城买的，还有一包洋火儿②。"黄广富这么一说，大家才注意到他手里拎着个大绿玻璃瓶子。

"老哥哥，还好吧？"黄广富把脸转向梁宝江。

梁宝江头也没抬，只轻轻地说了一句"还好"，就咳嗽起来。

"杨同志，有什么事就吱声，你们工作队的同志来这工作不

① 【棒子】bàng zi 本是一种短而粗的棍子，在东北方言有两项转义：①指玻璃瓶子，因其短粗的外形类似棒子，就称其棒子了，也称玻璃棒子。②指称手里常常拿着木棒子的一类人，含有一定的贬义。

② 【洋火儿】yáng huǒr 二十世纪二十年代外国的火柴传入东北，人们叫它洋火儿，或叫取灯儿，后来逐渐改叫火柴；进口的布叫洋布，进口的肥皂、香皂叫洋胰子。

45

容易，我这个当村长的有责任全力支持，千万别客气。"

李春海是这个小组的负责人，黄广富应该是知道的，不知什么原因，黄广富却总冲着杨永寿说话，杨永寿只得点点头。

"你们还没吃饭吧，那咱们走吧。"黄广富恰到好处地收住话头，放下带来的东西，转身与杨永寿他们一起走出屋门。

吃早饭时，区指导员耿均告诉大家，上午继续走访，下午给缺粮的困难户送粮。

区政府准备了马爬犁，马爬犁上放了十麻袋粮食，两匹马拉起来很费劲。杨永寿他们仨，加上区农会主任吴老贵、妇女会主任刘玉兰、郑家窝棚村长黄广富、农会主任郑方荣，一起去送粮。

顺着街走，先到孟老蔫家。"老蔫，给你送粮食来了！"刚到门口郑方荣就扯着脖子喊上了。

杨永寿打量郑方荣，矮矮的个子，敦敦实实，脸形上窄下宽，大嘴巴向前鼓鼓着，典型的猪肚子脸。眼睛一大一小，看人时特别明显。这人的长相让人不舒服，可不能以貌取人哪，杨永寿心里这样想。

孟老蔫听见喊声就出来了，大伙七手八脚把一麻袋苞米、一麻袋谷子抬到破下屋里。吴老贵将来意说了说，郑方荣盯把儿①插话，刘玉兰抹搭②他几眼，他装没看见。

临走黄广富还说："有了粮也不能可劲造，省着点，什么事

---

① 【盯把儿】dīng bàr 经常、总是、不停、不断、一个劲儿的，就是要把它死死地盯住不放松。盯，将视力集中在一点上。

② 【抹搭】mā da ①上下眼皮轻轻一碰，表示不高兴。②表示轻蔑和不屑。

都要掂量掂量。"话语里透着威严。

"嗯哪。"孟老蔫一个劲地点头。杨永寿看孟老蔫时，他发现孟老蔫的眼光躲躲闪闪的。

第二家是杨欣，刘玉兰先进屋看杨欣媳妇，杨欣媳妇又抹眼泪了。

这时听见黄广富在外面说："这是政府给你送的粮食，人哪，要知道好歹。"

杨欣闷着头没吱声，郑方荣又说了几句什么，只听见吴老贵喊："妈拉个巴子，东西送到就行了，说那么多干啥，还能把你当哑巴卖了，走了！走了！"

刚出杨欣家门，黄广富就说村里还有事得回去。

"村政府就在你家，你家就是村政府，啥时回去不都是一样。"刘玉兰的话不好听。

黄广富一咧嘴，没嗑磨①了，只得硬着头皮跟着。

到了郑玉家，黄广富什么也没说，也没进屋。还好，郑玉今天没喝酒，自己抄起一麻袋粮食放进偏厦，李春海和杨永寿两人抬一袋子还有些费劲。放下粮食，郑玉说了几句感谢的话，虽然不多，但杨永寿觉得那是真心的。

粮食送完了，刚要转身走，咦，郑方荣哪儿去了？吴老贵喊起来："郑方荣！郑方荣！"

听见喊声，郑方荣夹着狗皮帽子从屋里出来，龇着牙说："我看看屋里冷不冷。"

"谁知道看啥去了，说得真像那么回事。"刘玉兰戗他一句，

---

① 【没嗑磨】méi kē mo ①没话说了。②没有办法，不能继续下去了。

47

郑方荣未吭声。

当晚回到住处，杨永寿他仁就与梁宝江说起郑大头。

一说起郑大头，梁宝江的话匣子就打开了。他说，郑大头有一副好身板，也有一手好庄稼活，就是心狠。一到秋季割地的节骨眼上他就亲自下地，领着长工干，起早贪黑，跟不上的就扣工钱。他平时保养得好，这时吃的又比长工好得多，所以能跟上的不多。过了几年，他把大儿子也调教出一手好活，最近这些年都让大儿子领着干。这样，名义上他家工钱最高，实际上他付的工钱最少，庄稼还收得最快。他这人钩佳不舍①，有钱谁也别想借，自己也舍不得花，全放高利贷。谁要欠他的钱到期不还，或者欠租子未交，那你别想好。他要是看中谁家的地，早晚得抓挠②到手。梁宝江举了几家的例子，杨永寿一一记在心里。

唠完嗑，杨永寿按计划练发音和写字，孙大壮边认字边学写字的笔顺。几天的工夫两人都有进步，杨永寿说话顺溜多了，孙大壮已经会写自己的名字了，他高兴得多写了两遍。

黄广富家的灯也亮着，黄广富正和郑大头在外屋说话。

"真是王八（乌龟）钻灶坑——憋气又窝火，我一看那帮穷鬼就来气，真不知天高地厚，还想骑在我脖颈上拉屎，哼！"郑大头愤愤不平。

"姐夫，在人屋檐下，不得不低头，现在是人家的天下，凡

---

① 【钩佳不舍】gōu gā bu shě 极度吝啬，一点不值钱的东西也舍不得帮人，对他来说什么都是好的。钩，指挂钩一类的小物件；佳，读如 gā，"好"的意思，如"佳嘛"（gā mǎ），就是好的什么东西。

② 【抓挠】zhuā nao 这是个古老的词，有应付、对付的意思。①搔。②想办法赚钱。③用不光彩的手段捞取好处。④比喻可用的东西或可凭仗的人。

48

事都要忍着点，表面上对那些穷人好一点，特别是你那熊脾气要改一改，咱惹不起呀。"黄广富一脸无奈。

"唉，也不知老蒋多咱能过来，真是完犊子^①，那么多军队还打不过共产党的土八路。哪一天老蒋真过来，我抽了他们的筋，扒了他们的皮。"郑大头摸着光头，恨得直咬牙。

"小点声，小点声，骑驴看唱本——走着瞧，到时候再说。"黄广富说着看看窗外，其实窗外一片漆黑，什么也看不见。

两人又嘀咕一会儿，郑大头戴上帽子走了。走到门边，黄广富嘱咐说："没要紧的事千万别上我这来，有人盯着呢。"

"嗯哪，我这不是摸黑来的吗。"郑大头抄着袖侧棱^②个膀子走出大门，钻进夜色中。

躺在炕上，黄广富怎么也睡不着。想想自己在"满洲国"那咱多打腰^③，屯东头跺脚西头乱颤，哪个人不怕，哪个人不敬。现在可倒好，当个屁大的村长，还得说感谢话，整天赔着笑脸。这回金浪白他们来，明摆着是冲着郑家窝棚，自己要小心。他知道金浪白这人是共产党里的大能人，在克山是有名的，不好对付。"熬吧，说不定哪天国民党就打过来了，到那时又是我们的天下了。"黄广富似乎看到很大的希望，又觉着有些渺茫。

从外面看两间土坯房和偏厦很周正，黄土抹的墙平平展展；篱笆院墙没有破损的地方，又高又大的柴火垛齐齐整整，院子扫

---

① 【完犊子】wán dú zi 是说这人真没用，像小牛犊子一样什么都干不好，干不了。犊子，小牛，此词表示骂人的程度并不重。

② 【侧棱】zhāi leng 侧歪着，一般比喻傲慢、不服气的样子。

③ 【打腰】dǔ yāo 是指很吃香，吃得开，很受主子信任和喜欢，因而趾高气扬，神气得很。此词源于满清贵族官员和民国以后的军官，都要用宽布带或武装带系腰，因其有权势，走起路来神气十足，东北人以其指那些吃得开的人。

49

得干干净净；院子东南角有一个简易的牛圈，一头牛在悠闲地吃草，一看就是很会过日子的人家。听见响动，一只青灰色的大狗蹿出来，"汪、汪、汪"地狂叫。门"吱呀"一声开了，出来一个三十多岁的中年人吆喝住狗，把李春海他们让进屋。屋里也很整洁，一位中年妇女正在外屋刷碗，看见有人来赶忙招呼进屋，拽过烟笸箩要卷烟，刘玉兰说都不会才罢了。炕上坐着一位五十多岁的老人，满脸的皱纹。李春海向老人说明来意，老人的手和嘴唇有些发抖，诉说了令他心酸的一件往事。

老人叫刘德宝，五年前租种黄广富家两垧地，这爷俩任干，起早贪黑地侍弄，趁着两个好年头收成好，买了一头耕牛。农闲时爷俩也不闲着，就近找了一块丘陵下坡转弯处的荒草地，爷俩开起了荒。一头牛拉不动犁杖，爷俩就全靠锹挖镐刨。一年搞个二三亩，种点土豆白菜，到第三年就有一垧来地，就开始种大田。那地虽然不多，但所处地角好肥得流油，又抗旱又抗涝。郑大头看了眼红，就说是开了他家的荒山。刘德宝不服气，就打起了官司，硬是从村里打到县里也没打赢。也凑巧了，这时候郑大头家的谷草垛不知被谁给点了一把火，郑大头就诬赖是刘德宝干的。警察所将刘德宝抓去，不问青红皂白就吊起来一顿打，还是花钱托黄广富说情才被放回来的。一垧好地没了，人也落下后遗症，一干重活腰腿就疼。刘德宝讲到这儿眼圈都红了。

"大爷，去年工作队来你为什么不说哪？"李春海问道。

"说了，工作队忙啊，把这事交给区里处理，区里让找村长，找了几趟，黄广富光哼哈答应就是不动真格的，一直拖到今天。咳，人都说是亲三分向，是火热成炕，真是不假，没招啊。"刘德宝感叹地说。

"大爷，我们给你撑腰，你敢不敢与郑大头斗？"孙大壮问。

50

"敢，我怕什么，又没人敢抓我了，可惜那地呀！"刘德宝说完直拍胸脯。

出了刘德宝家往后一拐，就到了王西臣家。这家四口人，两口子有一个小子一个闺女，小子十三四岁。只有小子和他娘在家，说是王西臣领着丫头到后山整柴火去了。他家的小子看见有人来，抓起破帽子就往外走，杨永寿发现他有点跛脚。一提起孩子的跛脚，王西臣媳妇就哭起来，好像憋了很长时间，哭得说不出话来。刘玉兰知道是怎么回事，一边拉着她的手，一边讲述王西臣家五年前发生的事。

那年刚立秋，王西臣的儿子八九岁，在山边放他家的老母猪，与几个放猪放牛的半大小子在一起。不知谁提起要吃烧苞米，有两个年龄稍大些的就到跟前地里去掰，几个小的没去，负责划拉干柴火。他们刚把十几穗青苞米掰好，还没等放在火上烤，郑大头就气势汹汹地来了。那几个大点的孩子一看不好，就撒丫子①跑了。郑大头就抓住王西臣的儿子拷问，因王西臣的儿子没有进地偷苞米，嘴就特别硬，死活不承认。苞米明明在这儿摆着还不承认，郑大头来火了，将王西臣的儿子撂到地上就猛踢，踢得鼻口流血，哭爹喊妈的。直到郑大头觉得气出得差不多了，才捡起那几穗嫩苞米骂骂咧咧地走了。等王西臣和老婆赶到时，孩子已迷糊过去，赶忙抱到屯里老中医那里医治，命是保下了，可是小腿骨折没接好，留下了后遗症。

这时王西臣媳妇已停止了哭泣，补充说："这孩子脑袋也被踢坏了，时不时地说头疼。"

---

① 【撒丫子】sā yā zi 拔腿就跑。撒，放开；丫子，脚丫子，这里指腿脚。

孙大壮有些气不过，就问："就算白打了，没找他算账？"

"找了，郑大头说包赔他两石苞米，他就管治伤。我们小户人家，干又干不过，打官司打不赢，没法子。"王西臣媳妇撩起衣襟擦擦眼睛说。

"十几穗青苞米，怎么包赔两石？"

"郑大头说，他那五垧苞米地北头都让这帮放牛放猪的小孩祸害完了。"

刘玉兰鼓励她说："嫂子，现在不比从前了，共产党给穷人做主，我们什么都不怕，要直起腰与郑大头斗。"王西臣媳妇听了点点头。

北大荒地多，从农村建房就能看出来。这屯是三趟房两趟街，房子前后距离不少于五十米，房子左右之间没有紧挨着的，远的四五十米，近的也有二十来米。从王西臣家出来走了一小会儿，才到屯东头最边上的马架。刘玉兰在路上讲，这家姓张，老两口有两个儿子，大儿子傻，二儿子媳妇前些年得快当病死了，扔下一个半大小子也有七八岁了。走到近前，杨永寿他们看这个马架比梁宝江家的又矮又破，窗户也小，还畸扭着，房门趔歪着，用手抬一下才能关上。进屋半天才看清屋里的情景，可以说是一贫如洗。

南炕围火盆坐着两位老人，男的叼着烟袋在烤火，女的借着从窗户射进的阳光在缝补裤子，看来都有六十多岁。北炕一位中年男子在编炕席，麻利地忙活着。东北的炕席多数是高粱秆做的，弄起来很麻烦，不但要有好手艺，还要精细。杨永寿看看已经编完一半的炕席，用手摸摸，光溜溜的。

"二叔，你这炕席编得好啊，手艺真不错。"刘玉兰先搭话。

"没法子，种地打的粮食除了交租子剩不多少，哪年冬天都得编炕席呀，编个土篮子、筐什么的，贱巴喽嗖①卖俩钱，好对付过日子，要不怎么办哪。这不，狗剩领着他傻大爷上山割苕条去了。"编炕席的中年男子说完轻轻叹息一声。

"不是减租减息了吗，怎么粮食还不够吃？"李春海问道。

"减租减息，那不赶上割郑大头的肉了吗？少一点都不行啊。"南炕的张老爷子接过话头，并讲了一个真实的事：

"我们家一直租种郑大头家的地，年年紧着忙活，除了交租子还剩一点，就靠冬天闲时候老二编点什么填补填补，不然真就难熬了。一九四三年那年大旱，收成还没有往年的一半。打完场我就去找郑大头，请他高抬贵手租子缓一年交。我们家这些年从没欠过，我约莫②能行。没承想，郑大头一听就急眼了，鼻子不是鼻子脸不是脸的，把我好一顿攮丧③。那时快要过年了，我寻思等挺过了年再说吧。过小年那天刚吃完早饭，郑大头就派管家带着人来了。进屋二话不说就翻，把家里那点粮食一粒不剩地拉走了，说不够，还把一头壳郎④抓走了。全家谁也不敢吭声，老婆子就是一个劲地哭，咱惹不起呀。没办法，我们老两口年前年后死冷寒天的领着孙子出去要饭，又靠亲戚、邻居接济，要不连年都过不去。"

"现在政府让'二五'减息，郑大头敢不减吗？"李春海又问。

---

① 【贱巴喽嗖】jiàn ba lōu sōu ①价钱很低，没有多少利润。②不自尊，用轻浮的低贱的样子讨好别人。

② 【约莫】yuē mu 估计，差不多。

③ 【攮丧】nǎng sang 攮，用刀子往里刺；丧，丧命，字面意思是被刀子一下就刺死了；①特别倒霉。②给予严厉的训斥。

④ 【壳郎】ké lang 已经劁过的骨架将要长成了的尚未育肥的猪，也就是没上膘的"架子猪"。

"郑大头也不说不减，但他说地是我的，我想租给谁就租给谁，减不减你们看着办。他这一说，我们可不敢减哪，真要少交了租子，万一郑大头反桄子①，我们种啥呀？"

张老汉还说，郑大头动不动就敲打老实巴交的佃户："这天可说变就变哪，做事可要小心点。"他这一说，不少佃户更不敢少交租子了。

晚上，杨永寿与李春海将这一天的情况整理一下，三个人商量明天到黄广富家看一看，如有机会顺便找田大柱聊一聊。

躺在炕上，杨永寿却怎么也睡不着，王西臣家孩子挨打的事在脑海里萦绕，勾起了自己辛酸的一件往事。

一九三五年五月的一天，自己和哥哥正在上海街头捡破烂儿，忽然听见报童的声音传来："看报！看报！共军匪首在赣南被国军击毙！"哥哥买了一张一看，赶紧拽着自己往附近的黄浦江岸边跑。看着报纸上刊登的是小叔的照片，胸前和大腿部位还带有血迹，俩人抱头痛哭。哥哥说："小叔是为穷苦人死的，我们要好好活着，将来为小叔报仇！"回到破庙自己就病倒了，哥哥每天照样去找活干，挣钱给他买吃的。过了几天自己觉得好些了，就从破庙里出来溜达。刚到街口，看见法租界巡警押着一个用铁链子绑着的中国人，脸和胳膊被打出了血，巡警还边走边打。小叔死的仇恨已满满地装在自己心里，又看到中国人被欺负的场景，杨永寿的愤怒爆发了，从兜里掏出半截粉笔，在路边电线杆上挥笔写下"打倒帝国主义"几个醒目的字。还没等自己回过身来，就重重地被踢了个趔趄，接着又连挨几脚。转身一看是刚

---

① 【反桄子】fǎn guàng zi 翻悔。字面的意思是已经缠好了的一桄子线，又得反缠回去，活白干了。"桄子"是竹木制成的绕线器具，引申为已经说好了谈妥了的事，又翻悔不算数了。

才押送中国人的法国巡警，斜着黄眼珠瞪着自己。不知哪来的勇气，自己举起胳膊高喊："打倒帝国主义！打倒帝国主义！……"这时，法国巡警抡起警棍打向自己，记得自己用胳膊挡了几下，就什么都不知道了。后来听哥哥说，他跑过来时自己已被打得鼻口流血，昏死过去。一位好心的黄包车夫将他送回破庙，没钱医治只能硬挺着，从此落下了脑震荡的后遗症，经常头痛，听力也受到影响。

想到这儿，杨永寿非常同情王西臣的儿子。现在解放了，穷人已翻身，这口气非出不可。

不知不觉地又过了些天，刚好这天上午完成了走访任务，杨永寿看日头偏西，时间尚早，天气又晴朗无风，正适合打柴火。回到二栓子家，梁宝江一听说他们要去打柴火就百般不让。说了半天，一看他们非要去，就让二栓子跟着。二栓子找了两把镰刀，一根绳子，把黄狗套在爬溜儿①上，刚拐过房山黄狗就小跑起来，杨永寿他仨紧跟着还被落下了一大截。其实打柴火的地方就在房后二里来地，那是一个大漫岗子。漫岗子下面被开了地，上面生长着天然林。说是林子，都是些柞桦杨树，被屯子里的人年年砍，显得有些稀稀落落。可是那榛柴棵子、苕条却一片连一片，还有那茅草长得忽通忽通②的。杨永寿抬头四处一望，前几天又下了一场雪，白茫茫的无边无际，天空瓦蓝瓦蓝的，阳光照

---

① 【爬溜儿】pá liūr 一种小型的简易的爬犁。一般用两块前端翘起的一尺左右的木条做底，上钉短腿和横梁，或是在底上直接钉几块横板即可。有时人用它在雪地上拉东西，或是小孩子用它在冰上及有雪的斜坡上打出溜滑玩儿。

② 【忽通忽通】hū tōng hū tōng ①拟声词，模拟沉重的响声。②形容植物浓密、繁茂、长势旺盛。③形容柴草垛高高摇摇的。④形容日子过得兴旺发达的气象。⑤形容人特别多。

在雪地上有些刺眼。

干活前做了简单的分工，李春海割榛柴和苕条，杨永寿割雪地上的干茅草，孙大壮捡树空里掉在地上的干树枝，二栓子负责往爬溜儿上装。杨永寿别说割草，就是拿镰刀还是"大姑娘坐轿——头一回"。他学李春海的样子，抓住一小把草，将刀伸进一尺来深的雪里，往后一拽只割下几根，割下一把要两三次。孙大壮看见了，赶忙过来给杨永寿做个示范，并说一定要使劲。这回杨永寿憋足了劲，猛地往后一拽镰刀，草是一下子割下来了，自己却闹了个腚蹲儿，惹起一阵笑声。干着干着，孙大壮突然一跃抓住一条大树杈，树杈冻得发脆，一使劲，"咔嚓"一声就掰了下来。刹那间树上的雪花霜花纷纷落下，弄得他和离得近的杨永寿满身都是。孙大壮不好意思地冲杨永寿笑笑，把树杈掰巴掰巴装上爬溜儿。

也就一袋烟的工夫，就装了满满一爬溜儿。孙大壮用绳子捆好，二栓子牵着狗，他们三个在后面推着往家走去。

这时，屯子里升起了缕缕炊烟，白白的烟柱直立在洁净蔚蓝的天空中，给杨永寿一种既有生气又充满温馨的感受。

又过两天，早饭后他们来到黄广富家。院墙是用土草垡子砌的，有一人多高，用泥抹得齐齐整整。紫色的红松木大门虚掩着，刚一推门，忽地蹿出两条狼狗，狂叫着往大门上扑。房门"吱呀"一声开了，传来黄广富一声吆喝，两条狗摇着尾巴又跑回狗窝。

"来了，杨同志，看这死冷的天，快进屋。"黄广富迎上来笑着说。

进屋后感觉屋子敞亮，仔细一看，这房子比一般房子举架高，窗户大，而且窗户纸中间镶了一块玻璃，这在农村是稀罕的。屋子南北跨度也大，四面墙全是用白纸糊的，还吊了纸棚，地上放一张八仙桌和几把椅子。北面是炕，炕席是新的。黄广富介绍说，村政府就在这儿办公、开会，里屋是儿子和媳妇带孩子从县城回来住。说着，黄广富摆上一盘毛嗑儿①、一盆用冷水缓②的冻梨。

"杨同志，用不用我汇报一下工作？"不知什么原因，黄广富还是尽冲着杨永寿说话。杨永寿只得说："不用，不用，我们就是到这儿看看。"

这时开水已烧好，还放了茶叶，茶壶和茶碗都是蓝花细瓷的，杨永寿心想，真是与众不同。

"兰子，你怎么不坐？"黄广富一说，杨永寿才发现刘玉兰靠着北炕沿站着。

"什么兰子兰子的，我有大号！"刘玉兰没好气地说。

"对，对，刘玉兰，刘主任，请坐，请坐。"黄广富马上满脸堆笑地说。村协理员赶忙找个方凳放在黄广富身旁，刘玉兰瞥了一眼仍然未动。

正说着，村农会主任郑方荣进来了，大大咧咧地挨着黄广富坐下。

说是不用汇报，黄广富还是把村里的情况大概说了说。说的

---

① 【毛嗑儿】máo kèr 也说成"毛子嗑"，葵花子，俗称瓜子。葵花，又称向日葵，一年生草本植物，籽实可炒着吃，亦可榨油。在东北地区是从西伯利亚传来的。一百多年前，在东北铁路沿线和哈尔滨等大城市，俄罗斯人很多，他们体毛浓密，人们把他们叫老毛子。他们最爱嗑葵花子，于是人们就把葵花子叫毛子嗑或毛嗑。

② 【缓】huān 一种化冻的方法：把冻硬了的水果等放到冷水里一段时间，它就会吸收水的热量而融解，恢复了柔软状态。

过程把郑方荣好一顿夸，夸得郑方荣咧着嘴乐。黄广富讲着讲着还唉声叹气，说现在工作难干，老百姓日子比过去好过了，可还是不满意。种不上地找你，看不起病找你，鸡争蚂斗①的事也找你，什么事都靠村政府，村政府又没那个能耐，怎么解决？但共产党信任咱，再难咱也要尽力把事情办好。说到最后，黄广富有些慷慨激昂的样子。

　　黄广富讲完，郑方荣抢着说了一通，尽说黄广富的好话。说完没人吭声，郑方荣有些讪巴搭②的。黄广富一看，赶紧招呼大家嗑毛嗑、吃冻梨。

　　由于时间不到，黑黑的冻梨没缓好，李春海咬了一口直呲哈，捂着腮帮子说："哎哟，真拔牙③。"说完，李春海将冻梨放在桌子上，掏出手绢擦擦嘴和手。

　　"那到别处看看吧。"杨永寿说着站起来。

　　穿过灶房先来到西屋，这是里外套间，中间用间壁墙隔着。北面是炕，炕梢摆着炕琴④，炕琴的双开门上画着鲜艳的荷花图案。地下靠间壁墙放着梳妆台，上面都是女孩子的用品。黄广富说两个姑娘住这儿，现在不在家，在县里上中学。正说着从里屋出来一个富态白净的中年妇女，黄广富说这是他屋里的⑤。女人

---

　　① 【鸡争蚂斗】jī zhēng gě dòu 蚂，跳蚤，寄生于人和动物体表的昆虫。此词比喻搞不好团结，总是莫名其妙地在一些毫无意义的小事上争来斗去。

　　② 【讪巴搭】shàn ba dā 尴尬的样子，像当众受到冷落或讪笑似的觉得不好意思和难为情。

　　③ 【拔牙】bá yá 本是牙医把病牙薅掉，也指吃喝过于冰凉的东西使牙齿很难受。

　　④ 【炕琴】kàng qín 是一种炕柜，也有的地方叫"被垛格儿"，一般安放在炕梢靠墙处。它侧面开门，柜内可放布帛衣物，柜面上垛着叠好的被褥。

　　⑤ 【屋里的】wū lǐ di 对外人称自己或别人的妻子。旧时，一般家庭多是男主外女主内，男人称女人为"屋里的"。

穿着浅蓝色缎子面带素花的棉袄，浓密的头发梳得齐齐整整，后面绾了一个疙瘩鬏，上面别着一个银簪子，下身穿青布裤子，脚上穿着不大的绣花棉鞋，原来她是解放脚①。

"工作队的同志来了，哎哟，玉兰大侄女也来了！"这女人嗓门挺高也挺脆。

刘玉兰一听就把头扭到一边，没搭理她。

"这屋我还没收拾，唉，当个破村长忙得够呛，家里的活帮不上，还得罪不少人。"

"瞎扑吃②啥呀！"黄广富一审搭③，他老婆立马不吭声了。

来到门外一看，五间青砖房坐落在院中间。这个院子很宽敞，两面的房子都离院墙两米多远，显然是为了防备盗贼挖窟窿进来。正房离两边的房子都有十多米的距离，两侧都有一条三四米宽通往后院的路。后院是一个场院，秋天放收回的庄稼和冬天打场用。院西边是一溜土房，有碾坊磨坊豆腐坊，锁门那几间肯定是仓库。不一会儿就转到田大柱住的房子，田大柱正在㧯马料，看见生人进来搓着两手咧嘴笑一笑。靠北墙是铡好的一堆草，一台铡刀放在那里。进了南屋东面是一溜大炕，一个行李卷放在炕头。田大柱住的离院门很近，晚上打更、开门、喂马方便。顺着往北是马棚和猪圈，十来匹马在悠闲地吃草，一头小马驹看见生人进来，立刻跑到母马身边。三头一百多斤的壳郎舒服地躺在圈里，看见人只哼哼两声，连动都未动。马棚猪圈后面是

----

① 【解放脚】jiě fàng jiǎo 旧时指缠足的女人，缠好以后正赶上五四运动反对妇女缠足，或其他原因，就又放开了，称之为"解放脚"。

② 【扑吃】pū chi 不管不顾地瞎说一气。扑，从嘴里往外扑气；吃，同于"口吃"的吃，在此词中读轻声。

③ 【审搭】shěn da 训斥、谴责，严厉地批评教训人。

粪堆，顶上冒着淡淡的白烟。杨永寿有些不解，正要发问，李春海说话了：

"这后面怎么冒烟了，是不是着火了？"

"不是，那是沤粪，这疙瘩冬天都这样弄，在粪堆上挖个坑放些干草，一般都放牛马吃剩下的草节子。粪不沤不行，上到地里尽长草。"黄广富很懂行地解释道。

一看黄广富总跟在身边，也没法与田大柱交谈，李春海他们只得走了，黄广富一直送到门前的路边。黄广富刚转身进院，刘玉兰就说："虚头巴脑①的，我一看他那样子就恶心。别看他现在这个样子，过去在郑家可是乌鸦乌鸦②的。"

"怎样才能与田大柱谈一谈，最好不让黄广富知道。"杨永寿边走边说。大家提出一些办法，一琢磨又都不行。刚走了几十步，刘玉兰突然一跺脚说："有了！"

"什么有了？"大家惊奇地看着她。

"别问了，到我家等着吧。"刘玉兰把脖子上的围巾围了围，就在前头带路。

刚走到窗下刘玉兰就喊："妈，来客③了！"

"知道了！"声音刚落，李春海他们已进屋。

刘玉兰家普通得不能再普通了，但里里外外干净利索。南炕坐着一位四十来岁的妇女，正往炕桌上面铺零碎的布块，两手沾满黏糊糊的糨子，不用介绍就知道是刘玉兰的母亲。炕梢盘腿坐

---

① 【虚头巴脑】xū tóu bɑ nǎo 虚情假意、故作热情的样子。

② 【乌鸦乌鸦】wū yā wū yā 形容数量很多，黑乎乎的一片，像成群的乌鸦铺天盖地飞过来，分不出个数来，引申为势力大，能把天地罩住。

③ 【客】qiě 客人。此词音变非常典型。在口语里当客人讲时都读 qiě，如"来客""男客""女客""来人去客""娘家客"等。

着一位十六七岁的姑娘，戴着顶针儿纳鞋底，看见有人进来赶忙放下，边下地边说："姐，我去烧水。"

"不用了，我去烧。"刘玉兰又在妹妹的耳根说了几句什么，她妹妹戴上头巾就走了。

刘玉兰烧水的工夫，李春海他们坐在炕桌前，一边与刘玉兰母亲唠嗑，一边看她干活。

"大婶，这是做什么呀？"杨永寿问。

刘玉兰母亲告诉他这是打袼褙，就是把做衣服剩下的布条，还有实在不能穿的衣服洗净，挑没坏的地方剪成大小不一的碎块，用糨子粘成厚厚的、平平的一大块，晾干后做鞋底和鞋帮。

"大婶，你家玉兰工作积极，又能干，我们男的都不如她。"李春海是从心里佩服。

"好啥呀，一个姑娘家家的，整天疯疯癫癫，啥事还不是靠你们。"刘玉兰的母亲虽然这样说，但杨永寿看出她对刘玉兰是非常满意的。

当唠到郑大头时，刘玉兰母亲的笑容马上就没了，像变了个人似的。她说："郑大头这人隔路①，虽说是童养媳，早晚也是你家的人哪，玉兰十多岁就什么活都干，稍不如意就挨骂，在他家没少遭罪。唉，都怨自己当时没主意，把闺女推进火炕。"说着说着抹起了眼泪。

说到郑大头狠毒，刘玉兰的母亲讲到一件七年前发生的事。她说：

当时这个屯有个叫李武岳的，因他爱较真、认死理，有股不

---

① 【隔路】gé lù ①和一般人不一样，似乎是另一路的人。②也是说人不随和，我行我素。

服输的劲，人们给他起了个外号叫李老倔。这家人都能干，又会过日子，在屯子里算中不溜人家。有一年秋天，他家猪圈塌了，就到后山砍了两棵碗口粗的柞树做猪圈横梁。爷儿几个正修猪圈呢，郑大头家的管家来了，说是砍了郑家的山，要包赔五块银圆。李老倔一听就火了，郑大头家的山？胡说！那山从古到今就有，林子也是天生的，这么多年就在那长着，什么时候成了郑家的，我怎么没听说！那好，现在就把山和林地的契书拿来我就赔，不然那就是讹人，我还告你呢！没等到下午，郑家警察所就来人把李老倔绑走了。到了警察所，李老倔还是那套话，遭到一顿暴打。不管怎么打李老倔就是不求饶，搞得审问他的警察也没招了，绑在院子里的树上一下午。傍晚，警察所所长张三棒出面了，说他调查过了，那林子确实不是郑大头家的。李老倔心中一喜，认为这回官司能赢了。转而张三棒却说那林子是"满洲国"的，砍了也得罚。李老倔说罚我可以，去年郑大头家翻盖马棚牛圈，在山上砍了两车树，是不是也该罚？你们要是公平，先罚了他，再罚我，不然我就告到县里，县里告不赢我就告到省里，我就不信没有说理的地方。这下可惹恼了张三棒，把李老倔打得死去活来，打累了，就把李老倔吊在大树上，他们都睡觉去了。第二天早晨一看，李老倔人都硬了。他儿子去拉尸首时，警察所还放出话来，说这事不算完，还要等着处理。他儿子草草把李老倔埋了，就蹑么悄儿①地搬走了，听说搬到北兴那边一个叫牛家屯的地方，李老倔的小舅子在那儿。

---

　　①【蹑么悄儿】niāo mò qiāor 悄悄地行动，没有一点声响。蹑，本音niè，变读作niāo，蹑手蹑脚，小心翼翼的；悄儿，悄悄，没有声音或声音很低。

"妈，我怎么没听说？"刘玉兰一边端开水一边问。

"那时你还小不记事。白瞎①李老偏那个人了。"刘玉兰母亲说完咳了一声，这时刘玉兰的妹妹领着田大柱进屋了。

在黄广富家没有细看，小伙子长得很端正，个头中等偏上，脸蛋也许是冻的，红扑扑的。摘下狗皮帽子，露出一寸来长的短发竖竖着，全身透出青春的气息。杨永寿把要了解黄广富的事说了说，田大柱低下了头。

田大柱说："我在他家就是干活，黄村长心眼多，什么事都不让我插手。再说人家对我也不错，不能乱说。"

听见田大柱这样一说，刘玉兰的妹妹来气了："啥不错呀，你白干这些年咋不说呢？真是夙蛋包②！"

"你咋这么说话呢，大柱子就是老实巴交的人。"刘玉兰母亲瞪了刘玉兰妹妹一眼。

"他那是剥削你，你要跟他算账，我们给你撑腰，不要怕！"李春海给田大柱打气。

田大柱一听脸有些红了，说道："不是怕，人家在危难时帮过咱，要那样显得多不仁义。"

看出田大柱是个实诚人，不会撒谎，杨永寿接过话头说："你最近发现黄广富有什么变化，尽跟谁来往，知道多少说多少。"

"黄村长最近老爱发火，无缘无故地总呲打③他老婆。"田大柱想了想，还把赵振海半夜到他家和郑大头到他家的事说了说。

---

① 【白瞎】bái xiā ①浪费，糟蹋。②可惜。

② 【夙蛋包】sóng dàn bāo 本义指精液，一般用来讽刺人性格懦弱。

③ 【呲打】cī da 不断地批评、斥责。呲，申斥、斥责；打，打击、惩处。此词的偏义在"呲"，"打"字弱化成了词尾。

"我要回去干活了，回去晚了人家该不愿意了。"说完田大柱就往外走，刘玉兰的妹妹马上跟了出去。杨永寿已看出苗头，两个年轻人好上了。

不知谁提起农会主任郑方荣，刘玉兰的母亲就随便说了说。

郑方荣与郑大头都是山东那疙瘩一个村的，一个老祖宗，但早都出五服了。七八年前他在山东老家与人打仗失手打死人了，吓得跑到这儿投靠郑大头。郑大头也没照顾他，就让他跟长工一起干活。郑方荣本来就干啥都不着调①，庄稼院的活更不行，也受不了那个罪。他就去找郑老爷子，一口一个"二叔"地叫着。郑老爷子看这小子嘴巴挺顶对②，又是本家，就跟郑大头说让他跟着管家收收账。这家伙还真行，为郑家卖了很大力气，凭着三寸不烂之舌和横劲多收回不少陈欠的租子，郑老爷子和郑大头都很满意。逢年过节或来人去客就经常叫郑方荣一起喝几杯，这下郑方荣有点不知天高地厚了，常常以二掌柜的身份自居，在郑家指手画脚，郑大头和家人很反感。这还不算，郑方荣没事总爱在院里溜达，碰见满山红就嬉皮笑脸喊嫂子，总要缠着逗试③几句。满山红也爱撩骚④，抛几个媚眼，故意把鼓鼓的前胸往前挺着，或扭几下屁股。人已经走了，郑方荣一大一小的眼睛还直直地盯出好远。郑大头看在眼里，听在耳里，那个气呀，就想找茬治治郑方荣。也该倒霉，不久郑方荣收了一笔账没有交，拿着钱去了牌九局，三下五除二就输了，郑大头以此为由把郑方荣赶出郑家

① 【不着调】bù zháo diào 不能安下心来做正经事，指不守本分，不务正业，不学好。此词的本义是一唱歌就跑调，这里用的是转义。

② 【顶对】dǐng duì ①顶得上去。②用相应的人或物进行对换。

③ 【逗试】dòu shì 常常是大人逗弄小孩取乐，逗着玩。

④ 【撩骚】liáo sāo 本义是男女之间挑逗，也指无故撩试、骚扰他人。

大院。郑大头势力大，自己也理亏，郑方荣只得搬到本屯认的干妈家。他干妈也不是个正经玩意儿，郑方荣没事干又穷，住到这样人家谁能给他说媒，就一直打光棍。

郑方荣这人觉得自己比别人有能耐，总想出人头地，高人一等。共产党的工作队一来，依靠穷人闹翻身，郑方荣围着工作队转，白天黑夜跑前跑后，表现得特别积极，又能说会道，所以被推举为村农会主任。黄广富知道郑方荣不好惹，也知道他的弱点，就想法拉拢他。你不是爱显摆吗？出头露面的事都让郑方荣去干；你不是爱听好听的吗？就经常给你戴高帽子；你不是爱占小便宜吗？今天给你弄点好吃的，明天喝两杯，后天给你弄件穿的戴的；你不是着急说媳妇吗？隔三岔五介绍一个，虽然没成，但他很感激黄广富。就这样，黄广富将郑方荣抓在手中，凡是不好办或得罪人的事都让郑方荣去办，还把郑方荣美得够呛。

吃晚饭时，李春海将了解的情况向金浪白作以简要汇报，杨永寿特别提到工作队来的那天晚上，散会后赵振海到黄广富家的事，并建议派人到北兴区的牛家屯找李老倔的儿子，调查核实李老倔被打死一事。金浪白当即决定派李春海和牛春山明天坐马爬犁去北兴，他给北兴区政府打个电话，让他们配合一下。原来，伪满时期日本人为了便于统治和防备抗联的进攻，在各区安装了电话，现在仍然能使用。

第三章
他感到斗争真挺复杂，也很激烈

究竟怎么回事？为什么散会后那么晚赵振海还到黄广富家去？通过几天来与区、村干部及农会积极分子交谈，有人反映赵振海与黄广富关系不一般，但光听辘轳把响不知井在哪儿。

赵振海是郑家窝棚人，家里种着四垧来地，养着三头耕牛，家境还不错。赵振海是家里的老大，先念了三年私塾，又考上县中学。赵振海自小就聪明，学习成绩好，毕业后正赶上郑家区在郑家窝棚建立小学，他就当上了教员。这个学校有初小四个年级四个班，赵振海教国文。学校校长是从齐齐哈尔师范学校毕业的，家住克山县城，是县青年抗日救国会主要负责人之一。很快郑家区也成立了青年抗日救国会，赵振海被发展入会，加上前后屯的两名青年农民，郑家区范围内有了五名成员。他们秘密地在村屯、交通要道路口贴贴标语，散发传单，动员一些深受其害、对日伪统治不满的青年参加抗联，工作刚刚展开就遭到严重破坏。

一九四〇年中秋节前后的一天下午，他们正在郑家窝棚西山

66

一个废弃的瓜窝棚里开会，一小队日本鬼子和三十多名伪警察将他们包围了。其中两个青年农民救国会成员拼命往山上树林子里跑，被射来的一排子弹打中牺牲了。校长、赵振海，还有另一名教员被抓到县伪警察署，日伪人员可能知道校长是个重要人物，连夜先审讯他。等到天亮校长被拖回来时浑身是血，被打得皮开肉绽，坐老虎凳将一条腿压折了，快到中午才醒过来。下午又是一番严刑拷打，还灌了辣椒水，等抬回牢房已没气了。赵振海吓坏了，心想，这回该轮到我们俩了，看来这一关很难过去。

晚上，一同被抓的那位教员被带走了，赵振海坐立不安。大约十点来钟，突然传来一阵紧密的枪声，监狱里的人都齐刷刷站起来。这时听见有人喊："抗联打来了！抗联打来了！"引起一阵骚动。看监狱的警察吆喝几声，就不知跑到哪里去了。人们拼命地摇晃铁门，还是打不开。不一会儿，抗联的战士冲进来，砸开监狱的铁门，一百多名所谓的犯人有的直接参加抗联，有的就势逃命了。赵振海顾不得受审的那位教员的死活，连家也没敢回，直接跑到鸡西煤矿。先是下井挖煤，不长时间煤矿老板发现他有文化，就安排在井上卖煤运煤兼管账。日本人一投降，赵振海就跑了回来，积极参加新政权建设和土地改革。他那位同时被抓的青年救国会成员，已成为一名民主联军团副政委。原来，伪警察署审讯室紧挨着监狱，抗联砸监狱的时候也将他救了出来，他毫不犹豫地跟着抗联走了。由于他作战勇敢，机智顽强，又有文化，由文书到小队长、中队长、大队教导员，一九四六年初部队迅速扩编，他就担任了团副政委。那年夏秋季节率领部队在克山、克东、德都一带剿匪，剿匪胜利结束后顺便回趟郑家区探亲，专门看望了赵振海。当时赵振海还有些不好意思，人家却没在意，亲近得很，大有患难之交的感觉。这可给赵振海带来了荣耀和资本。在组建郑家区政府时，县工委和土改工作队考虑到赵振海前些年参加过抗日活动，蹲过日本人的笆篱子，有文化，又比较精明强干，就让他担任了副区长。

那他与黄广富为什么走得这么近呢？看来还需要进一步了解。有的干部反映，去年分配日本开拓团的地是赵振海主持的，全区二百来垧地，离哪个屯近就以哪个屯为主，分给了无地的穷人。郑家窝棚村分了二十来垧，也是赵振海和黄广富捣鼓分的，没有交村农会公开讨论，只是分完后张榜公布一下就完了。怎么办呢？黄广富是全县树立的开明乡绅，还是慎重些好。金浪白虽然嘴上没有说什么，心里一直念叨黄广富、郑大头、张三棒、赵振海的名字。

看见金浪白在地上背着手来回走动，杨永寿想起，来郑家窝棚前一天夜里下了一场大雪，有半尺多深。那天早上一出门，杨永寿、孙大壮就感觉天气比头一天冷多了。他俩刚把行李放在马车上，金浪白也背着行李过来，把手里拿的东西递给杨永寿和孙大壮，只说两个字："换上！"他俩一看是两顶狗皮帽子和两件羊皮坎肩，就连忙换上，身上顿觉暖融融的，心里更是热乎乎的。杨永寿知道，天气一天比一天冷，这两样东西肯定管用。

这些天杨永寿听说一些有关金浪白的有趣故事。

金浪白，回族，黑龙江庆安县人。一九三四年东渡日本留学，七七事变后回国，到驻西安的东北军中做地下工作，曾两次在延安"抗大"学习。在东北形势最严峻的一九四二年，被派回家乡组织回汉支队开展武装抗日活动。去年六月他率领省工委工作队进驻克山，十八名队员中有延安和晋察冀根据地来的，也有原东北抗日联军部队的。这些人基本还是穿着原来的装束，一到农村贫苦农民看见就躲。金浪白一看这样不行，立即下令工作队员一律换成当地贫苦农民的服装。他带头，身穿打补丁的便服衣裤，头戴麦秸编的草帽，脚穿家做的圆口布鞋，一副地道的北大荒农民打扮，还经常背一个钱褡子。那时区级政权还没有建立，他们的主要任务就是发现和培养积极分子，建立区、村级人民政权，发动和带领群众开展反奸除霸斗争及减租减息运动。

那时克山还不安定，日本投降后散落在民间的枪支很多，有日本部队和日本开拓团丢弃的，有从伪满部队带回来的，有伪满人员藏匿的，还有大地主响窑①看家护院用的，斗八小米就能换条枪。一些罪大恶极的伪满人员趁机拉起队伍，所以土匪如毛。虽然进行了大规模的剿匪，还没有完全扫尽，在东北各地也发生了一些反动土匪杀害土改工作队和农会干部的事件。金浪白他们一年四季全靠两条腿走，差不多走遍了克山以北古北、刘大、北兴几个区比较大的屯子。他坐在穷人的炕上唠家常，在破马架子里讲穷人翻身的道理，点起了穷人闹翻身的火焰。金浪白记性特别好，只要去过一次的屯子，屯子里积极分子的姓名、住处记得清清楚楚。他有一个习惯，假如晚上在这个屯子里开会，就是再晚也不住，说是住到后屯去。其实他和警卫员、随行的工作队员绕了个弯，住到了前屯、东屯或西屯。这主要是为了安全，但还是遇到了危险。

去年十一月中旬的一天上午，他带着一名工作队员和警卫员从北兴区的蔡家岗到太平庄去开会，走到蔡家岗西面的漫坡下面，突然从榛柴棵里钻出四个拿枪的人，大喊："不许动！"

有一个家伙挥舞着手枪问："干什么的？"

---

① 【响窑】xiǎng yáo 旧时东北社会荒乱，胡子、土匪横行，村屯中耕种几百垧、上千垧地的大户人家，就修院墙、建炮台、买枪、雇炮手，武装自卫，被称为响窑。响，表示有枪炮的声响；窑，土围子，堡垒。

"我们是收皮货的，放我们过去吧。"金浪白不慌不忙地回答。

"收皮货的，好啊！快留下买路钱，老子就放你们过去。"拿手枪的家伙用枪指着金浪白吼道。

金浪白连忙摆着手说："别开枪，别开枪，我这里有票子。"

"什么他妈的票子，老子要银子，快！拿银子来。"拿手枪的家伙紧着催。

"好，我拿银子。"金浪白说着迅速用眼角扫了警卫员一眼，把钱褡子放在地上弯下腰去掏。这帮家伙看金浪白虽然穿着光板羊皮袄、大棉裤，但长相和说话像个有钱的主，估计钱褡子里有银子，都睁大眼睛瞧着。金浪白故意摸索去掏，警卫员趁着这个机会迅速从怀里掏出枪来，"啪"的一声，拿手枪的土匪应声倒下。一愣神的工夫，金浪白钱褡子里的枪响了，对面的大个子也趴下了。剩下的两个土匪撂下枪跪地求饶，押回去一审，原来都干过伪满警察。

还有一次，克山县原伪满"国高"请金浪白作报告。他本想讲一讲全国及东北的革命形势，刚讲十多分钟会场就出现嗡嗡的说话声。金浪白一想，肯定是看我的穿着打扮和一口土话，以为我是大老粗，有点瞧不起我。于是他顿了顿，把话头一转提高了嗓门：

"诸位先生，诸位学生，中国几千年为政、为人、为学，灌输的都是儒家思想，即孔孟之道。诸位都知道《论语》吧，不是有半部《论语》治天下的说法吗，那我们就谈谈《论语》。子曰'学而时习之，不亦说乎，有朋自远方来，不亦乐乎'，我们是从延安、晋察冀和山东根据地，以及白山黑水之间，为了东北和全国解放，为了帮助穷人闹翻身而来到你们这里，难道诸位不欢迎吗?"台下传来一阵笑声。

讲到这里，金浪白叽里咕噜地讲了几句日语，问："在座的先生有教日语的，诸位学生是学日语的，我讲的这段话是什么意思？请回答。"台下面面相觑，一片沉寂。

"诸位，诸位，金政委在日本留学四年，是标准的东京语言。"主持会议的校长有些尴尬，急忙出来打圆场。

"我讲的意思是，日本侵略中国是非正义的，大错而特错，必然失败。那么，他们为什么强迫我们开日语课呢？那就是文化侵略。世界上很多国家都学英语、讲英语，包括我国的香港，还有离我们很近的印度、巴基斯坦等国，因为它们都是英国的殖民地。日本政府让我们学日语，就是想让中国成为他们的殖民地，最后达到灭族灭种的目的。我们学习日语没有错，有好多学生、教师参加了抗日活动，特别是参加抗联的，因会日语为搜集研究情报、消灭日军提供了有利条件。现在日本投降了，我们学的日语可以为国家、为人民所用。但当前最重要的是中国向何处去。"金浪白抬起头来，用眼光慢慢地扫了一下会场。

"子曰'为政以德，譬如北辰，居其所而众星共之'，国民党是为少数人谋利益的，执政多年，腐败透顶，贪官污吏搜刮民脂民膏，官僚资本家大发国难财，土豪劣绅横行乡里，大多数人仍生活在水深火热之中。而共产党是为广大人民服务的，是大仁大德，所以受到人民的热烈拥护，比如土地改革……"金浪白滔滔不绝，下面掌声不断。

听到人们讲述这些，杨永寿对金浪白更加敬佩。

又过了两天，去北兴区牛家屯调查的回来了。金浪白召集两个组的同志和区政府领导碰一下情况，问题基本搞清。郑家窝棚村的穷苦百姓没有发动起来，主要是恶霸地主郑大头没有被真正打倒。郑大头很狡猾，他不敢明着不执行减租减息政策，但他向租他地的佃户和高利贷户放出国民党很快就要打过来的风，要么就扬言收回租出的地和放出的高利贷，使得那些胆小的一点也不敢少交。只有区、村干部和积极分子，郑大头是完全按"二五"减租减息标准执行的。大多数贫雇农还在繁重的负担重压之下，所以他们拥护共产党和新政权的热情逐渐降低。同时，已基本核实郑大头有一条人命，还打伤致残两个人，逼得四户逃离郑家窝棚。他勾结伪官府仗势欺人，强占别人的土地和牲畜，经常打骂交不起或交不齐租子、借贷的农户，还有奸淫良家妇女的恶劣行径。大家在述说郑大头罪行的过程中，表示了极大的愤慨，特别是李春海和吴老贵、刘玉兰、孙大壮，简直是义愤填膺。

"马上召开大会斗争他，先打打他的威风。"

"让受害的人在大会上控诉，激起民愤，提高群众的阶级觉悟。"

"妈拉个巴子，郑大头这些年剥削穷人，他家中的财宝肯定是大鼻子他爹——老鼻子①了，起出来分给穷人。"

"把他的地也分了。"

"这样的恶霸应该枪崩他，为死去的人报仇雪恨。"

一些人则表示有些担忧，担心受害人不敢揭发，群众发动不起来，斗争大会开冷清了，别再煮了"夹生饭"，是不是需要再做一些工作。

"你们这是右倾思想，要相信群众，依靠群众，前怕狼后怕虎怎么能行！"

---

① 【老鼻子】lǎo bí zi 形容人和物多得数不过来。人太多，看到无数的鼻子，以鼻子代人。

没等杨永寿张口解释，李春海又说话了："阶级斗争就是你死我活的斗争，不斗，郑大头不会自行倒下，郑大头不垮台，那郑家窝棚的穷人什么时候才能翻身！"李春海激动得站了起来。

"现在国民党军队还在长春一带打仗，别说全国就连东北还没全部解放，群众有顾虑也是正常的。另外郑大头在这儿横行霸道这么多年，不少佃户还种着他家的地，把穷人都欺压怕了，敢不敢站出来申冤还不好说。"省工作队的老王慢声细语地说。

"有什么不敢的，现在谁还害怕郑大头，杀了剐了他都敢！"刘玉兰拿出一股横劲。

听见金浪白咳嗽一声，人们停止了争论，都看着他。

"郑大头没有被打倒，所犯罪恶没有彻底清算，减租减息没有真减，就是前期工作煮了'夹生饭'。是我们思想右倾的表现，依靠穷苦人闹翻身的思想不牢靠，胆子小了，怕出乱子。正像毛泽东同志在《湖南农民运动考察报告》中说的那样，像小脚女人，成了农民运动的尾巴。这样是不行的，必须彻底纠正。但煮饭好煮，煮夹生饭不好煮。怎么煮？没别的办法，就是加水，猛烧火，狠狠地煮，煮它个稀巴烂。我们不打无准备无把握之仗，要把干柴准备多多的，把水加得满满的。那就需要我们进一步把贫雇农闹翻身的劲头鼓动起来，使他们不但想当家做主，也敢当家做主。当前重点把受害人的工作做好，让他们打消顾虑勇敢地站出来与郑大头算账，有仇报仇，有冤报冤。"大家觉得金浪白的一番话说到了要害，还需要把工作做得更扎实一些。

一连几天抓紧串联和动员，不少人认为工作做得差不多了，尤其是李春海急得不行，他和刘玉兰一再主张马上开斗争大会。但杨永寿和省工作队老王等几个人总感觉事情没那么简单，起码召开批斗郑大头大会的条件还不够成熟。在工作队和区领导会上争论得很激烈，正巧金浪白去省委开会，得十多天才能回来，没了依靠，主持会的耿均很为难。同意开批斗会吧，万一不成功再煮"夹生饭"怎么办？不同意吧，是不是又犯了右倾错误，拖了群众运动的后腿？思来想去觉得还是主动一点好，尽快挽回过去的不良影响，于是他狠了狠心决定马上召开斗争大会。

田大柱刚穿上一双新棉鞋在地上试着来回走，听见有敲门的声音，谁呢？这么晚了来干什么？

出去一问，一听是赵振海的声音："我不进去了，让黄村长出来一下。"

黄广富出来到大门旁与赵振海悄悄说了几句就回屋了，赵振海也走了。不一会儿，田大柱看见黄广富的老婆扭搭扭搭地走出来，虚掩上大门不知干什么去了。也就一袋烟的工夫，黄广富老婆回来了，后面跟着郑大头。

"这下真完了。"听完黄广富说要斗他的话，郑大头哭丧着脸说。

"实在不行蹽吧。"黄广富媳妇边拨玻璃灯罩里的灯捻边说。

"往哪儿蹽啊？哈尔滨以南铁路都被破坏了，早都不通车了。国民党就剩几个大城市，农村差不多都被共产党占领了，到处是站岗放哨查路条的。"黄广富接过话说。

"我才不走呢，我舍不得那地呀，我那大院套啊，死也要死在这儿。"郑大头说话带着哭腔。

"没啥招，挺着吧，走一步说一步。不过，斗你时一定要装得老实，好汉不吃眼前亏，更不要乱说。"黄广富一再叮嘱。

"他妈的，我过去怕过谁呀，现在可倒好，一帮穷鬼都敢骑

74

在我头上拉屎撒尿，老蒋怎么还不快过来呀！真他妈完犊子。"郑大头眼神里露出无奈。

"好汉不提当年勇，你想想，这些年你也没少做缺德事啊。"

"还说我呢，你也不搬块豆饼照照，不比我强哪儿去。"

"真是狗咬狗——一嘴毛，都啥时候了，你俩还扯那没用的！"黄广富媳妇一句话说得俩人谁也不吭声了。隔了一会儿，黄广富又低声说了几句什么，郑大头戴上帽子走了。

这个情况第二天上午杨永寿就知道了，他想，只能等金政委回来再说。

第三天上午，在村小学召开斗争郑大头的大会。三间房的教室挤得满满的，有的坐在课桌上，有的坐在板凳上，有的站着。地中间留一个空场，一个烧木柈子的铁炉子呼呼地响，屋里暖烘烘的。土改工作队和区村领导坐在空场两边，正面坐着准备在会上发言的人员。杨永寿从来没有参加过斗争会，有些兴奋，又有些紧张。

这时摇摇晃晃进来一个人，"哟，六指儿划拳——都来了，比我还积极呀。"说着四处张望。

杨永寿一看这人三十来岁，戴着一顶破狗皮帽子，两手抄袖，胳膊肘和膝盖处露着棉花，袖头也耷圈了，滴溜当啷①的。前大襟尽嘎巴，脸好像从来没洗过。

"呀！桂花，你也来了。"来人笑嘻嘻地朝着里面一个穿花格衣服的妇女打招呼。

"二赖子，瞧你那尿样，来了，咋的？"那位妇女也不示弱。

①【滴溜当啷】dī liu dāng lāng ①悬挂起来的杂物，不停地悠荡着。②形容饥饿和劳累的样子，出汗多，或连走路都不利索。

75

"不咋的，就是想你呗！"叫"二赖子"的人一脸坏笑。

"做梦娶媳妇——尽想好事，想啥，想吃咂儿①呀，老娘给你留着哪。"说着那位妇女站起来，做出解棉袄怀的样子，有几个凑热闹的往前推"二赖子"，"二赖子"往后挣。

"看看，一动真格的就尿了吧。"有人嘲笑"二赖子"。

"妈拉个巴子，二赖子，别闹了，快找个地方坐下。"吴老贵说。

"你不知道啊，她是我小姨子，咱这地场不是说小姨子有姐夫半拉屁股吗，闹得着，这还是轻的呢。""二赖子"斜着瞅了吴老贵一眼。

"臭美吧，你连个媳妇都没有，哪来的小姨子，真是坐家女哭孩子——瞎咧咧。"不知谁插了一句。

"二赖子"更来劲了，"不是瞎说，我们有论头，我和桂花她姐夫是狗皮袜子——没反正，他小姨子不就是我的小姨子吗。"

"你有完没完，要开会了！"真是"卤水点豆腐——一物降一物"，黄广富一句话，"二赖子"就蔫不声地蹲下了。

这个人怎么回事？刘玉兰告诉杨永寿，"二赖子"是这个人的外号。他爹妈死得早，没人管，养成游手好闲、小偷小摸的习惯。屯子里谁家办个什么事，他上赶着去帮忙，也干不了什么，就图个"嘴巴抹石灰——白吃"，三十来岁了，还是光棍一条。

"他怕黄广富吗？"杨永寿又问。

刘玉兰一听摇摇头说："不是怕，是怕领不到救济粮。"杨永寿还要问些什么，这时耿均和杜义、赵振海已进来，会议就开

---

① 【吃咂儿】chī zār 小儿吃奶。咂，有吸、呷、吮之义。咂儿，一般指乳头，有时也指乳房。咂，本为动词，儿化后转变为名词了。

76

始了。

耿均代表区政府讲了话，主要是动员穷人闹翻身，敢于与恶霸地主斗，他说："现在是共产党的天下，共产党是为穷人撑腰的，东北要解放了，国民党反动派的日子是秋后的蚂蚱——蹦跶不了几天。我们不但要斗争地主恶霸，还要分他们的土地、财产给穷人。"

刚讲到这儿，就听见噼里啪啦几声掌声，一看是"二赖子"自己拍的，他还得意地左右看看。

"妈拉个巴子，把恶霸地主郑占魁押进会场！"吴老贵的话音刚落，牛春山就带着四五个全副武装的自卫队员押着郑大头进来，杨永寿这时才知道郑大头大号叫郑占魁。这人大个头，一脸横肉，膀阔腰圆，大眼珠子睖睁①着，穿着普通的大棉袄大棉裤，大脑袋上扣一顶旧毡帽，可能平时洋棒惯了，虽然低着头，脖子却明显地梗梗着。

"妈拉个巴子，郑占魁，今天是郑家窝棚的贫雇农与你算账，清算你是怎样欺压剥削穷人的。你要认清形势，现在是穷人的天下，穷人翻身了，穷人要革命，要当家做主。低头认罪是你唯一的出路，态度要老实，你听明白没有？"吴老贵交代。

"听明白了。"郑大头把腰往下弯了弯。

"那好，妈拉个巴子，在座的穷哥们，大家要把腰板直起来，把多年的苦水倒出来，谁来说？"会场一阵沉默。

李春海一看急了，示意坐在前面的几位说话，孟老蔫看见李春海的手势头更往下低了，杨欣则侧过脸去假装没看见，刘德宝叼着烟袋吧嗒吧嗒也没吭声。

_____

① 【睖睁】léng deng 眼珠子骨碌骨碌地盯视着人，表示不乐意的样子。

"我说。""二赖子"站了起来。

"我是咱屯最穷的,我要革命,我要翻身,我不怕报复。郑大头,前年我拔了你家后园子几棵葱,你家的大狼狗把我的屁股都咬出血了。"会场阴影里传出笑声。

"笑什么,我说的都是实事。大前年秋天我抠了他家一筐土豆,被郑大头踢了两脚,还把筐给踹烂了。你们说他有多狠哪,他对我们穷人就是有仇恨,今天我要报仇雪恨!"

"偷东西还不打你,打得轻。"郑大头虽然声音不高,但跟前的人都听见了。

"什么,打得轻,我让你不老实!""二赖子"说着就猛地往前一蹿,一把将郑大头的毡帽打掉,郑大头剃得光光的头顶露出来,显得脑袋更大了。

吴老贵示意"二赖子"坐下,又提高嗓门说:"妈拉个巴子,谁还讲?"会场又是一阵沉默。

"我说。"杨永寿一看是他们走访的张老汉的二儿子。他有些紧张,磕磕绊绊地将郑大头过小年时收租子,一点吃的都没给留,逼得老父老母要饭、全家挨饿的事讲了一遍。

"自古以来种地交租子天经地义,要不要饭、挨不挨饿是你们的事。"没等张老汉的儿子将话说完,就被郑大头的话打断了。

"那你减租减息了吗?你是欺骗政府。"李春海急忙插话。

郑大头用眼睛瞄了一下发言的人,觉得是工作队的,就没敢再吱声。

"郑大头,我父亲是怎么死的,是你串通警察,那么壮实的人就活活给打死了,狼心狗肺,没有一点人性!"原来,提前几天通知李老倔的儿子从北兴区牛家屯赶来的,他站起来,气愤得有些说不下去了。

"打倒地主恶霸郑占魁!"

"打倒一切反动派!"

"我们穷人要翻身!"

"共产党万岁!"

李春海领着喊起了口号,喊得最起劲的还是"二赖子"。

"我有罪,我有罪,我是诬告,想治治李老倔,可人不是我打死的,是张三棒他们那帮警察打的。"郑大头一边认罪,一边还在辩解。

"你,你,你都这么大岁数了,还祸害人家小媳妇,有没有这事?""二赖子"又抢着问话。

郑大头抬眼瞅瞅"二赖子",说:"古话讲,抓贼拿赃,捉奸拿双,可不能乱说,你偷我家东西可是当场被抓住的。"

"二赖子"一听接着又说:"就是不公平,你他妈说俩媳妇,小媳妇比我还小,长得还俊,我一个都没有。"郑大头白了"二赖子"一眼。

"二赖子,别说了,谁家闺女跟你呀?喝西北风啊!"不知谁说了一句,"二赖子"一听又蹲了下去,会场又一阵寂静。

刘玉兰赶忙给王西臣媳妇使了个眼色,王西臣媳妇站了起来。

"屯里人都知道,我们家的人都老实,孩子也懂事,他没去掰郑大头家的苞米,可是郑大头抓住他就打,一个八九岁的孩子,小胳膊小腿的,能禁住他那样打吗?活拉①将腿踢折了,落了个跛脚,可让他这辈子怎么活呀!"王西臣媳妇说着就哭了起

---

① 【活拉】huó lā 比喻一种极端残忍的撕心裂肺的痛苦程度。其字面意思是硬把一个鲜活的生命体拉断撕碎。此词也可说成"活撕拉"。

来，有的妇女也跟着抹起眼泪。

"打倒恶霸地主郑占魁!"

"血债要用血来还!"

李春海又领着喊起口号，这回声音大得多，杨永寿、孙大壮，还有一些人站了起来，会场出现了群情激愤的场面。杨永寿看郑大头梗着的脖子也弯了下来。

"你这个恶霸，你这个浑蛋，我要大义灭亲!"

这时黄广富冷不丁冲上来，"啪、啪、啪、啪"，左右开弓四个大嘴巴，又上去一脚将郑大头踹倒，郑大头顺势倒在了地上，嘴角流出了血丝。

"你他妈的装死，看我怎么收拾你!"黄广富还要用脚踢，被赵振海拉了回来，但他叉腰站着，面朝郑大头眼睛却往两边看了看。

"妈拉个巴子，郑占魁，你不要耍赖皮，快起来!"吴老贵冲着躺着的郑大头说，郑大头就是不动。牛春山喊两个自卫队员将郑大头架起来，自卫队员刚一松手，郑大头又堆缩下去，还"哎哟、哎哟"地叫唤起来。一看这样，吴老贵与耿均、杜义简单商议几句，就让两名自卫队员将郑大头架了下去。吴老贵最后讲了几句，大意是说，对郑大头的斗争才刚刚开始，像郑大头这样的恶霸地主跟穷人作对，跟共产党作对，他是"王八吃秤砣——铁了心"了，我们贫雇农要像打绳子一样拧成一股劲，跟郑大头斗，跟着共产党闹翻身、求解放。

散会后工作队和区、村领导留下商量对郑大头怎么处理，意见明显不一致。杨永寿最后发言，他说："要想把郑大头斗倒斗垮，还需要继续深入发动群众，重点是如何让受害人消除顾虑，激发他们的仇恨，敢于站出来揭发郑大头的罪恶，让他在铁证面前低头认罪。我的意见是先把郑大头放了，让他回家好好反省，接受群众的斗争和改造，有些事情还要等金政委回来再说。"

大多数人同意杨永寿的意见，只有李春海、刘玉兰不同意。李春海情绪有些激动，他说："把郑大头这样放回去，贫雇农就会认为我们整不垮郑大头，郑大头和他的亲属、亲信也会认为把郑大头咋的不了，这样影响下一步斗争的开展。"虽然不同意又没提出好的办法。

散会后郑大头就回家了，人们发现郑大头的脖子又梗了起来。

在斗争会上，李春海、杨永寿、孙大壮才知道郑大头有两个老婆。晚上，梁宝江讲了郑大头娶小老婆的经过。

郑大头娶小老婆时已经四十多了，那时他两个儿子两个闺女都大了，大儿子已结婚有了孩子。正赶上郑大头老父亲要过六十大寿。郑大头是独生子，随父母到克山开荒种地，几年工夫挣了钱站住脚，他也大了。父母做主从山东老家选了个不错人家的女孩，不仅人长得好也很能干，可能受孔孟之道的熏陶，对郑大头父母特别孝顺。随着郑家的日益发达，郑大头早就想纳妾，可是父母百般阻拦。二十多年就这样过来了，其间他母亲也患病去世了。郑大头知道父亲带他闯关东，一步步走到今天不容易，就想把六十大寿搞得热热闹闹的，也趁机收收财礼，于是请了一个草台班子唱三晚上二人转。这草台班子班主姓单，是个老唱家，大半辈子在二人转堆里混，东跑西颠染上了大烟瘾，挣那俩钱全填进去了，成了穷光蛋一个。媳妇本来是跟他唱一副架①的，气得

---

① 【一副架】yí fù jià 解放前唱蹦子的（即今之二人转的前身），只有两个演员上场，一为上妆，又称包头的，一为下妆，又称逗丑的，合称一副架。副，量词，用于成套的东西；架，架子，即演出的组织、结构。

跟别人跑了。可是，他有一个漂亮的女儿叫单小红，二十刚出头，打小就跟着剧团，七八岁学唱二人转，十三四登台。唱得还算可以，主要是扮相好，唱来唱去唱出点名堂，起了个艺名叫满山红。郑大头为他父亲祝寿时刚种完地，离铲地还有十几天，正是农闲时节。郑大头在自家后场院搭了戏台，南北二屯都来看。第一天晚上，郑大头和家人及亲属陪老太爷看戏，那满山红一出场，就把所有的人都震住了。就那长相，男人看见眼睛就直了。瓜子脸，一双大眼睛左顾右盼，一个媚眼就勾人魂魄；那身段，一招一式，举手投足都带着一种韵味。郑大头看傻了，只顾张着嘴乐。看了一会儿，郑大头吩咐管家准备夜餐。郑大头虽然有钱，却从没这样大方过，真是心里高兴。演完卸妆后，管家招呼演员到客厅用餐。连演员和拉弦、打鼓、敲锣的一共十来个人，老爷子、郑大头夫妇、黄广富与单班主和满山红父女，还有两名男女主角一桌。单班主和满山红不愧是跑江湖的，会察言观色，能说会道，能劝又能喝，一口一个"郑爷""黄爷"甜甜地叫着。那顿饭郑大头喝多了，说话舌头直打卷，被人扶着走的。临走还指着满山红说："演得好，好，好，管家，赏……赏……赏十块……"

一连两个白天，郑大头有事没事总往演员睡觉的屋子里溜达，名义上是看看住得好不好。演员们正在排练，郑大头的眼睛一个劲往满山红身上瞄。满山红假装没看见，有时故意朝着郑大头抿嘴笑一下，搞得郑大头心里那个痒痒，但又不能久留，转一圈就走了。第三天演出散场后，郑家照样举办酒席送行。喝酒前单班主与郑大头悄悄说了些什么，别人以为是说演出费用或者明天要走的事。当晚郑大头推说头痛，酒喝得少，但劝别人喝得多。满山红也显得心事重重，勉强喝几口，说身体不舒服提前退席了。后来过了有半年，不知怎么郑大头竟娶了满山红做了小老婆，还是有钱哪。不过，满山红结婚刚七个月就生了孩子，有人说那不是郑大头的，可那模样却像郑大头，你说怪不怪。

正在梁宝江讲郑大头娶小老婆事的时候，郑大头也没睡，刚刚挨了斗，心里不是滋味。工作队又来了，先拿自己开刀，不知能不能闯过这一关。今天多亏黄广富了，虽然脸上还有些疼，但没那几巴掌，今晚穷鬼们把过去的事都抖搂出来，引起众怒，就有自己的好瞧了。

想到这儿，郑大头看着身边美貌的满山红，不知今后会怎样。他也没心思跟满山红亲热，却想起了当初的事。

老父亲祝寿演出结束那晚，喝完酒郑大头回屋躺下，一直没睡着。听见老婆发出鼾声，看看小儿子睡得正香，他又悄悄爬起来，穿上衣服趿拉上鞋，蹑手蹑脚出屋去了。郑大头有一个习惯，经常半夜或快天亮时，在院内四处转悠。马棚牛圈仓库场院柴火垛都看看，为此打更和喂牲口的不敢偷懒。外面漆黑一片，但郑大头是熟门熟路，他没有到别处去，直接奔西院长工住处。长工种完地都回家忙活家里的活去了，等几天开铲时再回来。现在住的是二人转演员，四面人屋住的是男的，东屋小一点，住着满山红和那名女演员。演出结束时单班主告诉他，那个女演员今晚演出一结束就被屯里她姨家接走了，明早吃完饭回来。郑大头先试一下外屋门，真没插上，他轻轻地打开。又开了东屋的门，也没插。郑大头心中暗喜，看来是真等着我呢。他影影绰绰看见炕头上躺着一个人，就伸手去摸。从头发开始，额头、鼻子、脸蛋、嘴唇、下巴，满山红一动未动。郑大头把手往下伸到胸前布兜兜底下，摸到圆圆的乳房时，就觉得满山红身子一抖。郑大头腾地全身躁热，三下两下脱掉衣服，上炕将被子掀开，拽掉满山红的内裤。他发现满山红将两腿夹得紧紧的，用两手捂着，郑大头掰开满山红两条腿就来个"霸王硬上弓"。刚一使劲满山红往后直缩，嘴里喃喃地说"哟，哟，疼，疼，疼"。郑大头哪顾得了这些，狠狠地折腾了一阵子，这才穿衣服下地，走时发现满山红嘤嘤嘤地哭了。当郑大头出来的时候，心里一阵惊喜。他想，这女人在二人转剧团里混，东跑西颠的，在台上打情骂俏，竟然还是姑娘身，真没想到。

又过了七八天，郑大头说往县城送酒，顺便把销售酒的门市扩大一些，兼卖些山货，让大儿子两口子去经营，说得张罗几天才能回来。当晚把酒卸了，郑大头按照单班主告诉的地址，找到单班主父女俩的住处。那时县城已有戏园子，都被沈阳、哈尔滨、齐齐哈尔等地来的名角包了。单班主他们这伙人都住在县城或县城周围，有时到茶馆、大车店演出，也到个人家唱唱堂会，只能混口饭吃。平时主要是往乡下跑，有时在这个屯没等演完，那个屯又有包场的，最多时能转十几个屯子，演出一两个月，挣钱比在县城多，但也确实辛苦。这次到郑家祝寿，单班主发现郑大头老贴帖①女儿满山红。郑大头是县城东北一带有名的大财主，单班主动心了。他与满山红说："唱二人转这玩意儿蹦跶不了几年，特别是女的，岁数一过就没人愿意看了，你又不识文断字，别的也干不了。再说这些年高不成低不就，你好时候过去了，合适的人家不好找。看样子郑爷对你有点那个意思，不知你心里怎么想的。如果能嫁给他，一辈子吃香喝辣的，爹下半辈子也有了着落，跟着享清福。"满山红开始不同意，嫌郑大头年龄大，土里土气的。可是演出期间一看，那院套，那气势，真是财大气

---

① 【贴帖】tiē hu 紧紧地靠着，引申为依赖、巴结人。

粗，让人眼红。还听人说，他家土地几百垧，牛马成群，县城还有买卖，就有些活心了。单班主又反复劝她说："别看是当小的，你年轻漂亮不会吃亏，一旦有了儿子，家产就有你的一份，等大老婆一死你就是内当家的。"她爹还说，"不知郑爷是什么意思，光想图乐子玩玩咱不理他，如果真想娶你咱就应承下来。"最后那天演出完，单班主单独与郑大头嘀嘀咕咕就是说的这个事，郑大头丝毫没有犹豫就答应了。单班主又把这话转告给了满山红，满山红心烦意乱，草草吃点饭就回屋了，趴在炕上哭了一鼻子。不一会儿单班主又过来劝，虽然满山红心里不愿意，但又非常羡慕人家的家产，还是给郑大头留了房门。第二天走时，郑大头又多给了单班主二十块银圆。单班主把家的住址告诉了郑大头，满山红也递过几个眼色，不知是怨恨、后悔，还是高兴。

回到县城，单班主对女儿说："过几天郑爷肯定会过来，咱把事挑明了，就定下来。可你一定要把他侍候好，男人一舒服就什么都好办，你要不懂就让你赵姨教教。"单班主说的赵姨，年轻时在窑子里待过，是单班主多年相好的。后来人老珠黄被赶了出来，在县城租个房子还干老营生，也就星崩儿①有老相好或老跑腿了②找他。不用去找，赵姨傍晚就过来了，把她自己体验的事细说一遍，弄得满山红脸红心跳，但确实长了见识。这不郑大头真的来了，乐得单班主赶忙到饭馆要了几个小菜送来，爷俩陪着郑大头喝起来，边喝边把事情敲定了。郑大头同意娶满山红，但现在还不能到郑家去，因为老爷子对原来的儿媳妇比较满意，一直反对他纳妾，还得慢慢商量。郑大头在县城临街给满山红爷

① 【星崩儿】xīng bēngr ①铁匠打铁迸溅的火星儿而崩落的铁屑。②指少量的、零散的、稀落的。
② 【跑腿子】pǎo tuǐ zi 也叫跑腿儿，指男单身汉。

85

俩买三间房作茶馆，后面带院套，有后房三间住人。今后爷俩雇伙计经营茶馆，再带几个人在这里唱二人转，一举两得，再也不用到处跑了，挣的钱他们爷俩花，另外郑大头每月还补贴十块银圆。茶馆的名字都起好了，就叫满山红茶馆。事说得顺当，酒也喝得痛快，满山红看郑大头也有些顺眼了。

吃完饭，收拾收拾，唠一会儿嗑，也到了睡觉的时候，单班主说一声到赵姨家去就走了。

这是小三间房，外屋是灶间，中间是客厅兼单班主的卧室，往里还有一个过堂门，郑大头猜里间肯定是满山红的住处。看看没别人了，郑大头一把把满山红抱到里屋炕上……

一连住了五天，除了与满山红亲热外，郑大头也办了一些正事。自家店铺还在东街原址，门面准备扩大两间，后面再盖三间带院套的房子，给大儿子和伙计住。单班主的房子在南街，紧挨大车店。房子和地面已盘下来，找好了泥瓦匠，安排妥当郑大头才走。郑大头在回去的路上想，这几晚可真是神仙过的日子。这些年老爷子管得严，加上自己舍不得花钱，也怕染上杨梅大疮，从来没逛过窑子。老婆虽然长得也不错，但是庄户人家出来的，做男女之间的事总好像觉得不太正经，都是黑灯瞎火地弄，多少年就一个模式，哪有什么激情，渐渐地都有些乏味了。偶尔靠势力玩弄穷人家的女人，人家不情愿也没啥意思。这回这个香饽饽①可不能舍，花俩钱也值。

从那以后，郑大头每月两次到县城送酒送山货，到满山红那住两天。满山红的茶馆开得红火，爷俩乐得不行，把郑大头侍弄

---

① 【香饽饽】xiāng bō bo 饽饽，通称干粮，即用面粉制成的块状食品，吃起来有香味，就叫"香饽饽"，比喻最被看重最被喜爱的人或物。

得舒舒服服。又过两个月，满山红告诉郑大头她怀孕了，这下郑大头犯难了。继续把满山红放在城里吧，花销大不算，也不是长久之计。另外，有了孩子就正儿八经是自己的女人了，时间长了，满山红闲着没事难免不招蜂引蝶，搞不好会给自己戴顶绿帽子。接回郑家吧，老爷子这关不好过，不好过也得过。郑大头回来一五一十与老婆先说了，老婆倒没说什么，她知道说了也没用。郑大头劝她在老爷子跟前帮着说说话，他老婆没吱声。吃完晚饭，郑大头来到他爹的住处，一进屋就跪下了。老爷子弄明白什么事以后，百般不同意，郑大头就是跪地不起。老爷子看郑大头铁了心，就把儿媳妇叫来问她是什么意思。儿媳妇说生米已煮成熟饭，不同意也没法，再说有钱人家纳妾也不算稀奇。儿媳妇这样一说，老爷子才勉强同意，但明确提出儿媳妇仍是内当家的，不准满山红插手家里的事。郑大头满口答应，并说结婚不用张扬，用二马车拉来就行了。可他老婆不同意，说既然让进这个家门，就要明媒正娶，这样都好做人。郑大头真是谢天谢地，吹吹打打地将满山红娶进家。给满山红单独安排了房间，雇个老妈子侍候。

可是，满山红有两件事不习惯。一个是起早。每天天一放亮，郑家的人都起来了，忙忙活活，连老爷子都到院子各处走走。吃完早饭，该干啥干啥，老爷子有时还背起粪箕子到屯子里捡粪，或到自家地里转转。这时满山红还没起炕，自然赶不上饭时。老妈子看她起来了，就将饭端到她屋里，只有晚饭才与家人一起吃。还有郑家人比较节俭，大人孩子都不乱花钱，吃穿也很普通。可满山红大手大脚惯了，又特别爱打扮，总张罗买贵重的衣物和化妆品。这些全家都看不惯，尤其老爷子经常借故骂郑大头没正事，说早晚这个家要败祸在她手上。郑大头有几次要发火，满山红一颦一笑就把他搞没脾气了。满山红也知道自己的毛病，但真改不了。她也明白要想在郑家立住脚，就得抓住郑大头。不但在炕上把郑大头整得神魂颠倒，有时还唱两口、扭两下，逗郑大头开心。满山红很会说话，尽量哄得老爷子和大老婆高兴。那时赵姨已跟她爹搭伙①了，搬过来一起过。每月满山红都要跟郑大头到县城一趟，看看老爹，下下馆子，逛逛商铺，有时还在自家茶馆唱一场，日子就这样过去了。满山红十月怀胎生下一个大胖小子，起名叫小宝，满山红的日子过得更滋润了。没想到好日子不长，几年工夫日本人败了，"满洲国"倒了，郑老爷子也去世了。这两年共产党领导穷人闹翻身，眼看郑家一天不如一天。满山红心情也跟着不好，没有心思打扮，小曲也不唱了，跟郑大头的热乎劲自然不如从前。

去省里开会前，金浪白找了县公安局局长张坚，这是一位从延安来到东北的女干部。金浪白要求他们查清原郑家伪警察所所长张三棒的下落，尽快抓捕归案，这对揭开郑家窝棚村阶级斗争内幕非常重要。

张三棒大号叫张三彪，家住克山县城西街。老家是河北省河间的，已搬来四十多年。他出生在克山，老家已没有什么亲属了。他这人打小就看出是个坏坯子，往磨盘上拉屎，朝井里撒

---

① 【搭伙】dā huǒ ①几个人为了生活节省和方便，共同找一铺炕或一间房，住在一起，均摊柴米合伙吃饭，各自做自己的工、干自己的事。②几个人共同出资和出力进行工农业生产或事企业活动。③老年孤男寡女两人凑合在一起过日子。

尿。再大点上私塾，不是弄坏先生的眼镜，就是把墨汁洒到同学的衣服上。书念不成，就在社会上瞎胡混。张三彪从小就特别尿性①，他爹吊起来用皮带抽他，他咬着牙一声不吭，他爹累得不行了，他被放下来照样吃喝。跟比他大的孩子打架，打不过也不跑，就是带着伤也要拼，一般都怕他。这小子鬼点子又多，经常给周围的坏孩子支招，搞得四邻不得安宁。俗话说"物以类聚，人以群分"，长大了自然成了一帮嘎瞎儿②的头，坑蒙拐骗、吃喝嫖赌，什么都干。

正是民国期间，军阀混战，社会也乱，县政府官员走马灯似的换，谁有闲心管。政府不管，老百姓更不敢惹张三彪他们。张三彪长得又矮又粗又黑，老婆却如花似玉，据说也是硬霸占来的。日本人一来，就把张三彪招收为克山城区自卫团骨干。开始只有小队长以上的配长枪，其他人都是一杆木把的扎枪（梭镖一类）。张三彪却觉得扎枪不顺手，总是拎着一根光溜溜的木棒子，遇见事不顺不等说话，先是狠狠的三棒子，一般人都受不了这三棒子。时间一长，"张三棒"这个绰号就传开了，他的真名像被忘了一样。一看这小子干得很卖力气，有人就推荐他到伪县警察署。张三棒很受日本人欣赏，没过两年就由警正升到警尉，又过了两年，派他到月亮泡任警察所所长。

月亮泡屯在克山县城东北六十里处，有三十多户人家，属郑家区管辖。正东和东南是克东县界，正北和东北是德都县界，到处生长着杨柞桦等天然林。抗日联军从德都朝阳山根据地往克山、拜泉方向往返，月亮泡和刘大柜是必经之路。刘大柜屯在克

---

① 【尿性】niào xing ①有血性有骨气。②有能力。③不服管。
② 【嘎瞎儿】gǎ xiār 本义是指长得有残缺的人，这里引申为不三不四的人。

山县城正北方向，也有七十来里，只有二十来户人家。再往东北也是德都县界，周围都是山林，也设了警察分所。很明显，月亮泡和刘大柜设警察所，管着周围五六个屯子，其实主要是对付抗联的。可以想象得到，有日本人撑腰又有实权，山高皇帝远，张三棒为日本人尽力卖命的同时，自己也捞了不少好处，月亮泡周围的百姓却遭了殃。一九三九年秋天的一个夜晚，抗联端了刘大柜警察所，击毙了警察所长，十七八个警察被缴械。听到这个消息张三棒吓出一身冷汗，他知道自己作恶多端，害怕抗联也找他算账。于是，他使出浑身解数调到郑家窝棚当警察所长。这里离抗联根据地远了，离县城近了，张三棒又张牙舞爪起来，百姓恨之入骨，却敢怒不敢言。

日本刚一宣布投降，张三棒就跑回县城，参加了由伪官吏和国民党所谓的接收人员组织的保安队，由招抚的反动匪首刘汉任大队长。一听说共产党要来接收克山，刘汉提前将队伍拉出县城，驻在古北区的谷家店，收编残匪，扩大队伍，伺机反扑。没过几天，东北民主联军剿匪部队将其打垮，他们逃窜到依安县城，与其他盘踞在依安的反动武装会合，被编为"国民党第一战区挺进军步兵第一团"。一九四五年十二月下旬，国民党两千多人的反动武装被民主联军打败，解放了依安县城。刘汉带着张三棒等人逃到克山杨玉区、北兴区一带，开始是东躲西藏，到处流窜，处于销声匿迹状态。后来他们暗中收拢被打散的反动土匪和逃避镇压的汉奸恶霸，纠集七十来人继续与人民为敌，暗杀土改干部和积极分子，破坏反奸除霸和减租减息工作。一九四七年一月二十日，县武装大队集中地方武装在北兴区滕家油坊将反动土匪消灭，剩下十几个如丧家之犬，逃到克山南莽鼐境内把长枪埋了就地解散，张三棒没敢回家不知去向。据被俘虏的刘汉保安队

90

人员、原伪郑家警察所警察交代，张三棒与伪郑家警察所一姓王的实习生关系不一般，家住牡丹江城里，有可能逃到那里去了。

从省里开会回到郑家窝棚，已是开完斗争郑大头大会的第五天。大家都知道金浪白的严厉，因斗争会开得不算成功，主张开斗争会的几位怀里像揣了个小兔子，耿均汇报时也没有平时那么利索了，吭哧半天才将开斗争大会的情况说个大概，主要是怕挨剋①。金浪白听了笑了笑，还说斗争大会开得好，锻炼了干部和群众，暴露了一些情况，成绩是主要的。今后还要以各种形式接近群众，继续做好动员工作，同时要严密监视郑大头的行动，防止狗急跳墙。他告诉大家不要着急，说了一句"耗子拉木锨——大头在后边"，大家都明白艰苦复杂的斗争还在后面。

一大早郑大头就来到黄广富家，小姨子——黄广富老婆正往院中间脏水池子里倒尿盆，不知是冻的还是嫌埋汰，龇牙咧嘴的。

郑大头想，黄广富为了显示自己像个革命干部，就把原来雇的老妈子辞退了，家里的一些活就得自己干。黄广富还没穿衣服，在炕上围着被子抽烟，是那种从县城买的成盒的烟卷，他眯缝着两只眼睛瞧着郑大头进来。

"怎么办哪？什么时候是个头啊？"郑大头将带耳朵的毡帽往炕沿上一摔，哭丧着脸说。

黄广富没有吱声，狠狠地吸一大口，憋了一会儿，才慢慢地将烟从两个鼻孔里呼出来。郑大头心里想，都啥时候了还摆谱呢。

"没啥招，按共产党的说法，这是两个阶级的斗争，非整个

---

① 【挨剋】āi kēi 受到严厉的批评、申斥。剋，本义是骂，申斥。"挨剋"与"挨呲儿"意思相同，但程度更重。

你死我活不可。"黄广富边穿衣服边说。

"国军有飞机大炮，说不上哪天一顿把①就打过来了，那不又成了咱们的天下？"郑大头两眼突然放出光来。

"哪有那么容易。共产党了不得，会收买人心，你看才几天工夫，整个东北就闹腾起来了。你没看那个工作队长金浪白，厉害着哪，一讲起话来头头是道，穷人都听他的。像我们这样的几十个绑到一块也不是他的对手，我真对他打怵，尽量躲着他。"黄广富下地穿上鞋。

"还有那个姓杨的，听说是从苏联留学回来的，别看说话不多，心里可尽琢磨咱们的事，说话做事千万要多加小心，不能让他们抓住把柄，真要被抓住把柄，咱俩就被一勺烩②了。"

听见黄广富这样说，郑大头咬着牙狠狠地说："杂种攮的，真要逼急眼了，我就把他们杀了！"

黄广富赶紧往外看了看，摆摆手。

"他妈的，哪天半夜我给他放把火，烧不死也吓他们一大跳。"郑大头放低声音说。

"可别乱动，一动就怀疑是你，还得把我牵扯进去，正好找不着我的茬呢。挺着吧，还不到时候。"黄广富嘱咐道。

没得到什么灵丹妙药，也没得到安慰，郑大头悻悻地走了。

继续走访那些受害人，这些人可比上回热情多了。杨永寿的普通话虽然不那么流利，但能说清楚。东北土话虽然还不会说，但别人说的他能听个差不离儿，到谁家后杨永寿还能唠一会儿家

---

① 【一顿把】yí dùn bǎ 表示一下子或一会儿工夫，就把事情搞好了或搞糟了。

② 【一勺烩】yī sháo huì 本义指炒菜时把几种菜放在马勺里一起炒或炖，这里引申为一件事牵扯或暴露出几个关联的人。

常嗑，自己也觉得不那么别扭了。就是盘腿坐炕上还有些不行，孙大壮帮着练了几回，那腿硬是弯不回去，只能搭在炕沿上。前几天，他与李春海、孙大壮到吴老贵住的三间房参加积极分子会，散会后吴老贵说什么也不让走，非让到他家吃猪肉炖粉条不可。杨永寿知道这样不好，可孙大壮这些天尽吃没油拉水①的菜早吃烦了，一听说吃猪肉炖粉条就迈不动步。实际上对这里农村饮食最不适应的是杨永寿，他出生在湖南，从小就吃大米和南方的蔬菜。在苏联尽吃面包、奶酪、牛排、土豆、西红柿等，在这里根本看不见大米，更不要说面包了。一到秋季这里家家渍酸菜②和挖窖储藏一点土豆，漫长的冬天除了酸菜土豆没有别的。特别是苞米面窝窝头和大饼子，在嘴里光打转转咽不下去，只能硬往下咽，很少有吃饱的时候，现在刚习惯一些。

　　菜一上桌，吴老贵就把他们三个往炕上推，杨永寿只能把腿伸到炕桌底下。吴老贵还要拿酒，被杨永寿坚决谢绝了，他们三个可劲造了一顿。吃完饭，杨永寿一转身要下地，没想到腿没抽利索，一下子将炕桌带歪了，多亏孙大壮眼疾手快，不然就翻过去了。就这样还洒了李春海大腿上几滴菜汤，杨永寿窘得满脸通红。临走，他们三人凑了几张东北流通券算是饭钱，吴老贵百般推辞，说了三四个"妈拉个巴子"也没用，趿拉着鞋撵出来，三位年轻人已迎着夕阳的余晖走出好远。

---

　　① 【没油拉水】méi yóu la shuǐ 指饭菜没有油香味，吃起来水拉巴叉的。

　　② 【渍酸菜】jī suān cài 也称腌酸菜。渍，本音 zì，浸泡的意思，东北人读 jī。传统的方法是：上冬（约十月中旬）后，把修理好的大白菜在开水锅里焯一焯，捞出控水后一层层奘（zhuàng）入大缸里，踩实，顶端苫上一层菜叶，过两三天填满水，等到开始发酵了，就把缸顶用黄泥抹死，一个多月就会变酸，可随吃随捞。

第四章
"哐、哐"两声，还真是你死我活

晚饭刚吃完，县委来电话让金浪白马上回县城。杨永寿提出让孙大壮陪着，牛春山说让两个区自卫队员跟着，金浪白摇了摇头。很快装束停当，牛春山已将自卫队的两匹马牵来，金浪白带着警卫员翻身上马，一抖缰绳眨眼工夫就钻进暮色中。杨永寿看着他俩英姿飒爽的样子，既羡慕又佩服。

虽然还继续工作着，但杨永寿心里还是不住地琢磨，金政委干什么去了呢？是前方战事吃紧，国民党军队要打过来了？不会，国民党军队在东北已由优势转为劣势，大部分部队龟缩在几个大城市，哈尔滨以东以北地区全部解放，国民党反动派已无回天之力。是开会？也不像，开会一般会提前通知，用不着赶夜路。他知道自己想也没用，但不知怎么就是放不下。还有一个人也放不下，就是赵振海。他看到金浪白与区指导员耿均单独谈话，又见耿均这些天不知忙活什么，心里就有些发毛①。他特别

---

① 【发毛】fā máo 心里恐慌。毛：①本义指人的毛发和家畜野兽身上长的毛。②毛糙。

94

惧怕金浪白的眼神，好像把他的五脏六腑都看透了。赵振海和杨永寿的想法不一样，杨永寿是盼着金浪白快点回来，他是希望金浪白晚些回来，最好是不回来。他想，金政委这回走得急，是不是解放区不断扩大，因缺少领导干部而被调走了。想想过去的一些事，赵振海肠子都悔青了①，都怨自己糊涂，也怨黄广富给自己下了个套。昨天他找了黄广富，黄广富说你想抹套②，没门，咱俩是"一根绳拴俩蚂蚱——谁也跑不了"。他也想过找金政委和耿指导员谈谈，把事情说清楚，可是掂量来掂量去，他觉得共产党最恨他们重用的干部拆他们的台，是不会轻饶的。挺着吧，备不住③能挺过去。

　　过了两天，金浪白和警卫员带着两名穿军大衣的人骑马疾驰而回。马跑得浑身冒汗，散发着热气。金浪白他们四个眉毛胡子都白了，帽子边沿上也结了霜。金浪白一下马，就喊值班的自卫队员快去叫工作队员和区领导开会。赵振海赶忙往屋里让，进屋摘下帽子一看，还有一位三十来岁的女同志。不一会儿人就到齐了，金浪白抬头扫视一下，先介绍了县公安局的张坚局长、侦察股的王股长。公安局长是个女的！大伙都很惊讶。看外表气度不凡，举止端庄稳重，杨永寿心想，革命队伍真是人才济济。

　　"我这次回县里，是东北局领导来检查工作，县委汇报之后，指名让我谈谈关于克服右倾思想和如何煮好'夹生饭'问题。除此之外，最近县公安局的同志了解了张三棒的一些具体情况，现

---

　　① 【肠子都悔青了】cháng zi dōu huǐ qīng le 夸张地形容后悔的严重性。

　　② 【抹套】mā tào 比喻多人合作的事业出了困难就有人想单独逃避责任。本意是一辆载重大车遇到爬坡或打淤时，其中一匹马掀掉套绳不拉车了。

　　③ 【备不住】bèi bu zhù 是一种偶然性的推测，有说不定、有可能、可能、也许、或许的意思。此词也可写作"背不住"。

在与同志们说一说。"金浪白说。

王股长喝了一口水，掏出一个笔记本，就将查找张三棒的情况简要地讲了一遍。

张三棒从莽鼐被刘汉遣散后，就想往国民党占领区跑。可是到哪儿都查得紧，他又没有解放区区政府开的通行证，真是寸步难行，搞不好就会被当作嫌疑分子抓起来。没办法，他只得到牡丹江找姓王的。张三棒为什么找这个姓王的呢？一九四五年夏天，姓王的到郑家警察所实习，张三棒一看这年轻人办事有头脑，胆大心细，又是哈尔滨警察学校的，将来肯定有出息，到时候说不定能借上光，就对他格外照顾。有一天，姓王的闲着没事，就与一位老警察出去到山上打狍子，两人横着相距二十来米拉网式地向前赶。走着走着，姓王的这面突然出现五六个胡子把他围住了，那边的老警察一看不好，借着身旁一片密密的灌木丛跑了。张三棒听跑回的老警察一说，就知道是哪股土匪所为，硬是带人撵了三十来里将姓王的救回。这姓王的对张三棒千恩万谢，实习结束时给张三棒留下家中的住址。现在没办法，张三棒就来找姓王的。姓王的虽然是警察学校毕业的，但刚毕业伪满政府就倒了，没做什么坏事，现正在街道协助公安维持治安秩序。见张三棒来了，因他曾经救过自己的命，当晚好一顿招待。喝酒时一再劝张三棒向政府自首。张三棒当面答应了，心里却想，我和你不一样，我要自首连命都没了。他睡到半夜就悄悄地跑了。第二天一早姓王的就向当地公安部门报告了，牡丹江公安局又把情况通报给克山公安局。

金浪白曾在延安八路军总部敌工科和保卫处工作过，对敌斗争经验丰富，他分析张三棒无路可走，跑回克山的可能性比较大。于是县公安局分两组，一组随金政委到郑家区，重点查张三

96

棒待过的月亮泡和郑家窝棚；另一组在县城查他家的亲属及有关系的人。金浪白要求区政府领导、工作队积极配合县公安局工作，只要藏在这里，就是挖地三尺也要查找到张三棒的下落。

这几天，公安局长张坚找曾与张三棒过去有过接触的人了解情况。黄广富及伪村公所的有关人员，在月亮泡和郑家警察所当过伪警察的，他们没有提供出有价值的线索。公安局王股长与牛春山带着一些自卫队员，把月亮泡、郑家窝棚周围的荒山、草塘沟仔细地搜索一遍，连废弃的地窖子、地窖都看了，没发现什么可疑之处。但张坚坚信张三棒如果没有外逃，这一带是他最好的藏身之处，还让牛春山安排自卫队员加强夜间的巡逻和警戒。

在走访过程中，李春海、杨永寿、孙大壮也向人们了解张三棒在郑家窝棚的一些情况，叮嘱积极分子们多打听、多观察，发现可疑之处马上报告。这两天他们仨也到三间房和小后山转了转，小后山农会组长反映，他们屯的王福生有些反常。这人从小东游西逛，有些好吃懒做，庄稼院里上趟子的活不会干，谁家有事打个杂帮个厨什么的。后来不知怎么给黄广富家的伙计做了半年饭，又经黄广富推荐曾在伪郑家警察所做过饭。这人平时爱占小便宜，胆子又小，还比较馋，挣俩钱都吃了喝了，到现在也没说上媳妇。屯子里人发现，这半年他经常到郑大头家烧锅上打酒，南北二屯谁家杀猪他都去割肉，还给现钱。

"在郑家警察所做过饭"，这句话在杨永寿脑子里引起警觉，他提议到王福生家看看。这是破破烂烂的两间草房，用一根木棍顶着门，显然家里没人。农会小组长站在院子里大声喊：

"王福生，你在哪儿啊？工作队的同志看你来了！"

一连喊了几遍，全屯都能听到，也没听见王福生回音，看来他不在屯子里，李春海他们就走了。

回去一汇报，区政府的人都说这人树叶掉了都怕砸了脑袋，他不敢藏张三棒。虽然没被列为重点，还是把他作为清查对象，由郑家窝棚村负责调查。没引起别人重视，杨永寿心里却纳闷，这个王福生哪来的钱打酒买肉呢？这个事还是应该搞清楚。

"喔！喔！"两声，把杨永寿从梦中惊醒，一抬头看见窗户纸闪了几下红光，全屯子的狗狂叫起来。这时，孙大壮、李春海也一骨碌爬起来，穿上衣服就往外跑。外面漆黑一片，影影绰绰看见街对面的房后有人影在晃动，还有人喊："不好了，快来人哪！有人搞破坏。"

孙大壮拎着手枪几步蹿过去，一看房后墙炸了一个大窟窿，两个巡逻的自卫队员不是好声地喊。

"别瞎喊了，保护好现场，通知张坚局长快过来！"

听见金浪白的声音从墙窟窿里传出来，杨永寿一惊，借着里面露出的一点点光亮，看见省工作队老王拎着马灯，金浪白和警卫员正从炕上往外扒人。杨永寿让孙大壮去区政府喊张坚局长和王股长，吩咐两名自卫队员看好房后，墙窟窿跟前不让人靠近。他和李春海绕到前面进到西屋，屋里爆土扬场①，破坯头子和碎泥片堆了半炕。金浪白他们已将炕上的两个人扒拉出来，一个自己坐了起来，一个"哎哟、哎哟"地叫唤。

"伤着没有？"金浪白问。

"没有。"坐起来的那个人回答。

金浪白从老王手里拿过马灯，边照边摸炕梢上那个连声叫唤

_____

① 【爆土扬场】bào tǔ yáng cháng 尘土飞扬，使人无法睁眼和呼吸，就像农家扬场时打笤帚人所冒着飞尘、掉落粮粒及碎屑的处境那样。此词为两个动宾式的联合结构。"爆"是猛然破裂及迸出，与"土"字构成支配关系，"爆土"即飞起尘土。

的人的脑袋，杨永寿这才看清是个半大小子。金浪白一摸，他停止了叫唤，却"嗷嗷"地哭上了。

"没伤着就好，赶快先到南炕吧。"金浪白说。

杨永寿知道这家姓刘，南炕住着老两口，北炕住着他家的两个儿子。因家里穷，大儿子快三十了还没说上人，小儿子才十三四。金浪白他们住在这家的东屋，与梁宝江家前后街正对着。

老两口已把南炕简单地收拾一下，老刘头用大棉袄把老儿子光出溜儿①抱过来，边盖棉被边说："不怕，不怕。"

"咋的了，怎么造个窟窿？多险哪！"黄广富披着黄色军大衣进来，东瞧瞧，西看看。

这时，房前屋后陆续围了不少人，屋里更是乱糟糟。杨永寿看见地上泥瓦尿盆已被踩碎，尿撒了一地。来的人有没戴帽子的，也有歪戴帽子的，有没系棉袄扣和鞋带的，不少是趿拉着鞋。看来是没来得及穿周正，脸上都惊慌慌的。

张坚和王股长在房后一点点地查看，看见有四颗未爆炸的手榴弹，小心翼翼地装在一只破筐里。搬开破堡头子，也没发现什么。金浪白让牛春山再加派两名自卫队员把现场看好，同时捆两捆干草把后檐墙的窟窿先塞上，区领导、工作队到他住的屋子里开会。

分析发生的情况，很明显爆炸是冲金浪白来的。张坚说，从现场看，搞爆炸的人对住的情况不是非常熟悉，估计不是本屯子人作的案，但明显是阶级敌人所为，对土改运动有刻骨仇恨的人。

金浪白要求深入清查搞破坏的阶级敌人，对斗争的对象和有

---

① 【光出溜儿】guāng chū liur 指一点衣服都没穿，光着身子。

不良历史背景的人要重点排查，与当前查找张三棒的下落结合起来。同时，要召开郑家窝棚村贫雇农大会，稳定人心，发动群众，继续把"夹生饭"煮烂，把大树砍倒。工作队要更积极、更大胆地工作，不能有丝毫退缩的表现。牛春山提出在金浪白的住处晚上专设一个岗哨，大家都赞成。金浪白摆摆手说："放心吧，敌人搞这么一下子，他自己怕暴露，起码近期内会吓得不敢乱动。"

虽然是那样说，会后耿均还是让牛春山偷偷增加两名自卫队员巡逻，重点是工作队住地和区政府。

散会时，杨永寿看看怀表，已是下半夜三点。杨永寿回去躺下半天没睡着，全屯子还有很多人没睡着。

天一亮，张坚和王股长就来到老刘家房后继续清查，李春海他们三个也过来帮忙。在雪地里又找到一颗未爆炸的手榴弹，还有三颗手榴弹爆炸散落的木柄和碎片。看来敌人是捆了八颗手榴弹，不知怎么搞的只爆炸了三颗。现场清查到此结束，张坚嘱咐牛春山安排自卫队员用草垡子把墙窟窿砌上，里外用泥巴糊上，能冻住不进风就行，先将就一冬，等明年开春再重修。杨永寿把张坚叫到一边，他反映昨天晚上黄广富来得比较早，穿戴齐整，好像根本就没睡觉一样。杨永寿一再强调他只是感觉，没什么凭证。张坚还真当回事了，与王股长偷偷找了田大柱。田大柱说，杨村长晚上一直在家，听见爆炸声立马①就出去了。"立马就出去了"，张坚在心里把这句话叨咕好几遍。接着又找了郑大头家的长工，说郑大头晚上没出去，听见爆炸声只是到院子里转了转。那是谁干的呢？会不会与张三棒有关，金浪白这样想。

---

① 【立马】lì mǎ 立刻、马上的意思。

这回召开贫雇农大会没有说笑的，都知道是为了有人炸工作队的事，人们都老老实实地坐在那不吭声，显得心情沉重和紧张。耿均和杜义讲了半天，气氛还是活跃不起来。等到请金政委讲话时，金浪白特意站到凳子上，笑着说："敌人想炸死我，我一根汗毛都没少，大伙好好看看我，管够看。"说着特意扭了扭身子，又眨眨眼睛，大伙都笑了。

　　"当年我从日本回来，曾做地下工作，在日本鬼子眼皮底下，那是提着脑袋干，我没有害怕。后来我拉起部队与敌人打游击，几起几落，出生入死，我没有怕。你说，现在我们共产党掌握了政权，暗藏的敌人扔两颗手榴弹我就怕了，那不是笑话！"

　　"为什么敌人炸我？大伙说说。"金浪白从凳子上跳下来问。

　　"想破坏土改。"

　　"要推翻新政权。"

　　"狗急跳墙。"

　　"害怕工作队，害怕你金政委。"

　　人们七嘴八舌抢着回答。

　　"你们说的都对，又不完全对。暗藏的敌人不甘心自己的灭亡，作垂死挣扎。他不是怕工作队，更不是怕我，是怕我们全体贫雇农。是想用这种卑劣的手段恐吓，让贫雇农不敢靠近工作队，不敢支持新政权。我们不能让他们的阴谋得逞，要更加紧密地团结起来，拧成一股绳，与阶级敌人作坚决的斗争，不取得胜利决不罢休。大家有没有信心？"

　　"有！"声音齐刷刷的。

　　这几天杨永寿心里还是不住地琢磨"在警察所做过饭"那句

话，打酒割肉的事也需要进一步核实。于是，李春海他仨又抽空到小后山。农会组长反映，郑家窝棚爆炸那天晚上，半夜时分屯子里狗狂叫了两次，其他没什么新情况。他们又去找王福生，邻居说王福生好像去郑家窝棚了，没看出有什么异常。杨永寿看这里的房子盖得更稀拉，前后左右距离都在百米以上，谁家有什么动静根本听不到。

到了过午，李春海、杨永寿、孙大壮他们三个往回走，快到郑家窝棚时，从屯子里出来一个人，弓着腰抄着袖往小后山方向走。快相遇时，这个人突然往东拐了，走的根本不是路，蹚着雪横着垄走。他仨有些奇怪，孙大壮以为这人喝醉了呢，就喊："哎！老乡，走错了!"

听见喊声，这人跑了起来。

"不好！是坏人。"脑子里一闪，三个人就追了上去。

一眨眼的工夫孙大壮就撵上他，这个人看孙大壮提着手枪，就瘫在雪地上。李春海把他全身搜了一遍，没发现什么。杨永寿注意到他的右手紧攥着，掰开一看，是一张区政府开的路条，注明王福生去辽宁法库老家探亲。

这就是王福生啊！那里正在打仗，这时候怎么去探亲？既然有路条你跑什么？杨永寿觉得这里面大有文章，他们仨就把王福生带到区政府。金浪白、张坚、耿均、杜义、王股长和牛春山正在开会，看来是研究清查爆炸和张三棒的事。听了李春海、杨永寿的汇报，就立即审讯王福生。王福生被孙大壮一带进来，就"扑通"一声跪下，没等问就什么都交代了。

今年三月中旬的一天半夜时分，王福生睡得正香，开门声把他惊醒，影影绰绰看见屋子当中站着一个人。他赶忙哆哆嗦嗦地点上油灯，看见来人头发老长，胡子拉碴①，人不人鬼不鬼的，他端详半天才看出是张三棒。张三棒让他弄点吃的，家里也没啥呀，只有苞米面大饼子和咸菜，张三棒吃得狼吞虎咽。边吃边告诉王福生，他东躲西藏一个多月了，没办法才到这儿。还说不用担心，这里保险，没人会想到他在这儿，更不会怀疑王福生。说完，两只狼似的眼睛狠狠地盯着王福生。

王福生心里直打鼓，犹豫半天未吭声。张三棒突然从怀里掏出手枪，"啪"地往炕沿上一拍，咬着牙说："王福生，老子活腻了，你去告发吧!"

知道张三棒杀人不眨眼，王福生一听赶忙给张三棒跪下。张三棒皮笑肉不笑地将王福生拉起来，告诉他，共产党是"兔子尾巴——长不了"，国军很快会打过来，让王福生好好地对待他，到那时会重重奖赏他。张三棒用枪点着王福生的头说，要是发现有什么不对头，就先崩了他。就是真在这里被抓住了，也会有人找王福生报仇。

一个大活人藏到哪儿啊？想来想去想到了土豆窖。王福生家房前菜园子里有一个土豆窖，里面只有几百斤土豆，还有几棵白菜，比较暖和又不窄巴，挺合适的。就这样，张三棒每天天未亮就吃饭，带点干粮咸菜和一瓦盆凉水下到土豆窖里。晚上屯子里人都睡觉了，他才摸黑进屋吃饭睡觉。张三棒来的第二天还给王福生十块银圆和零钱，让他隔三岔五买点好吃的，还有酒。

"张三棒与别人有没有联系?"张坚问。

"有，有。"王福生看看四周，才说张三棒只与黄广富联系。第一次是张三棒刚来的第三天，他让王福生给黄广富捎了一张纸

---

① 【胡子拉碴】hú zi lā chā 形容胡子长时间没刮，胡子长得很长。

条，写的啥他不认识。黄广富看了很紧张，告诉他跟谁也不能说，说了要掉脑袋，让他千万多加小心，不能被人发现。黄广富给了他一些东北解放区的流通券，让他用这个给张三棒买吃的。走的时候黄广富让他今后少来，怕引起别人注意。还有，就是前十来天，小后山的人捎信说黄村长找他有事。他来了，黄广富让他捎给张三棒一张纸条。张三棒看了知道公安在查他，急得团团转，躲在土豆窖里两天没敢上来。接着张三棒又让他给黄广富送了一张纸条，黄广富在一张纸上画了几个圆圈让王福生带回来，张三棒看后没吭声。这不，今天又让王福生给黄广富送去一张纸条，黄广富给了他一张盖着红印的纸，嘱咐他一定藏好不能丢了，也不能让人看见。他走出郑家窝棚时，迎面看见三个像工作队的同志，特别是那个穿军大衣的大个子，心里慌得不行，就赶忙往旁边拐。他们一喊，吓得他撒丫子就跑，没跑多远就被抓住了。

"张三棒与黄广富见没见过面？"王股长问道。

"没有，真的没有。"王福生的回答像是真的。

"爆炸的事是不是张三棒干的？"

"没看见张三棒出去，也没听见动静，八成不是他。"王福生回答得有些犹豫。

在场的人又惊又喜，金浪白与张坚简单商量几句，就立即吩咐兵分两路抓捕张三棒和黄广富，越快越好。一路由张坚和耿均、李春海、杨永寿、孙大壮、牛春山带领十五名自卫队员，带上王福生，负责抓捕张三棒；一路由王股长、杜义、吴老贵、工作队老王带领十名自卫队员，负责抓捕黄广富。人们出发时，赵振海在东屋还追出来看，不知这些人急急忙忙地去干什么。

到了小后山王福生家，张坚担心张三棒负隅顽抗，指挥自卫队员围在土豆窖十五米以外，在墙旮旯和障子外把枪架好。杨永寿第一次参加抓人，既紧张又兴奋，心里怦怦直跳。他紧跟在张坚身旁，注视着土豆窖门口。布置好以后，张坚命令一名自卫队员用铁叉子把堵窖门的几捆草挑开，牛春山在旁边大声喊："张三棒，你跑不了了，快出来投降吧！"

喊了几遍也没动静，牛春山刚要到窖门口看看，"砰！砰！"一连串的子弹从窖门口斜着射向天空。一愣神的工夫，一个黑乎乎的东西从窖门口扔出来，落在窖盖的雪上。

"不好！手榴弹，快卧倒！"牛春山边喊边跨过去，一弯腰捡起冒烟的手榴弹狠劲地甩出去，只听房后传来"轰"的一声。人们有的就地趴下，有的抱着脑袋蹲在地上，有的愣愣地站着，根本不知道发生了什么事。

怎么办？张坚想了想，随即安排人捆几捆干柴，点燃后用铁叉子连续往土豆窖下扔，刚扔了三捆，里面就传出"我投降！我投降！"的声音，还伴着咳嗽。

听见张三棒说投降，人们就要往窖门跟前围，张坚挥手制止，冲着窖门喊："交出武器！交出武器！"

话音刚落，一把手枪扔出窖门外，搽着露出一个熏得模糊的人头，挣扎着要上来。张坚一声令下，牛春山、孙大壮与四五个自卫队员一拥而上，将张三棒拽出来捆个结结实实，并搜出一把磨得锃亮的匕首。张三棒脸上绘儿画儿①的，袖头还冒着烟，貉壳帽子的毛烧了一大片。

待土豆窖里的烟散得差不多了，牛春山下去，只找着一件铺

---

① 【绘儿画儿】huír huàr 横一道子竖一道子地乱涂乱画，比喻脸部弄得很脏乱，很不美观。绘、画，都要儿化，才能表现出脏乱的样子，引起厌恶感来。绘，由去声变读为阳平。

105

着的破羊皮袄、两个苞米面大饼子和一块咸菜，还有两颗手榴弹。

那一组抓捕黄广富更顺利，进到村政府办公室，也就是黄广富的家，王股长当着黄广富的面宣布："你被捕了！"

别看黄广富平时很机灵，能说会道的，这时一听就蒙了，哼哼唧唧地不知嘴里说些什么，明明头上戴着帽子，还到处找帽子。两个自卫队员上去用绳子捆上，黄广富还嫌捆得紧了，龇牙咧嘴的。王股长让黄广富交出武器，黄广富低着头不吭声，半天才让他老婆领着人打开粮仓，从黄豆囤子里摸出一把用油布包着的手枪，还有三十多发子弹。手枪和牛皮枪套都很新。

张坚故意安排张三棒与黄广富在区政府院里打个照面，然后分别押在两个屋里。这时天已经黑了，大家草草吃点饭就连夜审讯。

也许黄广富知道自己罪大恶极，也许看见张三棒也被捕了，也许怕死想立功，他对自己做过的坏事如竹筒倒豆子一样倒出来。

一九三九年李老偏被打死，是郑大头通过黄广富给张三棒送了二十块银圆，说李老偏是屯子里最难对付的穷鬼，把他收拾老实，别人就不敢炸刺儿①了，所以才往死里打。一九四〇年郑家区青年救国会五人被捕，其中三人牺牲，就是黄广富告的密，张三棒去县城带日本宪兵和伪警察来抓的。一九四〇年九月二十四日夜，抗联三、九支队攻进克山县城，带着缴获的枪支弹药出县城东门，连夜向德都朝阳山根据地转移。拂晓时到了郑家窝棚，

---

① 【炸刺儿】zhà cìr 愤怒的情绪激烈发作，起而攻击，也可写作"参翅儿"。

将一名受重伤的中队长秘密交给区长黄广富医治，并交代过些日子他们来人接，少一根汗毛都不行，扔下两大把银圆就走了。黄广富当时怕抗联报复，没敢向日本人举报，确实把那位中队长的伤治好了。过了两个来月，一天夜晚，抗联来两个人接他们的中队长。黄广富左说右劝，非留他们吃顿饭不可，趁张罗的工夫，黄广富将情况偷偷告诉了张三棒。张三棒一听就要来抓人，黄广富说不妥，抗联如果知道是从他家抓走的，非找他算账不可。往朝阳山根据地的路有两条，一条往东北月亮泡方向，一条向北刘大柜方向，他让张三棒派两伙人分别在离屯子远一点的地方埋伏。抗联的同志吃完饭，千恩万谢地走了。黄广富看见他们往屯子东头走去，就回家等候消息。没想到，抗联的同志打仗已打出经验，警惕性非常高，出了屯子就往南拐，直奔县城和铁路方向。走了有四五里又转向东，从郭家北面穿过去进入克东县界，然后往北奔德都回到根据地，根本就没走月亮泡和刘大柜那两条路。事后张三棒还狠狠敲了黄广富二十块银圆。一九三九年秋天，日本人抓劳工去孙吴挖山洞，本来郑家窝棚前屯一户姓温的财主家有三个成年的儿子，应出一名劳工，可是温家给黄广富送了三十块银圆，他就让警察所把田大杜的小叔抓太顶了。还有九四四年郑大头霸占刘德宝家的地，是郑大头花了十五块银圆，让黄广富交给张三棒办的。他还主动交代用表妹拉拢赵振海，给赵振海多分两垧日本开拓团的地，找赵振海给王福生开路条，等等。

"爆炸的事是不是你干的？"张坚严厉地问。

黄广富抬头瞅一眼金浪白，赶紧又低下头说："不是我干的，是张三棒。"

"到底怎么回事，说清楚。"

黄广富交代，张三棒知道公安和工作队在查找他，就想来个鱼死网破，给我写纸条问工作队领导金浪白住在哪里，我给他画了金政委住的房子的位置。我知道张三棒要动手了，究竟怎么动手我真不知道。其实黄广富画了金浪白住的地址后，既兴奋又害怕，他希望张三棒成功，又担心失败被抓住连他也暴露了。那两天晚上根本睡不着，不是一支接一支地吸烟，就是在屋里来回走动，在煎熬中度过来的。所以，一听见爆炸声，他就穿戴整齐地先到场了。

　　接着审讯张三棒，他知道这回是真完了，但不能当孬种，不管怎么问就是不吭声，一副死猪不怕开水烫的样子。当公安局王股长将黄广富交代的与张三棒有关的罪行刚说上一条，张三棒就说："不用费劲了，黄区长说的我都承认，要杀要剐随你们便吧。"

　　张三棒心里一点都不伏罪，而是觉得自己倒霉。这次县公安局查找张三棒是黄广富报的信，张三棒觉得大事不好。那天在土豆窖里听见有人喊王福生，说是工作队来找他，张三棒就更急了，就想冒死拼一下。张三棒一伙反动土匪在北兴区流窜时，金浪白正在那里搞土改，把穷人发动和组织起来，搞得热火朝天，逼得他们这伙土匪无处躲藏，而且很快就被金浪白指挥的县大队和区自卫队，把张三棒他们打散了。这回听王福生说工作队长是金浪白，张三棒又恨又害怕。听说公安局来人查他，心里就想这都是金浪白的主意，就开始考虑如何下手。他想用刀或枪，考虑金浪白肯定不是一个人住，而且还有武器；想放一把火烧死，知道房上茅草都盖上了雪，着不起来；想顺窗户往屋里扔手榴弹，一琢磨不行，那窗户是糊纸的，都是小木格窗棂，离远一点就扔不进去，况且家家都养狗，根本靠不近窗前。想来想去，才想到用多枚手榴弹炸。这次张三棒到王福生家随身带了十颗手榴弹，他先用绳子捆好八颗放在土豆窖里。那天晚上人静时，张三棒从土豆窖上来，先与王福生摸黑喝酒，连劝带说，一会儿就把王福生喝多了。张三棒看王福生睡得像死猪，就抱上捆好的手榴弹赶往郑家窝棚。那晚是夜黑头，伸手不见五指。张三棒在郑家警察所干了好几年，对路很熟，对谁家的住处也知道个大概。他按黄广富画的中间那趟房子从西头数第九家，很快找到了老刘家。着急忙慌也没注意是几间房，蹲后墙根那正要拉弦，听见巡逻的自卫队员踩雪发出"咯吱咯吱"的声音，赶紧趴那未敢动。张三棒从来没怕过，这回是真害怕，手直打哆嗦，弦也没连好。张三棒把拉弦的绳子放出五六米远，猛地一拉，在爆炸声中赶紧往小后山跑，回来一看王福生还呼呼大睡。第二天晚上，听王福生去郑家窝棚看热闹回来说，不知谁在老刘家房后放了三颗手榴弹，把墙炸了个窟窿。还说金浪白命大，他住的那头没咋的。这时张三棒觉得没路可走了，说啥也得跑，所以就让黄广富搞一张路条，以王福生的身份去辽宁铁岭探亲。那里还被国军占着，再转到沈阳投奔刘汉。张三棒听说刘汉已在沈阳当少校，管枪械弹药。他后悔当时没跟刘汉一起跑，更没想到搞路条露了馅，自己就这样被轻易抓住了。

抓捕张三棒、黄广富的消息像风一样立刻传遍全屯，也传进郑大头家。郑大头显得很平静，坐在客厅太师椅上闭目养神，其实心里很乱。他大儿子一家在县城，闺女已嫁人，小儿子在县城读书，家里只有大老婆和满山红及小宝。大老婆倒沉得住气，就是满山红有些慌张，带着小宝跑到客厅，连说："掌柜的，咋办哪？这不完了吗？"

郑大头斜睖一眼满山红说："慌什么，我不是还没被抓起来吗。是福不是祸，是祸躲不过。"虽然嘴上这样说，郑大头心里也没底。但他又想，我与张三棒、黄广富不一样，他们给日本人和伪满洲国卖过命，是汉奸。我是靠勤俭发家的，就是一帮穷鬼看着眼红，这回挨斗是少不了的，搞不好还要挨打，没办法，挺着呗。郑大头正想着，就听见"咣、咣"的砸门声，郑大头知道该来的来了。满山红一看不好，赶紧带着小宝溜回自己的屋里。郑大头让他大老婆找出他过去出门时的穿戴，刚从木箱子里掏出羊羔皮袄、毡疙瘩①和狐狸皮帽子。郑大头还没穿戴好，吴老贵、牛春山带着一帮人进来了。牛春山一挥手，上来两个自卫队员掏出绳子，把郑大头捆了个牢牢棒棒。他大老婆一看就哭了，郑大头瞪她一眼："哭什么哭，别忘了，还有四十多家租子没收完呢，让老李头带人去要，听见没有？"他大老婆点点头。

"把藏的武器交出来！"牛春山严厉地说。

"去年工作队来时，我把过去看家护院的五条枪和一把王八盒子全交上去了。"郑大头低声回答。牛春山问村农会主任郑方荣，郑方荣说是有这回事。牛春山想进行搜查，一看房间、仓库这么多，天又这么晚了，就把郑大头带回区上。

郑大头开始不吭声，当把黄广富交代的一条一条与他核实，他明白抵赖也没用了，就全都承认了。就是李老倔的死，他说他只让警察所教训一下，没想到给打死了。

审讯张三棒和黄广富、郑大头时，赵振海急得像热锅上的蚂蚁，在东屋办公室的地上来回转。西屋一审讯完，赵振海就赶紧

---

① 【毡疙瘩】zhān gā da 旧时一种用马毛或羊毛擀成的底、帮、勒一体的毡靴子，厚厚的，特别暖和，只是行走起来沉重不灵活。它适用于那些长时间在户外冰雪中活动的体力劳动者和牧民、猎人，最适合赶大车的人穿。

找金浪白交代问题。刚迈进门槛，金浪白锐利的目光一扫，赵振海没等走到跟前就堆缩到地上了。

金浪白嘿嘿一声冷笑，赵振海颤抖着支巴起来，脸色苍白，就势跪在金浪白面前，说："我，我交代，我对不起共产党。"

"不要提共产党，你提共产党是共产党的耻辱！"金浪白声色俱厉，长条脸上两道浓浓的眉毛立起来，震得赵振海简直要晕过去，竟用两手捂着脸"呜、呜"地哭起来。

金浪白看他这个样子，声音缓了下来说："我们一来就听到反映，说你与黄广富穿连裆裤，查了查确实有问题。你的问题虽然相当严重，但与黄广富他们的性质不完全一样。你从现在起就不能回家了，停职反省，连夜写检查。警卫员，把他的枪下了！"

赵振海没等金浪白的警卫员走到近前，就乖乖地将手枪递过去，然后离拉歪斜①地爬起来向外走去。

在安排如何看守罪犯时，张坚特别强调："这三人罪大恶极，要交给人民公审，一定要看守好，不能出一点纰漏。"

"这三个罪犯什么时候都不能松绑，吃饭时一个一个轮着松开吃。如果去解手，也是一个一个去，要把绳子拴在右腿上，由三个人跟着。家属送饭不准靠近，不准与他们接触说话，有什么情况立即报告。"王股长又补充了一些注意事项。

"那张三棒的饭谁送？"牛春山问了一句。

"妈拉个巴子，让黄广富家送两份，一个区长，一个警察所长，勾搭连环②，没少帮衬着做坏事，送个饭是应该的。"吴老贵建议。

----

① 【离拉歪斜】lí la wāi xié ①不直。②行路不稳。

② 【勾搭连环】gōu da lián huán 互相串通或关联，共同干坏事。

"那王福生怎么办？"

金浪白想了想说："把他与赵振海放在一起，安排两名自卫队员看着，就在区伙食上吃。"

第二天早晨吃完早饭，金浪白、张坚带着警卫员骑着马回县委汇报。

上午九时左右，黄广富家先来送饭，是葱油饼和小鸡炖蘑菇。张三棒稀里呼噜①就把他那份吃完了，黄广富只是看了看，摇摇头不肯吃。

张三棒抹抹嘴巴说："黄区长，吃也是死，不吃也是死，为什么不当个饱死鬼？"黄广富"唉"了一声，扭过脸去。

张三棒向看守的自卫队员说："他不吃我吃。"经过允许，张三棒又把黄广富那份也吃下去了。

不一会儿郑大头家来送饭，蒸的花卷和猪肉炖粉条，还煎了一盘鸡蛋。郑大头拿起筷子勉强吃了一点点，皱着眉头说："哪有心思吃啊，我那地呀，我那大瓦房啊，大院套啊，可怎么办哪？"

张三棒"呸"了一口说："你他妈连命都要没了，还什么地啊，房子啊，真是要钱不要命，老财迷。"

"我和你们不一样，我没当汉奸，我犯不了死罪。"郑大头晃着大脑袋说。

"共产党反奸除霸，我俩是奸，你就是霸，是恶霸地主，过去有黄区长护着你，现在完了，等着挨枪子吧。"看守人员过来制止，张三棒才住嘴。

---

① 【稀里呼噜】xī li hū lū ①像睡着了似的，漫不经心、不知不觉地就做了某件事情。②吃稀饭或喝汤发出的一种声音，也表示吃得快。稀里，稀拉，散漫、松垮的意思；呼噜，酣睡声。此词又可写作"稀拉呼噜"。

112

晚饭后，金浪白、张坚从县城返回，立即召开区领导和工作队会议。金浪白说，县委已经决定后天在郑家窝棚召开公审黄广富、张三棒、郑大头大会。县委、县政府、各部门、县商会、县中小学领导均参加会议，各区参加二十人，郑家区各村参加二十人，郑家窝棚村越多越好。他要求一定要把大会控诉人动员好，把会议组织好，特别是安全问题不能忽视。会场就确定在小学操场，要搭一个台子。进行分工后，各自去准备。

日头已经偏西，杨永寿、孙大壮、李春海和刘玉兰还在落实斗争大会登台控诉的人。他们正在街上走着，迎面遇见一个中年人，他瞅瞅刘玉兰刚要张口说什么，几个人没注意就走过去了。这个人赶紧转身跟了过来，还盯着刘玉兰背影看。李春海回头一看就问："你是哪疙瘩的？盯把跟着我们干啥？"

几个人听李春海这么一说，也停下脚步。

"你是田……"刘玉兰看着中年人犹犹豫豫地说。

"我是田文茂，你不是兰子吗，真是女大十八变，我都不敢认了。"来人有些激动。刘玉兰告诉大家，这就是田大柱的小叔。

"你不是被日本人打死了吗？"田文茂并不因孙大壮直巴棱登①的问话而表示不快，笑呵呵地说："我是被树茬子绊了个跟头，没敢回郑家窝棚，就跑到哈尔滨南双城孩子他舅家，正好孩子他妈没几天也过去了。"

说着田文茂掏出一张纸，李春海拿过来一看，是双城县韩甸区政府开的通行证，通行证上注明田文茂是村农会主任。杨永寿仔细端详田文茂的长相，可不，那个头、脸型、眉毛、眼睛，真

---

① 【直巴棱登】zhí ba lēng dēng 本义是物件又直又长但表面疙瘩瘤丘，很不平展光滑。比喻义是不看对象和场合，不计影响和后果，把要说的话直截了当地说出来了。

与田大柱差不离。

"那好，咱们的任务已经完成了，我带他找田大柱去。"说着，刘玉兰就高兴地领着田文茂走了。

明天就要公审黄广富、张三棒和郑大头，这个夜晚郑家屯可真不安静。一些人忙活开会的事，多数人是兴奋、激动和不安。有的人从这家走到那家，说起来没完没了。黄广富和郑大头家以及他们的近亲，还有几户有钱的人家，虽然没有来回走动和议论，但也没睡着，不是干坐着，就是躺在炕上折饼子①。执勤的自卫队员在屯子四周巡逻，引起全屯的狗叫声此起彼伏，一夜未停。

下午，金浪白与赵振海在区长办公室谈话，耿均和杜义陪同。

据赵振海交代，日本投降后他从外地回来，本想好好跟着共产党干，也对得起牺牲的救国会同志，可是事情并不那么简单。赵振海一参加土改运动，黄广富就寻思，共产党接收了克山，像赵振海这样参加过青年救国会、蹲过日本人笆篱子的肯定吃香，不久就会得到共产党的重用，拉住他对自己非常重要。黄广富知道赵振海和他父亲都爱贪便宜，打耗子还得油脂捻子②呢，何况是人。于是，一天夜晚黄广富给赵振海的父亲送去一棵老山参，顺便给赵振海带一顶貉壳帽子，从此两家就搭搁③上了。黄广富

---

① 【折饼子】zhé bǐng zi 比喻像烙饼一样上下翻个儿，一般指睡不着觉。

② 【油脂捻子】yóu zhī niǎn zi 用煮熟的白肉或肉皮搓捻的为捕获老鼠等小动物作为诱饵的一小段条状物。

③ 【搭搁】dā ge 主动搭话、联系、打交道。搭，搭理，有连接与加上的义项；搁，有加进去的义项。

逢年过节不是送两包点心，就是一棒子酒，或者两只鸡、一脚猪肉、一捆粉条什么的，有时还喝两杯。不出所料，一年以后赵振海就当上了副区长。但赵振海当上副区长后，明显与黄广富有些疏远了，为什么呢？赵振海觉得自己前途远大，黄广富表现再好也是地主、伪官吏，与这样的人少来往好。黄广富多精啊，一看赵振海要抹套就想了一着。

赵振海虽然当了副区长，但生活很不如意。他在县城上中学时，家里就给他娶了媳妇，相貌平平，没有文化，就知道干活。赵振海对她没什么感情，夫妻间那点事也很勉强，有了孩子后更不行了，俩人到一起的时候是有数的。赵振海当上了副区长，以值班为名很少回家，这些黄广富都看在眼里，就琢磨怎样找机会把关系靠近了。

一天傍晚，赵振海回家吃饭，黄广富在路上拦住他，死缠活拽把赵振海请到家。

"快，炒几个菜，我和振海兄弟喝几杯。"黄广富吩咐老婆和表妹。黄广富表妹两只丹凤眼瞟了一下赵振海，转身去厨房。只这一瞟，赵振海心里咯噔一下，好多往事出现在眼前。

黄广富的表妹叫林凤芝，高小文化，高挑的个头，不胖不瘦，瓜子脸，那双丹凤眼非常迷人。她是从辽宁庄河来黄广富家串门，正赶上郑家区在郑家窝棚建学校，仗着表哥是区长，就到学校当教员教算术。虽然有点小姐脾气，但做事还是认真的，她性格开朗活泼，爱说爱笑。黄广富留她也有他的目的，看表妹长得漂亮有点想头，想给她找个不错的人家，既有机会亲近，又能增加自己的势力范围。赵振海整天与这样的女孩子打交道，难免不想入非非，总是主动地帮她干这干那。林凤芝看赵振海长得挺周正，像白面书生，脑瓜灵活，嘴巴会说，特别是写一手好字，

115

她对赵振海由敬佩而产生了好感。林凤芝提出要学写毛笔字，赵振海心中暗喜，接触越来越多，有时还手把手地教，那白白、细嫩的手是什么感觉呀。两人越走越近，日久生情，就差没到一起了。黄广富也有耳闻，心里那个气呀，就想找个碴儿治治赵振海。

赵振海与林凤芝在一起，经常给她讲一些抗日的道理，也很想发展她加入抗日救国会。讲得多了，林凤芝对抗日形势也有了新的认识。有一天吃晚饭时，林凤芝对表哥表嫂说，日本人早晚是"土豆子搬家——滚球子"，别跟着日本人跑了。黄广富问是谁说的，林凤芝没吭声，黄广富猜到是赵振海说的。从此就注意上赵振海，后来就发生了郑家救国会成员被捕的事。

赵振海被捕后，林凤芝好长时间缓不过来，整天没精打采的，学校也停课了，她正准备回辽宁老家，不想事情有了戏剧性的变化。林凤芝要走的前几天，县教育局派来了新校长，由教育局一名督学送来的。黄广富作为区长早接到通知，提前做了接待的准备。督学和新来的校长坐二马车上午就到了，在学校与老师见见面，谈一谈，就被黄广富请到家，学校老师都来作陪，丰盛的菜一摆上就开始喝酒。教育局的督学真能喝，黄广富就鼓捣老师一个个轮番敬酒。到林凤芝这，督学非要换大碗，一碗虽然倒得不满，差不多也有三两，一连干了三碗。等把醉得一摊泥的督学抬上车人就散了，林凤芝就势侧歪①在客厅北炕上动弹不了了。

也巧了，正赶上黄广富老婆去县城侍候儿媳妇坐月子，扔下两个丫头在家。两个丫头一看家里来客了，说是到她大姨——郑大头家去，晚上不回来了。黄广富也没少喝，就回屋睡到天黑。

---

① 【侧歪】zhāi wai 倾斜，向一侧歪。

116

起来想起那屋还有林凤芝，过来一看林凤芝还在酣睡。已是深秋，他给她扯了一条棉被盖上，就势坐在炕边端详林凤芝的脸，酒烧得红扑扑的，白里透红。黄广富想，这可是个千载难逢的好机会啊！他先去插上里外屋房门，回来凑到林凤芝跟前，不由自主地将手伸到林凤芝的下巴底下，解开里外两个扣，露出诱人的乳沟。黄广富再也按捺不住，脱巴脱巴就上炕了，几下将林凤芝的衣服脱掉，林凤芝还无力地扬扬胳膊，嘴里嘟囔着："干啥，别闹，别闹。"完事后，黄广富看看林凤芝还未醒，就搂着软绵绵、肉乎乎的表妹睡了。

半夜时林凤芝就渴醒了，一动才发现下身一丝不挂，黏糊糊的，还觉着有些疼。谁的胳膊搭在自己身上了？影影绰绰看出旁边躺着的是黄广富，这才想起昨天喝多的事，嘤嘤地哭起来，边哭边用双脚刨炕①。黄广富醒了，赶紧帮着擦眼泪，一再说："凤芝，是我不好，可我对你是真心的，你放心，今后表哥一定对得起你，要什么给你什么，赶明个②再给你找个好人家。"

穿衣服下炕以后，黄广富给林凤芝找了两个金戒指和一个金耳环，还有二十块银圆。林凤芝一想，事已至此哭闹也没用，表哥虽然年龄大一些，也是一表人才，又有钱有势，跟着他不会吃亏。从那以后两人的关系就没断过。

哪有不透风的墙，不久黄广富媳妇有些觉景③了，就逼着黄广富撵林凤芝回辽宁老家。能回去吗？黄广富真舍不得呀。林凤

---

① 【刨炕】páo kàng 本义是用铁镐把土炕刨开，引申为小孩或大人生气在炕上用脚蹬跶。

② 【赶明个】gǎn míng gè 就是指明天或明天以后不太远的时间。

③ 【觉景】jué jǐng 对危险或情况变化有所察觉。觉，是感受。景，是景象。

芝尝到了甜头，对表哥也产生了感情，怎么办？黄广富想出一个办法，到县城找到自己一个辽宁庄河的老乡，这个老乡爷俩在火车站扛大个儿①，勉强维持生活。黄广富提出要把表妹嫁给他儿子，真是天上掉馅饼，这爷俩高兴坏了。就这么把林凤芝嫁了过去，家里的风波也平息了。林凤芝用黄广富给的钱在县城开了一家粮店和小旅馆，自己当掌柜的，丈夫当伙计，生意不错。为此，林凤芝在家很有底气，什么都说了算。黄广富到县城办事，说是住儿子家，实际上是住在表妹家开的旅馆。住也不白住，黄广富没少帮粮店的忙。

这次回郑家窝棚是黄广富专门接来的，虽然老婆不太情愿，但为了拉住赵振海，也只能睁只眼闭只眼。

等菜炒好了，黄广富与赵振海就喝上了。喝着喝着，赵振海总瞅西屋，黄广富就喊："凤芝，过来陪陪赵区长！"话音刚落，林凤芝就扭扭搭搭走过来，又梳洗打扮了一番，显得更加靓丽。

"来，我敬你一杯。"林凤芝笑盈盈地给赵振海倒满酒，双手端起杯，赵振海接过一饮而尽。黄广富找个借口出去了。

"都是老同事了，不用客气。"赵振海也笑着说。

"那可不一样，你是大区长了，我是家庭妇女，一个天上，一个地下，没法比呀。"林凤芝又给赵振海倒上酒。

"凤芝，这么多年我真想你呀！"赵振海两眼火辣辣地望着林凤芝。林凤芝穿着绣花的夹袄，胸脯鼓鼓的，招人喜欢。

"振海，什么都别说了，咱俩碰一杯。"两个杯子一碰，林凤芝一仰脖先干了。

一声"振海"，叫得赵振海心里如五味瓶一样，想当年与林

① 【扛大个儿】káng dà gèr 指扛粮食袋子等大件重物的搬运工人。

凤芝在一起有说有笑多么快乐啊。

林凤芝也在想，看看人家赵振海，当了区长挎着匣子枪，有头有脸真像个男子汉。再想想自己家里那个，闷头闷脑的，一脚踢不出个屁来，实在没意思。

两个人边说边喝，七八两酒差不多进去了，天也很晚了。赵振海摇摇晃晃站起来说："凤芝，咱俩没缘哪，我认了，喝完这杯我得值班去了。"舌头有些硬了。喝完往起一站闪了个趔趄，林凤芝赶忙扶住，这时黄广富进来帮着把赵振海放在炕上。

"凤芝，你照顾一下他。"黄广富说完转身走了。

林凤芝把赵振海的鞋脱掉，拿了一条棉被盖上，把桌子上的东西收拾收拾，坐在灯前发了一会儿呆，禁不住又坐到炕上看着她当年心爱的人。酒烧得她很躁，心更躁，躁得她心烦意乱，头有些晕。她知道这是表哥设的圈套，拉住赵振海对他们有好处。虽然这事不太光明正大，但原来两人是有情有义的，这么多年自己对赵振海还是旧情未忘。反正也这样了，自己不能失掉这个机会。想到这儿，林凤芝脱掉衣服，毫不犹豫地钻进赵振海的被窝。她刚把嘴巴贴到赵振海的嘴唇上，赵振海一下子就抱紧了她，仗着酒劲两人就疯狂起来。赵振海酒是没少喝，但没醉到一塌糊涂的地步，他更知道黄广富是"黄鼠狼给鸡拜年——没安好心"，但他把握不住自己，机会难得，将错就错吧。俩人上来下去，左盘右旋，从来没有过的快乐，快乐得气喘吁吁。

赵振海觉得时间差不多了，穿好衣服就要走。林凤芝真是舍不得呀，拽着赵振海的两只手不忍松开，但也得松开。她告诉了自己家在县城的地址，希望赵振海一定有空去看她。

赵振海出来时，黄广富已在灶房等着，黑暗中赵振海感觉到黄广富的眼睛盯着自己。

"我的事还请多帮忙。"黄广富低声说。

"那还说啥，不过现在是工作队说了算，工作队是听贫雇农的，你要花点代价和功夫收买人心，我才好说话。"赵振海嘱咐道。说完赵振海就走了，黄广富送到大门口。

田大柱纳闷，赵区长怎么这么晚才走呢？

从那以后，赵振海没少在工作队跟前说黄广富的好话，黄广富能当郑家窝棚村的村长，也有赵振海的功劳。其实，后来赵振海也没到县城找林凤芝，他对那天晚上的事还有些后悔。赵振海负责分配全区日本开拓团的地，黄广富把分给郑家窝棚村的地给赵振海留了两垧，黄广富就这样将赵振海牢牢抓在手里为其所用。黄广富掌着郑家窝棚村的大权，郑大头就有所依仗，虽然不像过去那样明目张胆了，但暗地里还是东家的架势。屯子里的人都知道郑大头有靠山，不敢找他一点麻烦。前几天黄广富给王福生开路条，赵振海真没想到与张三棒有关，没细问就给开了。自从金浪白带领工作队进到郑家窝棚，赵振海就担心事情败露了，可以说是没睡过一个囫囵觉，二十来天就折腾得黄皮蜡瘦①的，两个眼圈都黑了，腰似乎也有些佝偻。黄广富一被抓，赵振海知道这回是真完了。

郑家区北面最远的北兴区今天傍晚就到了。金浪白一九四六年夏季来克山以后就在北兴搞土改，区长和副区长都是他培养和挑选的。特别是副区长高玉成才十七岁，精精神神，工作出众，金浪白尤为喜爱。金浪白与他们唠了一会儿北兴区的事，嘱咐他们要借这次会议的东风，紧紧依靠贫雇农，下功夫挖出隐藏的汉

---

① 【黄皮蜡瘦】huáng pí là shòu 皮肤黄褐、体质瘦弱，表现出一种病态。

奸恶霸，巩固和扩大土改成果。

区自卫队住的西屋更热闹，刘玉兰领着五六名妇女在炕上做彩旗，手里的针线紧着忙活，还没忘了说笑。地下，省工作队老王拿个小本本在编词，李春海拿毛笔写标语，杨永寿和孙大壮打下手。杨永寿看李春海的字确实写得不错，心里想，自己的钢笔字虽然大有进步，但有时间还要练练毛笔字，这对今后工作还是有用的。孙大壮帮着抻纸，嘴里还一字一顿地念"中——国——共——产——党——万——岁"，听见孙大壮念字，杨永寿为他高兴，这是二十来天努力的结果呀。

"哎呀！"

"你看看，把手扎了吧，干活不能分心哪，玉兰妹子，你想谁呢？是不是相中地上写字的小白脸了？"一个穿着碎花布棉袄的中年妇女怪声怪气地说道，杨永寿看见李春海的脸红了。

"还瞎说不？"刘玉兰一伸手薅住说话妇女脑后的辫子问道。

"哎哟！哎哟！不说了，不说了。"引起一阵笑声。

"玉兰，你这么厉害，得找个啥样的人管你呀！"

"不用你瞎操心，玉兰早有心上人了。"

"谁呀？谁呀？"

"肯定是打过仗的，扛过枪的……"没等话说完，屋门"吱"的一声开了，牛春山走了进来。

"打过仗，扛过枪，怎么了，说我吗？"牛春山摸不着头脑地问。

"无巧不成书，不打自招！不打自招！"炕上地下都笑了起来，这回刘玉兰的脸"唰"地红了。

"怎么这么热闹？"看来是唠完嗑了，金浪白转过这屋来。

一见是金浪白，屋里马上鸦雀无声。金浪白踱到桌前，看李

121

春海写字。李春海抬头一看赶紧说："我写得不好，写得不好。"

"不错，不错。"金浪白夸道。

"金政委，你写几个字吧。"李春海说。

"好些年不写了，手还真有点痒痒。"金浪白说着接过毛笔，换了一张纸。

杨永寿一看那字苍劲有力，功底非同一般，连说："好！好！"

金浪白写完标语上的最后一个字，放下毛笔说："手生了，凑合吧，我小时候念私塾时学写字没少挨板子。你们继续写吧。"说完转身走了。

等到忙完，杨永寿一看怀表已是夜里十二点半。

天刚蒙蒙亮，杨永寿、孙大壮、李春海就起来贴标语。区政府、学校、电子路口、街两侧墙上，凡是醒目的地方全贴上。孙大壮把热乎乎的糨子刷到墙上树上，杨永寿从李春海的怀里抽出一条标语贴上去，用手抚平，糨子立刻就冻上了，杨永寿的手也冻得通红，手指尖又麻又疼，只能放在嘴边上用热气哈一哈。快贴完时，他们看见刘玉兰领着几个年轻的女孩插彩旗。杨永寿心里想，这丫头真能干，谁娶了她谁有福气。想到这儿他不由得看了看李春海，李春海也正望着刘玉兰出神。

学校操场搭的主席台是用草垡子临时垒的，有一米来高，上面铺的是当地山上产的桦木。为了平整，把桦木砍成一个平面，平面朝上。可能怕垡子不结实，四周浇上了水冻得溜光锃亮，台子前后都修了简易台阶便于上下。学校操场也打扫了，积雪推出很远。杨永寿他们三个都佩服吴老贵，一个不识字的农民刚当上干部没多长时间，安排得这样好，真是了不起。

草草吃点早饭，再回到会场时操场里已站满了人，人越聚越多，人山人海。操场外的地里停的都是马车和爬犁，郑家窝棚周

122

围的各屯几乎是倾巢出动，比较远的在县城西面和乌裕尔河南面的，如何公区、杨玉区、古城区、曲秉区、莽鼐区等，都是昨天住在县城，今天起早赶来的。参加会的区村干部穿戴各异，有的穿大棉袄，有的穿羊皮大衣或光板羊皮筒子的，有的棉袄外面套羊皮或兔皮坎肩的；戴的帽子有狐狸皮的、狗皮的、兔皮的，个别有貉子皮的，还有戴有护耳的毡帽的；有穿家做棉布鞋的，有穿轨鞡的，还有穿毡疙瘩和其卡米的。

大会约上午十时开始，由郑家区指导员耿均主持，当宣布"把汉奸、恶霸黄广富、张三彪、郑占魁押进会场"时，戴红袖标的自卫队员一边一个分别将三名罪犯押上台子。黄广富已直不起腰，由自卫队员硬架上去的。

李春海带头喊起"打倒汉奸恶霸！""推翻万恶的旧社会！""永远跟着共产党！"口号震天。

诉苦开始，第一个上台的是李老倔的儿子。他说，郑大头诬赖他爹李老倔砍了他家的林子，买通张三棒，一宿的工夫就活活将他爹打死。等把他爹拉回来后，想给他换一件衣服再入殓，可是浑身没有一块好肉，衣服被血水浸透粘在身上，怎么也脱不下来。说到这儿，李老倔的儿子哽咽着说不下去了。

"打倒恶霸郑占魁！"

"打倒汉奸黄广富！"

"打倒日本走狗张三彪！"

"血债要用血来还！"

杨永寿与人们高举着拳头，发出愤怒的呼喊。

王西臣、刘德宝、张老汉的二儿子刚上台控诉完，只见一个人几步跨上台子，杨永寿一看是田文茂。田文茂讲了当时郑家区被抓的五个劳工，在孙吴挖山洞遭受日本人残酷迫害的经过。他

123

们一天要干十二个小时的活，吃的是混合面、土豆汤、咸菜疙瘩，干一会儿活就饿得一点力气都没有，还经常拉不下屎来。睡在地上只铺点谷草，又凉又潮，差不多天天有闹病的，每隔几天就有人死去。郑家区去的一个年青人感冒发烧，日本人硬逼着他去干活，干不动就打，当时就晕了过去。抬回来日本人也不给治，他发高烧说胡话时还喊："妈妈！妈妈！"真可怜哪！等第三天劳工都上工去了，他还带着气就被日本人扔到山沟里喂野狗了，说是得了传染病。他才十八岁！

田文茂讲完，原抗日救国会牺牲的家人上台控诉。有一位老太太被人搀扶着走上台。她的儿子参加抗日救国会，被日本人开枪打死，儿媳妇带着孩子走道儿①了。她只有这一个儿子，她想儿子呀，眼睛都快哭瞎了，日子怎么过呀？她说："我就天天熬呀，熬呀，熬到共产党来了，不然我活不到现在。"

说到这儿，没等老太太下台，郑玉扶着媳妇从后面上来了。他媳妇挣脱开，"腾、腾"地跑到郑大头面前，上去就是两个耳光。打完就号啕大哭起来，边哭边喊："郑大头，你个畜生，你害得我好苦啊，你叫我怎么活呀！"说完就狠命地揪自己的头发。

这时会场骚动起来，人们喊着："枪崩他们！""活剐了！""杀人偿命！"人群向前涌动，维持秩序的自卫队员赶紧拦住。

刘玉兰的妈妈和几个老太太在一起，"咳，原来多好的一个人哪！"说着抹起了眼泪。

一看这情形，主持会议的耿均赶紧让郑玉将媳妇领下台，宣布控诉到此为止。接着，县公安局张坚局长公布了三名罪犯当汉

---

① 【走道儿】zǒu dàor 指旧时寡妇改嫁。字面意思是，妇女在丈夫死后，不肯在家居孀守，于是改嫁到了别人的家，走人家门口的道了。

奸、恶霸的罪行，张同舟代表县人民政府宣布判处黄广富、张三彪、郑占魁死刑，就地枪决；王福生窝藏汉奸，判三年有期徒刑。宣布完，就把黄广富、张三棒、郑大头押出会场。黄广富简直是被拖着走的，只有张三棒还朝台下望望，装出一副英雄好汉的样子。这时台上台下一片欢腾，"共产党万岁！""拥护革命政权！""打倒一切反动派！"口号声响彻云天。

县委书记汪滔、省工作队队长金浪白分别讲了话，要求全县立即行动起来，像郑家区那样克服右倾思想，紧紧依靠穷苦群众，查汉奸，斗恶霸，砍大树，挖穷根，彻底煮好"夹生饭"。进一步激发广大贫雇农热爱党、热爱新政权的热情，建立巩固的革命根据地，为解放东北和全中国而努力奋斗！汪滔和金浪白的讲话，既慷慨激昂，又入情入理，教育性、鼓动性极大，像一把干柴燃起人们心中的火。

散会后，人们相互跟着往屯子西面涌去，很快在一个小山包下停下来。公安局王股长和牛春山带领自卫队员早把三名罪犯押到山坡下，命令他们面朝山坡跪下。可张三棒歪着头就是不跪，一名自卫队员从后边往腿弯上狠狠踹了一脚，他才"扑通"一下跪下。黄广富简直是趴在地上，拽起来还是出溜下去，没办法，只得把他绑在一根一米来高的树桩子上。十名自卫队员在他仨身后十多米处端着枪，牛春山一声令下，一阵枪响，三名罪犯的后脑壳就开了花，人倒在地上，血水滴在白雪上特别显眼。黄广富没有倒下，牛春山端着刺刀从身后将黄广富身上的绳子挑断，黄广富顺着树桩子倒了下去，永远也起不来了。杨永寿虽然参加过苏联的卫国战争，主要是支前，真正看到用真枪真刀杀人还是第一次，他切实体会到革命就是你死我活的斗争。看完枪崩人，参加会议的人们纷纷往回赶，他们要把穷人闹翻身的火烧得大大的，真的烧红了克山大地。

晚上，金浪白主持区领导和工作队开会，先是代表县委公布了赵振海所犯的错误事实，宣布撤销赵振海郑家区副区长职务，并开除党籍，交区政府监督劳动改造两年。大家认为赵振海的错误是相当严重的，这样处理就很宽大了。金浪白嘱咐耿均和杜义找赵振海好好谈一谈，给他讲清道理，认真改正错误，重新做人。接着研究了黄广富和郑大头两家财产清理问题，最后形成三条意见：第一，黄、郑两家要搬出现在的住处，住到原来长工住的地方。除了个人的衣服、被褥和零星生活用品之外，给够吃一年的粮食，其他一律查封。黄广富家的正房全部作村政府办公用，田大柱搬到他小叔原来住的房子。郑大头家的正房连院给区小学做学校。第二，黄、郑两家财产清查由吴老贵负责，郑家村农会骨干参加，组成清查小组，明天开始工作。财产包括土地、牲畜、房屋、浮财等，一律登记造册。具体怎样分配，清查小组先提出意见，区领导再商定。第三，其他区领导和工作队队员分两组下到其他村屯，检查督促煮"夹生饭"工作。

第二天吃完早饭，吴老贵和郑方荣带着一些人来到郑大头家，李春海、杨永寿、孙大壮也跟过来看看。进了大门就看见宽宽的大院套，正房是前后三趟砖房，前院六间是郑家伙房、管家办事和看家护院人、用人住的，第二排是客厅兼郑大头和大老婆及小儿子的卧室，第三排是满山红和郑大头大儿子的卧室。前边两处院子种了几棵李子树、沙果树和松树，后院是一片很大的菜地。隔着一道墙还有一个西院，单独开的大门，中间是五间土房，是扛活的伙计住的地方。两侧是仓库、磨坊碾坊豆腐坊和牲口圈、猪圈、鸡鸭鹅架等。房后是一个大场院，场院里有一个高高的谷草垛，那是留着喂牲口用的。还有没打完的谷子，在场院中间散扔着，看来郑大头一死这个家就散了，活也停了。两院前面中间的墙开了一个小门，是为了郑大头和管家来回走动方便留的，一般晚上锁上。围墙四周的角上有土炮台，杨永寿、孙大壮顺着跐蹬上去，看那草垡子墙有两米厚，设有瞭望孔和射击孔。听说不管黑天白日，郑大头家都有两个护院的在四个炮台上轮流瞭望，风声紧时还增加人，关键时郑大头爷俩都上。据说有一年一伙胡子晚上进攻郑家大院，枪在土垡墙上打了不少眼也没打进来，还被郑家的炮手①撂倒了两个。

看见一帮人进来，郑大头大老婆没显出什么异样，头发梳得齐齐整整，一身黑色衣裤平平帖帖。她昨天和大儿子、两个闺女将郑大头草草埋了，满山红没去，一个人在家不知鼓捣啥。吴老贵安排一伙人清点郑家的房产、牲口、农具等，一伙人翻箱倒柜找他家的浮财。翻了半天只找着三十块银圆，还有一点女人的首饰、布匹等。

怪了，郑大头的金银财宝哪儿去了呢？先问问他的两个老婆。郑方荣主动提出负责询问满山红。

郑方荣刚到满山红的住处，没等问话，满山红就"扑通"跪下了，鼻涕一把泪一把地说："大哥，我嫁给郑大头是他硬逼的，那年我在他家唱二人转，他夜晚就祸害了我，嫁给他我也是没法啊！现在我要与郑家一刀两断。"边说边用眼角瞄着郑方荣。郑方荣在郑家时满山红管郑方荣叫老弟，现在改成"大哥"了。郑方荣斜着眼睛瞧瞧满山红，虽然脸上挂着眼泪，那模样仍像雨打梨花似的招人喜爱。郑方荣刚想用手去拉满山红，一伸手才觉得

---

① 【炮手】pào shǒu 旧时大户人家用的枪像大炮一样装火药，又是蹲在土炮台射击孔往外打，所以称打枪的人为炮手，即使后来使用了步枪，称谓也一直延续下来。

不妥，赶紧把手收回来，咳嗽两声，装出一本正经的样子，开始询问浮财一事。

"我知道，我知道。"

满山红说着站起来，还没忘拍拍波棱盖儿①上沾的灰土。领着郑方荣等人来到客厅的后墙根，揭开两块方砖，露出一个口子。郑方荣让人端着灯钻进去，他随后跟进来。里面是一个过道，只能容一个人过去，越往里走越宽敞，原来是一个地窖，地上摆着一排大坛子。郑方荣小心翼翼地打开一个大坛子口上扎的牛皮纸，先用鼻子闻闻，没什么味道，用灯照一照也没看清，手一摸凉瓦瓦的，抓出一把一看是银圆。在一个墙旮旯儿有一捆谷草立在那里，打开谷草里面是个大油布包，散开油布看清楚是枪。大伙又惊奇又高兴，郑方荣像立了大功一样，咋咋呼呼地喊人往上搬。吴老贵一个劲地说："妈拉个巴子，这下可发财了！""妈拉个巴子，还想翻天哪！"

一清点是六支三八大盖、两支长筒猎枪、一把手枪、一箱子弹，还有十六大坛子银圆和一小坛子金条。枪支、子弹和金条、银圆立即运回区政府，安排专人看管。

人们正忙活着，满山红跑到郑方荣跟前，一再要求搬出郑家大院，让郑大哥给她们娘俩找个住的地方，一双大眼睛望着郑方荣，可怜巴巴的。郑方荣看看满山红收拾好的包袱，咧嘴一笑，没说什么就急匆匆地走了。不一会儿，一个中年妇女把满山红和小宝领走了，据说那中年妇女就是郑方荣的干妈。满山红走时，郑大头大老婆正踮着小脚在院里站着，两人连招呼都没打。

---

① 【波棱盖儿】bō leng gàir 人的膝盖。波棱，取《现代汉语词典》的写法，似蒙古语"孛幹勒"之音，义为"奴隶"。奴隶在主人面前要屈膝下跪，汉语亦有"奴颜婢膝"的成语，故方言将蒙汉语杂糅，称"膝盖"为"波棱盖儿"。

天气比杨永寿他们刚到郑家窝棚时更冷些了，前几天又下了一场雪，路上积雪到波棱盖儿深，走起来格外费劲。三十来里路他们走了近五个小时，到月亮泡屯时日头快落山了。李春海他们抓紧走访了最困难的四户人家。这四户只见到家里的男人，没看见有女人。大人孩子穿得破破烂烂，脏乎乎的，炕上地下不成样子，连个像样的棉被都没有。杨永寿很奇怪，他们家的女人哪儿去了？牛春山告诉他仨，这里是"克山病"高发区。

"克山病"是居住在寒冷地区、丘陵半丘陵地带的一种地方病。一九三五年冬，克山县西城区张云圃屯一些人突然吐黄水就死了，妇女死亡率高，老百姓不明原因，称为"吐黄水病""羊毛钉""攻心翻"。这种病暴发时来势凶猛，有的妇女正在做饭，就觉着头晕头痛，口吐黄水，一会儿倒在地上就没气了。真是"东头死人未抬走，西边哭声又传来，尸坟交错遍山谷，家家悲痛葬亲人"，在"克山病"的威胁下，一些人不得不背井离乡。当年日本人派来一些医学专家，研究一阵子也没查出病因，便以地域命名为"克山病"。实际上"克山病"还包括粗脖根、大骨节等，在北方高寒地带和水质差的地方都有。克山多是半丘陵地带，有些屯子在半山坡下，就在附近的小河沟或山泉挑水吃，尽是浅层控山水。有些屯子在山坡上只能打水井，其实吃的也是浅层控山水。加上穷苦农民生活贫困，长期营养不良，还有不讲卫生的习惯，冬季好多人家灶坑不好烧，一烧火就冒烟咕咚①的，屋内通风又不好，所以这些地区发病率高。

---

① 【冒烟咕咚】mào yān gu dōng 一般指烟道堵了或烟囱犯风，灶里的烟火从灶坑门子呛出来，弄得满屋烟气，呛得人咳嗽流泪，呼吸困难，眼前烟尘滚滚，什么都看不清了；也指风大刮得或打扫积尘造得烟尘滚滚的样子。

郑家区最严重的就是月亮泡屯，村农会主任还念了这里流传的两首民谣："一到月亮泡，两眼泪滔滔，来时大车拉，走时一担挑。""进了月亮屯，挑了灶火门，妻死女儿散，落个单身汉。"这个屯子原来有三十多户人家，近些年陆续走了一半，剩下的都是没地方去的，多是老跑腿子。

晚上睡不着啊，杨永寿想，这里的老百姓真苦啊。过去既要受三座大山的压迫，又要受地方病的折磨。现在解放了，生活慢慢会好起来，可是地方病不解决，他们还是挣扎在死亡线上。想到这儿，杨永寿爬起来披上大衣，点上麻油灯①，拿起笔想写一封信，把这里的地方病情况反映一下。写给谁呢？杨永寿琢磨不定，突然眼前一亮，就给蔡妈妈写吧。他这一折腾，把孙大壮和李春海惊醒了，孙大壮揉揉眼睛看清杨永寿在写字，倒头又睡了。李春海悄声问用不用他帮着写，杨永寿摇摇头。杨永寿信的开头简要叙述了他在这里的工作情况，接触了穷苦农民，参加了革命斗争，收获很大。他在信中将这里"克山病"的严重情况，以及流传的民谣告诉了蔡妈妈。写完后他交给李春海看，李春海一看杨永寿的字写得工工整整，心想，这么短的时间就练得这么好，真不简单。

看完信，李春海问蔡妈妈是谁。杨永寿告诉他，蔡妈妈叫蔡畅，湖南长沙人，是个老革命，现在是中央委员，中央和东北局妇委书记。父亲与蔡畅的哥哥是同学，都是姥爷的得意门生。两人志向相同，一同在湖南长沙闹学潮，一同到偏僻农村搞调查，一同组织到法国勤工俭学，一同组建湖南共产主义小组。蔡畅与

---

① 【麻油灯】má yóu dēng 指没有电灯时，在贫穷偏僻的农村，把自己种的麻籽油放在有捻的灯碗里，底下有一个泥或木头做的座托着，叫麻油灯。

母亲也是最要好的朋友，母亲不幸牺牲了，所以蔡畅就让杨永寿喊她蔡妈妈。

第三天返回区里时，杨永寿让人把信捎到县里邮走了。

在区里吃晚饭时，金浪白发现杨永寿走路有点瘸，就问是怎么回事。杨永寿连说"没什么，没什么"。金浪白说："你把鞋脱了我看看。"杨永寿一看瞒不住了，说自己脚上磨出泡了。"那是走路太多、路又不好走的缘故，也是你功夫不到。打游击那咱①，新战士也经常脚打泡。只要你不怕疼，我有法治。"金浪白又说。

"人家革命战士连死都不怕，我还怕疼吗?"杨永寿说完，按照金浪白的要求，脱下鞋和袜子坐在炕沿上。金浪白搬个凳子坐在杨永寿对面，他把杨永寿打泡的那只脚抱在怀里，孙大壮端着灯在跟前照着。

一看脚上三个大泡，有一个已经磨破。金浪白仔细看看周围几个人的脑袋，就喊李春海过来。李春海不知怎么回事，满脸狐疑地走过来。金浪白让李春海低下头，在他头发上摸索一会儿薅下一根头发丝。他让警卫员找出针线包，摸出一根针，就着马灯的灯光将头发丝穿进针鼻里。金浪白将针从水泡中间慢慢穿过，一股黄水淌出来，然后用头发丝来回拉，让黄水流尽。针刚穿过时，杨永寿感觉钻心地疼，紧皱了几下眉头。一会儿工夫两个水泡就穿完了，杨永寿感觉舒服多了。金浪白又让家住在跟前的自卫队员回家取马粪包，杨永寿不知道什么是马粪包，也不知干什么用。金浪白告诉他，东北的荒草里长着一种蘑菇，圆圆的，大的像小盆那么大。嫩时可以做菜吃，老了以后外面就剩一层皮，

---

① 【那咱】nà zan 那时候，那早晚。咱，用在此词里是"早晚"两字的合音。

里面变成黄色的干粉面，这粉面起消炎止血作用。过去在山里打鬼子如受了轻伤，上哪儿找药去，就地寻摸马粪包等野草药。马粪包面找来了，金浪白给杨永寿上好，嘱咐他好好休息几天。

趁着休息，杨永寿重温了《中国社会各阶级的分析》和《湖南农民运动考察报告》这两篇文章。经过一个来月的工作，杨永寿对农村社会有了新的认识。无地和少地的农民，就是文章里说的无产阶级和半无产阶级（半自耕农），即现在的雇农、贫农、下中农，是革命的依靠力量，像梁宝江、郑玉、杨欣、刘德宝、孟老蔫等。现在运动状况与毛主席当年调查的基本一样，所谓不一样就是现在是共产党执政领导，穷苦人说了算。毛主席当年讲的农村和农民运动的十四件大事，也是今天解放区已经做的，或正准备着手做。文章里讲道："很短的时间内，将有几万万农民从中国中部、南部和北部各省起来，其势如暴风骤雨，迅猛异常，无论什么大的力量都将压抑不住。他们将冲破一切束缚他们的罗网，朝着解放的路上迅跑。一切帝国主义、军阀、贪官污吏、土豪劣绅，都将被他们葬入坟墓。一切革命的党派、革命的同志，都将在他们面前受他们的检验而决定弃取。站在他们的前头领导他们呢，还是站在他们的后头指手画脚地批评他们呢，还是站在他们对面反对他们呢？每个中国人对于这三项都有选择的自由，不过时局将强迫你迅速地选择罢了。"杨永寿读了这一段话，就觉得好像毛主席现在对东北局的全体干部讲的，也像是对郑家窝棚的工作队和贫苦群众说的。

歇了一天，杨永寿的脚确实好了，走路也不影响，牛春山他们四个继续走村串户。走到哪里，哪里一片火热，斗地主、分浮财，农会干部忙得不得了，连婆媳吵架、兄弟分家都得管。又过了几天的一天上午，杨永寿他们正在范家岗开农会骨干座谈会，省工作队的老王坐着马爬犁赶来，说金政委让杨永寿快些回去。杨永寿赶紧坐上马爬犁，转眼工夫五六里地就到了。

区政府院里停着一辆敞篷汽车，杨永寿知道这是县里唯一的一辆从日本人手里接收的汽车，因为经常搞不到汽油，一般没有特殊或紧急重要任务轻易不用。这是谁来了呢？杨永寿正纳闷，就听见金浪白喊："小杨，快进来，你看谁来了！"

一跨进里屋门，杨永寿就看见蔡畅笑眯眯地看着他。蔡妈妈！杨永寿眼睛有些湿润了，但他是个性格内向的人，不轻易表露自己的感情，只是红着脸走到跟前两眼望着蔡妈妈。

"永寿，你有点瘦了，在这儿行吗？"蔡畅打量着杨永寿，并爱抚地用手拍打着他帽子上的霜。

"蔡妈妈，我很好，我要学习的东西太多了。"杨永寿真诚地说。

"你的信我收到了，你能把老百姓的疾苦放在心上，我心里真高兴。"蔡畅笑着说。

"小杨真是不错，不说别的，就是这大冷天，简陋的生活条件，能坚持下来都不容易。"金浪白夸奖地说。

"他爸妈与我和我哥哥都是老朋友，又是建党初期参加革命的，友情、感情非同一般。本来这次永寿从苏联回来，我和富春及其他领导要把他留在东北局，可是他非要到艰苦的农村锻炼提高。行，永寿，你没给你爸妈丢脸。"蔡畅说着，两眼闪着喜悦的光芒，杨永寿听了有些不好意思。

县委书记汪滔也陪同来了，汪滔说："时间不早了，咱们赶路吧。"

杨永寿帮助蔡妈妈穿上黄色军大衣，戴上狐狸皮帽子，围上羊绒围脖，一起走出房门。金浪白招呼他们上了两副马爬犁，一直向东北方向走去。这时候杨永寿才明白他们要去月亮泡，蔡妈妈要亲自看一下"克山病"的实际情况。

县、区领导陪同蔡畅一起到比较严重的几户家中，蔡畅看看锅里吃的、缸里囤子里装的粮食，摸摸炕热不热，与家里的男人唠唠嗑。当蔡畅看见一户人家有个五六岁的男孩，光溜溜地在炕上玩，手里拿着半个烀土豆。三口人只有一床破被，还脏得不成样子。蔡畅的眼睛有些湿润了，赶紧脱下自己的棉大衣披在男孩身上。

看见眼前的情况，拦和劝都不妥，把大衣都脱下来给这家也不合适，谁也不知该怎么办。这时，金浪白把自己的老羊皮袄脱下来，换下蔡畅的棉大衣，递给蔡畅说："还是我这个管用，我的大棉袄厚着呢，你还要路上穿。"

等他们从月亮泡回来日头要落了，蔡畅没有进屋，她跟在场的人说，这里的地方病确实很严重，要想法搞好预防，首先把卫生条件加以改善，增加点营养，尽量降低发病率，她准备回哈尔滨前到省里商量一下。说完，蔡畅将杨永寿叫到一边又嘱咐了几句，就与汪滔等人上车走了。杨永寿呆呆地望着渐行渐远的汽车，他知道蔡妈妈来了解"克山病"的情况不假，也是惦记着他，代替爸爸和牺牲了的妈妈来看望他，不由得热泪模糊了眼睛，他悄悄地扭头擦掉。

又过了五六天，为防止和减少"克山病"发病率，县政府按照省委的要求召开专门会议，部署开展大搞冬季卫生活动。郑家区很快行动起来，要求各户修建简易厕所，清理屯子里街道和各户院内的牲畜家禽粪便、垃圾，把透风的墙从里面抹好，把憋烟的灶坑和炕搞畅通。李春海、杨永寿、孙大壮三人也忙活起来，把二栓子家屋里屋外清扫一遍，清扫出的垃圾和冻成冰块的泔水全拉到房后的荒地里，并在窗前园子里用雪围了一个脏水池子。他们琢磨这个厕所怎么办？死冷寒天的没法和泥，也没法挖坑。用雪堆吧，杨永寿说出这个主意他俩都赞成。他仨把房西和房后的雪在西山墙堆了一人高的三面雪墙，西面留个门，用垡子砌上当门框。为了挡猪狗进来，孙大壮找了两根直直的粗木棍子，钉了一个半人高的门，别上柳条子立在门框上。为了结实，他们又把雪墙和垡子浇了三遍冷水。孙大壮告诉二栓子，要天天清理厕所，把粪便全堆在房东用雪盖好，到开春暖和时发酵了做肥料。杨永寿又托人从县城日杂店捎回一卷子窗户纸，把屋里的墙全糊了一遍，显得亮堂多了，刘玉兰看了称赞不已。郑家区还安排各村的人来郑家窝棚参观，李春海主动当解说，一脸的得意。区政府要求各屯普遍开豆腐坊，各家各户每天按人口打豆浆、喝豆浆，以此来增强身体的抵抗力。还给特别困难户筹集一些棉衣棉被。

黄广富和郑大头家的财产清理完以后，经过反复研究，区政府和区农会决定，两家的土地暂时不动，过一段时间落实《土地法大纲》时统一分配，其他财产交郑家窝棚村农会处理，强调分配方案必须经过贫雇农大会表决通过。

不几天二栓子家分了一头牛，还有两床新被子。二栓子高兴得不得了，当晚就把新被子盖上了。

正紧紧张张忙着呢，县委通知李春海、杨永寿、孙大壮马上返回县里，与韩玉一起到古北区学习锻炼。金浪白告诉他们，古北区是黑龙江省土地改革试点区，正在开展反右倾、挖穷根、斗恶霸、砍大树、挖浮财运动。县委书记汪滔、组织委员韩玉和省委政研室的任普如同志在那里蹲点，韩玉任试点工作队队长，他正在县里开会。金浪白还说，今后郑家区的工作由区政府自己搞，他过几天到北兴区去。晚饭破天荒弄了四个菜，白菜炖冻豆腐、酸菜炖粉条、炒土豆丝和绿豆芽，星星点点地放了些肉，算是给杨永寿他仨送行。

知道他们明天要走，牛春山、孟老疙瘩、田大柱、刘玉兰和她妹妹晚上都来了，把梁宝江家的小马架挤得满满的。孟老疙瘩已是郑家村农会主任，原来的主任郑方荣当了村长。梁宝江把火盆拨得旺旺的，一直闹腾到半夜才散。

第二天早起，他们三个把房东的院子扫了一遍，杨永寿又去挑了两挑水，把水缸装得满满的。经过一个多月的练习，杨永寿挑水已显得很自如。他仨背上行李要走，梁宝江非要送送不可，拦也拦不住，咳咳嗽嗽地送到院外。大黄狗也摇头摆尾，身前身后乱窜。还没等吃完饭，区政府门外已集了一帮人。杨永寿他们出来一看，除昨晚那些人外，还有刘玉兰的母亲、郑玉和杨欣两口子，孟老蔫、田大柱也来了。

金浪白与耿均、杜义、吴老贵走出来，与杨永寿他仨握手。金浪白拍一下杨永寿的肩膀说：

"年轻人，不错，好好干。"

"我会的。"杨永寿轻轻地回答。

他们三人与大家一一握手告别，走出区政府大门外，还看见金浪白在招手致意。

怎么劝也不行，马爬犁后面还是跟了一帮人。边走边唠走出屯子头，李春海、杨永寿、孙大壮停下来，对刘玉兰的母亲说："大婶，别送了，谢谢你们的好意。"

刘玉兰的母亲撩起衣襟擦擦要流出的眼泪，二栓子背过脸去，看样子是哭了。刘玉兰的母亲大声说："好，上爬犁吧，你们一定要回来！"

"我们一定会回来看你们!"三个人差不多齐声回答。

　　马爬犁越走越远,人影模糊了,树木模糊了,屯子模糊了,杨永寿的眼睛也模糊了。他真的眷恋回国后第一个所到的北大荒一个普普通通的屯子,结识了很多朴实的农民朋友,在这里他学到了很多书本上学不到的东西。他知道了什么是大爱和大恨,心中像被点着了火一样,蓬蓬勃勃地燃烧,燃烧的火焰催他奔向新的战场,新的未来。杨永寿真的走了,但他没有实现自己的诺言,从此再没有回来过。

第五章
适应，习惯，一个艰难的磨炼过程

到了县城，李春海直接回家了，杨永寿、孙大壮到了县政府原来住的地方。下午没事，杨永寿看书，孙大壮就鼓捣他的驳壳枪。他把枪的部件稀里哗啦全卸下来，一点点地擦，擦一擦，看一看，再擦，直到自己满意才装上。孙大壮无事可做，先在地上来回走，走得不耐烦了，又躺在行李卷上望着房笆①发呆。一会儿李春海来了，杨永寿说："看把大壮惫的，来了这么长时间，还不知道县城啥样呢，咱们出去走走。"

一听这话，孙大壮腾地一下站到地上，顺手将杨永寿手中的书夺下来，连说："好，好，咱走吧，惫得我难受巴拉②的。"

杨永寿冲着孙大壮笑了笑，系上围脖，戴上帽子，穿上棉大

---

① 【房笆】fáng bā 屋顶上椽子上面铺的秫秸帘子或苇帘子。东北农村旧俗是不吊底棚，所以抬脸就可以望到房笆，又可以说成"房箔（bó）"。

② 【难受巴拉】nán shòu bā la 不是严格意义上的东北方言。它是"难受"附加了东北方言的语尾"巴拉"，为表示身体不舒服或伤心的意思，是东北人的习惯说法。

衣，他们三个向外走去。

　　一出县政府大门，一股冷风直往脖子里钻，杨永寿不由自主地将大衣裹了裹。快数九了，天气越来越冷。

　　县政府在北二道街东侧路北，李春海领着他俩出了大门往西走有二百米左右，就上了南北的中心路，再一直往南就到了十字街。县城建得比较方正，抬眼四处一望，笔直的东南西北四条街道，沙土混铺的路面已碾得有些高低不平。顺着哪条街走都要经过两道街才到城边，四周有护城壕和城墙。二道街以内两面大多是一面青的砖房，有卖布匹的和日用品的，还有粮行、油坊、酒坊、理发店、澡堂、药铺、皮铺、大车店等。只有十字街东北角是一座两层小楼的杂货店，显得鹤立鸡群。他们顺着十字街继续往南走，李春海边走边介绍。三个年轻人，穿着打扮都像共产党的干部模样，街上行走的人都注目相看，眼光里有羡慕，也有猜测。

　　过了南二道街不远就是三道街，城壕紧挨着。城壕原来有四米宽三米深，平时有水。挖出的土全堆到城壕的里侧，摊平夯实后上面砌上草垛子作城墙。原来城墙有两米高两米宽，上面埋上木桩，拉上密密的铁丝网。伪满时期城墙的四个角都有小炮楼，城的四门有四个大炮楼，形成交叉火力。城门就在炮楼下面，日夜有人守着，夜晚城门就关了。现在城壕多处坍塌，加上雨水冲刷和泥土淤积，也只有两尺来深。城墙还有半人多高，木桩子和铁丝网东倒西歪，断空的地方很多，可以随便过人。城门东南是一个大水泡子，现在已被冰雪覆盖着，白茫茫一片，有一伙小孩在靠城墙的一面打滑出溜。李春海指着望不到边的冰面说，那水连着南河套，也就是乌裕尔河，大着呢。他们站在破城墙上，看见城南三四里处驶过一列喷着白烟的火车。

顺着城壕往东刚走百十步，杨永寿看见靠城墙北面有两排比较齐整的一面青的瓦房，正琢磨是什么处所呢，李春海指着说：

"这原来是窑子。"

"窑子？什么是窑子？"杨永寿不明白地问。

李春海脸有些不自然地红了，赶紧说："过去街里还有大烟馆、赌场，共产党一来都给关掉了。"

"窑子，在大地方叫妓院，我在哈尔滨参加过大清理。"孙大壮补充说。

想起来了，杨永寿在上海流浪时也见过，不过那时他还小，不太明白。

他们顺着城墙往北拐，边走边唠，不知不觉转到了北门。东北冬天城镇也吃两顿饭，孙大壮嚷嚷着饿了。杨永寿掏出怀表一看快到下午三点了，就赶快往回走，过了北三道街就有些热闹了。路过一个临街门口，挂着两个红幌，杨永寿不知是干什么的。李春海告诉他，挂一个幌的是小吃店，挂两个幌的做家常菜，挂三四个幌的档次就高了；挂蓝色幌的是回民饭店，只卖牛羊肉。

"这个饭馆的猪肉炖酸菜粉条特别好吃，我来过一回。"李春海指着挂两个幌的饭店说。

孙大壮心想，我长这么大还没下过馆子呢，"走，我请客。"说着就去拉杨永寿。

"算了，算了。"杨永寿推一推孙大壮。

"什么熟了熟了，没进去怎么知道熟了。"

杨永寿声音小，加上发音还不十分准确，孙大壮误将"算了"听成"熟了"。杨永寿也没说什么，只顾自己低头往回走，他俩只得跟上。

三个人赶回食堂还是晚了，大师傅正在收拾碗筷擦桌子，他们赶紧吃罢饭回去休息，准备第二天到古北区。

　　古北区与克山县城相连，在县城偏西北十八里左右，与郑家区都属于丘陵漫岗子地形。一九四〇年九月二十四日傍晚，抗日联军第三路军第三支队和第九支队经过急行军，在距县城八里处的古北公路西侧高粱地里潜伏，当地抗日救国会会员不顾生命危险，为抗联潜伏打掩护和送水送饭、做向导。约夜里十时运动至县城附近，由于向导对县城情况和地形较熟，选准城墙东北角一个豁口处悄悄进城，向城内的日伪军发起突然袭击，迅速攻下伪县公署和警察署，端了两个炮楼，打死打伤日伪军六十多人，缴获迫击炮四门、"三八"枪一百余支、子弹万余发。同时救出一百多名被关押的抗日分子，赵振海就是那次被救出来的。

　　这时已是十二月中旬，天气嘎嘎①冷。李春海、杨永寿、孙大壮与韩玉和他的警卫员坐在马爬犁上，时间稍长一点就冻得五肌六受②，只得下来跑。坐一会儿跑一会儿，到古北区已过晌了。

　　当晚韩玉就召开工作队会议，传达了县委扩大会议精神，通报和分析了古北区的工作情况。总的看贫雇农发动起来了，但一些村和农会干部却当了群众的尾巴，影响了斗地主、砍大树、挖浮财运动的深入开展。为此，决定古北区十三个村在职的村和农会干部全部停职，由贫雇农直接选举他们最信得过的人。韩玉特

----

①　【嘎嘎】gǎ gǎ ①程度副词，非常、特别。②形容词，讲话流利、晓畅、明白或学习好，对答如流。③身体健康，强壮有力。

②　【五肌六受】wú jī liù shòu 苦熬、难挨的意思。有人转引《关东方言词汇》（第449页）"无急六受"和"五脊六兽"，其义晦涩难解，词不达意。只有写成"五肌六受"才是合理的写法。也有人写作"五饥六瘦"，似亦说得通。

别说明，去年在建立区村政权时，只要是苦大仇深，真心拥护共产党，积极参加反奸除霸闹翻身活动的，就由工作队指定，经过短期培训，走上了区村领导和农会干部的岗位。他们中大多数是好的，但其中也有这样或那样的毛病没有认真改正，群众威信不高的；还有工作能力不强，难负重任的；少数人革命意志衰退，遇见困难就退缩的；个别的掌权后以权谋私，甚至腐化堕落、蜕化变质。一年多来究竟怎样，群众心中有数。这次通过民主的方法，把贫雇农的贴心人、带头人选出来。韩玉一再强调，工作队坚决不包办，一切由贫雇农说了算，工作队只是宣传、动员、协调。

韩玉讲完后让大家讨论，七嘴八舌地谈了一会儿，大多数人同意试一试。特别是李春海等几个年轻人高兴得手舞足蹈，觉得只有这样贫雇农才能真正当家做主。杨永寿心里犯嘀咕，这样会不会乱套啊？其他一些同志与杨永寿想的一样，有些担心。李春海他们三个分到赵生村，是古北区的试点村。赵生村工作队队长赵辉最后发言，她说话嘎崩溜脆①，说没啥问题，一步一步来。

赵生屯在县城正北二十多里处，在古北区政府东北方向约十二里，因开荒立屯的大地主叫赵生而得名，是赵生村所在地。赵生村有四个自然屯，距离都在三四里左右，数赵生屯最大。赵生屯周围与郑家窝棚一样，漫岗上长着稀疏的杨、柞、桦树和榛柴棵子，漫岗下是开垦的土地。紧靠屯子东头是一条土路，往南直通县城，往北也就是七八里地，有一条由东向西南九十多里、南北宽六七里的草塘沟，中间一条小河从东向西流淌，在县城西的

---

① 【嘎嘣溜脆】gā beng liū cuì 指人说话清楚、流利、直截了当，或办事利索，不拖泥带水。嘎嘣，脆快的声音；溜，顺溜。

古城区境内流入乌裕尔河。这条小河在雨季经常发大水，据当地老百姓讲，是一条鳌龙在作怪，所以这条草塘沟叫鳌龙沟。过了鳌龙沟是往北赫地房子屯，再往东北就是望不到边的林子，与德都县的林子相接。林子里有一个道口，因经常有劫道的，所以叫白钱柜，再往北就是刘大柜屯。

赵辉是一位二十三四岁的女同志，上中等个头，匀称的身材，瓜子脸，大眼睛双眼皮，办事干练泼辣。她是北兴区人，家离北兴区政府所在地的北兴镇西面二里多地。北兴镇在克山县最北面一百来里，往东六十多里是德都县城，往西八十来里是讷河县城，往北是一望无际的大草甸子，嫩江的主要支流讷谟尔河从东往西流过。过了河就是山林，也是当年抗日联军与日伪军和"讨伐队"周旋的地方。因此北兴镇是通往克山、讷河、德都的交通要道，一直是经济、军事重镇，也是抗日联军袭击讷河、甘南、嫩江三县日伪军的必经之地，自然也成为日伪统治的重要集点。一九三九年八月二十二日晚九时多，抗日联军第六军参谋长冯志刚和十二团政委王均指挥部队奔袭北兴镇，冲进警察署和自卫团团部，三十多名伪警察和五十多名伪军被缴械，抗日部队带着战利品，坐着达斡尔族老人巴嘎布的渡船渡过讷谟尔河，转移进德都朝阳山根据地。这次战斗虽然鼓舞了群众的抗日热情，但敌人更加猖狂，专门成立了"讨伐队""围剿"抗日武装。一九四〇年四月五日，抗联三支队使用调虎离山计将北兴的"讨伐队"主力吸引到朝阳山根据地附近进行伏击，使之遭受惨重损失，并牢牢牵引"讨伐队"在山里瞎转悠。同时，抗联三支队队长王明贵、政委赵敬夫和参谋长王均，带领部分部队化装成日本骑兵直扑北兴镇，伪警察署署长和部分警察及留守的"讨伐队"、自卫团四十多人被俘，自卫团长被击毙。抗联战士打开监狱，放出十几名爱国志士和群众。召开群众大会之后，携带战利品撤离北兴镇，并巧妙地甩掉和避开克山、讷河、德都三县日伪军的围追堵截。

赵辉家因离北兴镇较近，主要靠租种地主的地种菜卖。她父亲有银匠手艺，农闲时给大户人家打打修修银首饰和用品，贴补家用。赵辉的父亲思想不保守，供赵辉上了三冬私塾。赵辉聪明伶俐，学习很好，加上经常陪父亲去街上卖菜，见过一些世面。一九四六年初，韩玉到北兴发动穷人闹翻身，赵辉积极参加。那时能主动参加革命的男人都不多，女人更是凤毛麟角。韩玉看她有文化，胆大心细，性格直爽，敢作敢为，就吸收她参加土改工作队。这样，赵辉就一直跟着韩玉下农村建立基层政权、开展反奸除霸斗争和减租减息运动。经过一年来的锻炼，赵辉越来越成熟，也显示出出众的才华，很快加入了共产党。虽然韩玉比赵辉年龄大一些，但韩玉长得英俊魁梧，一表人才。在工作中，她佩服韩玉的理论水平及分析、处理问题的能力，处处向韩玉学习，长时间地相处就摩擦出爱情的火花，两人于一九四七年秋季结婚。由于工作忙，两人离多聚少，就是到古北区搞土改试点，为了不影响工作，两人是各管各的事。韩玉与警卫员刘富贵有时住在区上，有时住在赵生屯。住在赵生屯就与赵辉住在一起，刘富贵住在杨永寿他们那，与赵辉是东西屋。

召开赵生村干部会，赵辉将现在在职的村和农会干部暂时停职重选的事一说，就炸锅儿①了。

"这不是卸磨杀驴吗？我们辛辛苦苦地干了快两年了，说不

---

① 【炸锅儿】zhà guōr 本是在炒菜前用葱、蒜、姜的丝和酱油等作料在烧开的油里爆锅，顿时发出油水的一片爆破声。比喻做事引发出一片反响和质疑声。

用就不用了，有这个理吗!"农会副主任马洪斌嗓门最大。

"就是不合理，这两年我耽误多少活!"外号叫大吵吵的妇女主任孟玉珍也跟着喊。去年年初组建村政府时，工作队和区政府领导看孟玉珍挺积极，又敢说话，正缺妇女干部，就让她担任村妇女主任。干了一段时间，孟玉珍一看忙忙活活挺累的，又没有报酬，就泄劲了，加上生孩子耽误，妇女工作基本没做。

副村长陈世贵也接上话头："什么鸡巴玩意儿呢，你说，我们苦没少吃，人没少得罪。要说工作，我不敢说是狗撵鸭子——呱呱叫，但也说得过去。这样一来，真成了猪八戒照镜子——里外不是人，我不服气。"

陈世贵这人虽然出身贫穷，但他没受过什么苦，又念过几天私塾，识几个眼目前的字，加上嘴巴会说，屯子里有个大事小情少不了他。除了红白事之外，包括谁家买卖个房产、土地、牲畜或借贷钱粮什么的，他从中周旋，落个吃喝还能弄两个零花钱，比一般穷人生活强。伪满洲国时当过一二年牌长，也就是跑跑道。他爱出头露面，说话又一套一套的，很有煽动性。共产党发动穷苦农民闹革命，需要有人来带头宣传鼓动，陈世贵当时是合适的人选。但这人干啥不踏实，爱显摆不算，心里总有自己的小九九，说话又爱呲英子①，与别人很难合得来。

赵辉既未解释也未制止，清秀的脸上带着笑，一直用那双美丽而清澈的大眼睛看着。也怪了，赵辉的沉着使未讲话的人倒不知怎么说好了。

"谁还说?"赵辉看看没人再吭声了，就说，"我来说几句。

---

① 【呲英子】cī yīng zi 说讽刺话。呲，本义是申斥、斥责，在此词中转义为讽刺的意思；英子，才能或智慧过人的人。

什么卸磨杀驴了，这是共产党员说的话吗？我们的目的是相信群众、依靠群众、发动群众，真正让贫雇农当家做主。你们过去做了很多工作、很多好事，群众会记在心里，如果群众还选你当干部，说明你干得不错，群众还拥护你，你就继续好好干；如果你没被选上，说明我们做的还有差距，不怨天，不怨地，就怨自己不争气。共产党员连死都不怕，我们问心无愧怕什么，连这样一点考验都经受不了，还搞什么革命，干脆不如回家抱孩子去！"

大概赵辉觉得自己的话过于严厉，放低声音说："老张，你说说。"

被称老张的人叫张连成，其实也就三十来岁，一手好庄稼活，过去扛大活时一直是打头的，现在是赵生村村长。听见赵辉叫他，他抬起一只脚，把烟袋锅里的烟灰在鞋底上磕了磕，站起来说：

"听了停职的决定，我也有些想法，这两年来没有功劳也有苦劳。但又一想，我的工作也有做得不好的地方，还没有完全尽心尽力。上级这样决定，自然有一定的道理。我入党那天就把自己交给党了，我什么时候都听党的。"

张连成这样一说，别人都跟着附和。赵辉又强调这几天就进行群众选举工作，希望原来的村和农会干部要主动配合，尽快把选举工作搞完。

散会刚走出门口，陈世贵就冲着张连成说："什么鸡巴玩意儿，你太老实，应该向上反映反映嘛。"

"反映啥呀？咋说就咋办得了。"张连成边走边说。

"老牛破车疙瘩套，老娘儿们当家瞎胡闹，一点不假，看她能整啥样？什么鸡巴玩意儿！"

"真要这么整，我就猪八戒摔耙子——不侍猴（候）了，什么鸡巴玩意儿呢。"

陈世贵看张连成不理他的茬，又叨咕两句，看来"什么鸡巴玩意儿"是陈世贵的口头语。谁也没理陈世贵发毛嚷子①，到大门口就分手了。

屋里，赵辉安排从明天开始，每组两名工作队员分别到赵生村的四个自然屯去，赵辉重点抓赵生屯，杨永寿和孙大壮配合，其他队员也分了工，李春海负责韩永屯。主要任务是每个屯推选两名村和村农会干部候选人，因赵生屯住户多推选四名，并把候选人的条件、推选的方法讲了讲。

赵生屯有四十二户，贫雇农户占百分之八十以上。赵辉和杨永寿、孙大壮先召开土改积极分子会，在屯农会组长于德水主持下，赵辉把这次重新选举村和农会干部的意义、推选候选人的条件讲清楚，要求大家考虑好，推选出自己满意的人选，并说明原村和农会干部也在推选之内。于是工作队和积极分子分成三个组，逐户征求意见，民主推选候选人。经过一天的工作，晚上一统计共推选出八名候选人。这怎么办？各小组的积极分子都望着工作队。杨永寿不慌不忙地说："这好办，按同意的人数多少排列，取前四名为候选人。"

"别说，小杨到底是知识分子，肚子里就是道道儿多。"于德水说。

"这都是赵队长的主意，明天就召开全体贫雇农大会，咱们要一家一户通知到，不管男女老少每户至少参加一人。"杨永寿解释说。

---

① 【发毛嚷子】fā máo yāng zi 故意吵嚷掩盖内心的恐慌。发毛，指内心恐慌。

散会后往回走时，赵辉说她明天到区上去不能参加会。为此，杨永寿对孙大壮说："村和农会干部不好出头，明天的会只得由你主持，我来讲。"

"我能行吗？"

"能行，这也是锻炼，我相信你。"杨永寿说完在孙大壮肩上拍了拍。

从一九四六年春季农民闹翻身开始，赵生屯的人对开大会已不稀罕，但人来得这样齐还是第一次，把三间小学教室挤得满满的，吵吵闹闹，于德水忙着招呼人们往里坐。

今天孙大壮显得特别精神，换上一件东北民主联军的外衣，系上皮腰带，挂上枪套插上驳壳枪。孙大壮一宣布开会，会场马上静了下来。杨永寿想，孙大壮还是动了脑筋，这身装束给他助了威、壮了胆。

披着蓝色大半身棉大衣，掏出小本本，杨永寿把这次向村里推选候选人、重新选举村干部和农会干部的意义、要求讲了一下，再一次讲了候选人的条件，一共有四条：第一，贫苦家庭出身，在旧社会受压迫和剥削苦大仇深；第二，拥护共产党和新政权，阶级立场坚定，在闹翻身、斗地主恶霸和减租减息运动中表现一贯积极；第三，爱劳动，肯吃苦，热心帮助穷苦人；第四，为人正派，办事公道，没有赌博、封建迷信等不良行为，群众威信高。杨永寿又把两天来群众推选的情况讲了讲，公布了四名候选人名单，交贫雇农大会讨论。杨永寿知道自己口语还不行，讲得很慢，但很清晰。

大伙交头接耳一阵子，就有人喊："没意见！"

"没意见！没意见！"

一看群众没啥意见，孙大壮说："行，没意见就举手通过。"

"我有意见！"声音很大，大家都扭过头去看。

杨永寿和孙大壮一看说话的人已站起来，人长得比较瘦小，刀条脸，眯缝眼，但嘴特别大，又是龅牙，不张嘴那黄黄的牙也露在外面。戴的狗皮帽子已磨得快没毛了，帽子上的布面已看不出什么颜色。穿的破衣喽嗖①，两手抄着袖，胳膊肘露着烂棉花。

"谁都知道我是咱屯最穷的，闹翻身我最积极，哪次开斗争会我都参加，连南北二屯我都去，地主老财都怕我，我是有功的，为什么不选我？这不公道！"这人说话嗓门很大，还气呼呼的。他这么一说，全场都看着杨永寿、孙大壮他俩。

杨永寿正要解释，张连成说话了，原来张连成是这个屯的。

"二狗子，杨同志讲了要爱劳动、肯吃苦，你什么时候干过活？你又会干什么？去年分给你的日本开拓团的地都撂荒了。"张连成这一说，有几个人就嚷嚷起来。

"二狗子，咱屯谁不知道你呀，就别瞎搅和了。"

"积极啥呀，那是猪鼻子插大葱——装象（相），不就是为了混两顿饭吃吗。"

"地主老财不怕你别的，怕你不给吃的赖着不走。"

"你要给我们当领头的，我们会像你一样穿不上裤子。"

有人一提穿不上裤子，叫二狗子的就蹲下了。

二狗子是他的小名。他家确实穷得叮当响，三十来岁也没娶上媳妇。他家是满清皇帝被赶出紫禁城那年从辽宁逃荒来的，他父亲先给赵生家扛活，非常能干，干啥像啥。没过两年，屯子里有好心的人看这小伙能吃苦，体格壮实，人品不错，就撺掇屯子

---

① 【破衣喽嗖】pò yī lōu sōu 穿着残破不堪。"喽嗖"是附加的词尾，表现衣服破得不像样，难以遮体，又四处透风。

里老吴头招为养老女婿。二狗子他爹到吴家后，又多租种地主赵生家一垧半地。冬天别人都猫冬，他父亲就做干豆腐卖。做的干豆腐又薄又有筋性①，买的人很多，实在卖不了就冻起来，等到年跟前用爬犁拉到县城卖。剩下的豆腐渣喂三四头猪，猪长成了杀了卖肉。没几年日子慢慢地好起来，二狗子也降生了。他爹妈舍不得吃舍不得穿，攒俩钱就买几亩地，一来二去就有二十来亩，够家用了。二狗子的母亲在生他的时候坐了病，再不能生孩子，两口子就拿二狗子当个宝，真是抱在怀里怕吓着，含在口里怕化了。姥爷姥娘更是惯他，要什么就给什么，那黄牙就是小时候总吃大块糖、糖葫芦腐蚀的。

二狗子慢慢长大了，姥爷姥娘也相继过世，但毛病已经惯成了。二狗子长大了也不爱劳动，上趟子活不会干，吃累的活不愿意干，只跟他爹打打下手。少干点活倒不要紧，闲着没事瞎逛游，不知什么时候染上了赌博的毛病，输的时候多，赢的时候少，没钱就找爹妈要，不给就闹，再不给就摔东西，家里那点积蓄很快就折腾光了。有一次酒后与人推牌九，不一会儿就把钱输光了，仗着酒劲把家里的二十亩地押上了。赢家到他家把地契拿走，他妈一气之下就喝了耗子药，这样就剩下他爷俩对付着过日子。他爹靠打短工糊口，后来得了軥巴病，一年比一年重，只能干点轻活，吃了上顿没下顿，日子难着呢。

去年年初共产党来了，分给他家日本开拓团的十亩地，可是二狗子还是什么都不干，他爹佝偻着腰硬撑着磨蹭干点，地荒了一半，打的粮食还不够吃的。有一天工作队到他家访贫问苦，看见二狗子围个麻袋片坐在炕上，一问才知道就一条破裤子没法穿

---

① 【筋性】jīn xing 指食物有韧性，耐咀嚼。

了，露着屁股出不了门。工作队的同志给了他一套衣服，他这才下了地。所以，有人一提穿不上裤子他就蔫了。

贫雇农一致举手通过，张连成和于德水等四人被推选为村和农会干部候选人。

别看赵辉是个女同志，干事就是沙楞①，第二天就在学校召开全村贫雇农大会，每户参加一人，共有百十来人。赵辉先把选村长和农会主任的条件，就是各屯推选候选人的条件又重复了一遍，然后请各屯被推选的十名候选人坐到前面，面朝黑板，背后放了两张长条桌子，桌子上摆了十只碗，一屋子人不知搞的什么名堂。

"我们在座的几乎都没有文化，不会写字，那选举怎么搞呢？光举手可能还有随大溜儿②的，不能充分体现群众的意见，我们就靠这个。"赵辉说着举起手中一只大碗，碗里装着黄豆。她接着说："每个人投票前从我手里拿两粒黄豆，你想推选谁，就在他背后的碗里投一粒黄豆，注意，只能投一粒。然后再投下一粒，把两粒投完了就回到你原来坐的地方。全部投完以后由监督人员查数，得豆粒多的前两位当选为村长、副村长。第一轮选完后，下一轮选农会主任、副主任，还是这个方法。"

投票开始，先是候选人自己一个一个投，接着是贫雇农一个一个挨着投。这是中国历史上奇特的投票方式，每个人手里拿着两粒黄豆转到候选人背后，有的琢磨半天才将一粒黄豆投到碗

①　【沙楞】shà leng 行动的速度快。沙，在方言中的意思是通过快速摇动，把东西里的轻浮的杂物或沉重的杂质集中起来，清除出去。楞，是象声词，表示纺车快速转动的声音，用在词尾，变读作轻声。

②　【溜儿】liùr 本义是指接连不断的水流，引申为没有自己的主见，随声附和。

里。会场出奇地静，只听见抽烟吧嗒吧嗒和偶尔的咳嗽声，最响的还是豆粒落到碗里的叮咚声。投完票一数黄豆粒，按得票多少，张连成继续当选为村长，李志强当选为副村长；再投一轮，马洪斌当选为农会主任，于德水当选为农会副主任。选举结果一公布，全体起立鼓掌，还有叫好的。

"我没想到又被选上，过去好多事没做好……"张连成先表态。

刚说到这儿，就有人接上话："连成，干得挺好，没说的。"

"还咋样啊，起早贪黑的。"

"我们信着你，好好干吧。"

人们说得张连成倒不好意思了，挠了挠脑袋说："行，我一定尽力，把咱村的斗地主、挖穷根工作搞好，让穷哥们真正翻身过上好日子。"

"没啥……好说的，我……我没啥能力，今后就……就靠大家……大家帮我。"李志强站起来，脸红红的，杨永寿以为他结巴，其实他是紧张的。

"别说了，你当自卫队长，组织训练，领着人巡逻、放哨，前年冬天和去年春天最乱的时候，咱们几个屯子都没遭土匪祸害，全靠你了。"

"你整天背支三八枪，南北二屯跑，够辛苦的了。"

人们又是一番议论。

赵辉故意问："该谁表态了？"

马洪斌不得不站起来，红着脸说："没啥说的，好好干呗。"

"哎，你那嘴巴不是挺能嘚嘚①的吗，怎么没嗑磨了？"

---

① 【嘚嘚】dē de 本义形容马蹄踏地的声音，东北方言指人说话没完没了。

152

"别说了，都怨我这臭嘴，尽说些没用的。"马洪斌说完瞅瞅赵辉。

"我们知道，你是噘嘴骡子卖了个驴价钱，但你嘴臭心不臭，心眼好。"

"你有胆量，敢作敢为，心又细，有你带头我们什么都不怕。"

"你工作不错，那叫瘸子跳高——腿（忒）好了。"

大伙七嘴八舌，都是夸马洪斌的。

"那好，我一定好好干，为咱们村穷苦人说话办事。"马洪斌的话赢得一阵掌声。

会议结束后，赵辉对工作队队员讲，按上级要求，最近工作重点是进一步发动群众诉苦，提高阶级觉悟，为下一步斗地主、挖浮财、深入开展土改运动打下坚实基础。要从动员积极分子入手，让他们尽快把群众带动起来。

赵生屯积极分子共七个人，天一抹黑就到老宋家聚齐了。老宋叫宋成祥，四十多岁，长得又高又壮，庄稼地里的活样样拿得起来，是个好把式。他为人仗义，热心肠，谁家有了难事都愿意找他，在屯子里很有人缘。去年年初工作队来时，首先培养张连成、于德水和他为积极分子，并发展入党。赵辉、杨永寿和孙大壮在前几天走访和开会时就见过，还知道他家有一个漂亮的女儿和老实的上门女婿。

这是三小间筒子房，东头开门。一进门是灶房，进里屋是一溜南炕，中间用两个小木柜隔着，外间住老两口，里间住小两口。宋成祥没儿子，只有一个闺女招了养老女婿，去年结的婚。屋里收拾得利利索索，炕烧得烙屁股，火盆里的火是从灶坑里新扒的，旺旺的烤人。一进屋，宋成祥就把赵辉他们往炕上推，赵辉也不客气，脱鞋上到炕上。他闺女宋玉梅马上在小炕桌上摆上碗，用葫芦瓢从锅里舀水。

"我们这疙瘩没有喝开水的习惯，只能用大锅烧点。"宋成祥笑着说。

"我们也是受苦出身，哪有那么多讲究，再说到这地场已经两个月了，喝凉水都习惯了，可别再麻烦烧水了。"杨永寿连连摆手说。

"工作队与我们穷人是一家，还客气啥。"

"玉梅说得对，别见外。"

听见老宋闺女银铃般的声音，赵辉、杨永寿和孙大壮才仔细打量这个叫玉梅的。上中等个，不胖不瘦，皮肤白里透红；瓜子脸上一双毛茸茸的大眼睛，端正的鼻子，樱桃小嘴，细密的牙齿，怎么看都受端详。尤其那个腰身，走起路来真像风摆柳。杨永寿想，在这偏僻的农村整天劳动，日晒雨淋，怎么长出这么水灵的女子。

来一个开会的，宋玉梅就先拿过来烟笸箩，给抽烟的装上烟或卷一根纸烟点上火，再给舀上一碗开水，动作娴熟麻利，还总是笑盈盈的。一开始开会，宋成祥的老伴和姑爷就到里屋，一个用拨拉槌儿①打纳鞋底的绳子，一个扒麻杆。宋玉梅也是积极分子，还是赵生屯妇女会主任，坐在炕沿上，一边纳鞋底，一边参加会，不时用纳鞋的锥子拨拨油灯。

开会前，赵辉让杨永寿领着大家学习了毛泽东同志的《湖南

---

① 【拨拉槌儿】bō la chuír 用来纺麻经打绳的工具。此工具是猪的一段胫骨，细骨棒的中间插着一个带倒钩的细竹棍儿，两头是粗骨节，像两个槌子。一只手提着骨棒中间吊着的麻经，另一只手向一个方向拨拉骨棒，让它旋转着给麻经上劲，也可叫"拨拉槌子"。

农民运动考察报告》，赵辉要求大伙用这篇著作的基本观点来分析本屯贫雇农的思想动态，对如何挖穷根、提高阶级觉悟提出好的办法或建议。

积极分子们沉默了一会儿，宋成祥先发言。他谈了赵生屯地主和富农及穷苦人家的状况，谈得比较具体。赵生屯只有地主赵生和杨殿楼、刘万全两家富农，有五六户自给自足的中农，有二十来户是租种地主赵生和另外两家的地，其中有一半还要靠打短工维持生计，光靠扛大活生存的有十七八户。去年年初分了日本开拓团的地，无地人家根据人口有分三十来亩的，最少也分五亩。又开展了二五减息，再加上这两年年景好，穷人的生活有很大好转，有些人家也添置了一些农具，个别的还买了牛或毛驴。宋成祥分析发动群众的难处有两点：第一，这三家富户虽然很抠，但除了年龄大的老爷子、老太太外，其余都参加劳动，好像他们发家是靠辛苦劳动的结果。他们对穷人外表看不是穷凶极恶，甚至还很仁慈。比如赵生，有的穷人家死了人，没钱买棺材，他主动借钱帮助埋葬。还有的人家揭不开锅，还能借给你粮食，虽说是多少年的陈粮，但有它就能活命。第二，穷人的生活一天天好起来，光顾着自己的小日子，闹翻身的劲头小多了。

宋玉梅补充一点，说这里的人都认命，特别是女人，总认为受苦受穷都是命中注定，怨自己命不好，认命吧，是穷人家女子的普遍心理，这也影响运动的开展。

赵辉认为大家分析得很有道理。她提出要用阶级斗争的观点来分析，弄清穷人为什么穷，富人为什么富。不管形式如何，富人是靠剥削穷人起家的，穷人因为受剥削才受穷。要从根本上看到富人和穷人是不同的两个阶级，穷人是被压迫的，没有任何地位。每个穷人家庭都有受苦受累受罪的经历，年年月月在生存线

155

上挣扎，有的甚至家破人亡。只有共产党才能救中国，只有建立新社会、新政权才是穷人的唯一出路。共产党领导穷人翻身当家做主人，首先要挖穷根。穷根在哪里？不管你受什么苦，遭什么罪，根子就是帝国主义、官僚资本主义、封建主义这三座大山的压迫。工作队和积极分子要以穷人为什么穷、富人为什么富为主要内容，帮助贫雇农挖穷根，认真分析，明白受压迫、受剥削的道理。教育和发动贫雇农控诉黑暗、万恶的旧社会，向一切不合理的剥削制度开炮，把地主老财打翻在地，进一步建设和巩固新政权，让贫雇农过上好日子。

赵辉讲完后，非让杨永寿说说。杨永寿启发大家一定要认清事物的本质，那就是地主老财不管他表面如何，他们与穷人是水火不相容的。穷人要想翻身，必须斗倒地主老财，连同他的那些封建思想和旧习惯都要彻底清除。这场斗争是你死我活的，一定要坚持到底，取得最后的胜利。杨永寿虽然声音不高，但很有力量。

积极分子们满怀信心地散会了，出门时踩在雪地上的脚步声格外响亮。

工作队在赵生屯轮流吃派饭，贫雇农每户一天两顿，开始是宋成祥或宋玉梅送他们去，后来是做饭人家来叫。这地场农村条件很差，贫雇农的生活普遍比较困难，冬季吃的与在郑家窝棚一样。屯子里有三分之一是逃荒来的山东人，他们经常把囫囵个的土豆不打皮放在苞米糊糊里煮，杨永寿开始真是吃不习惯。讲卫生的人家不多，有的人家屋里屋外、炕上地下脏乎乎的，下不去脚，那你也得去啊；没洗、长着厚厚黑皴的手给你拿窝窝头或大饼子，用黏糊糊的筷子给你夹菜，你要高兴地吃啊，还要自然一些。不然，他们就会认为你外道，瞧不起人，自然就会与你隔心，什么话也不会与你说。杨永寿在郑家窝棚待了一个多月，已经差不多练出来了。大衣一脱，狗皮帽子一摘，上炕盘腿一坐，该吃就吃，该说就说。过后人们都议论，这个文化人还真行，到底是共产党教育出来的，不嫌弃咱穷人，跟咱是一条心。杨永寿和孙大壮走在街上，有人主动点头或搭话。遇见正在干活的，会停下来与你唠会儿嗑。

一天上午，赵辉、杨永寿和孙大壮到积极分子陆长富家走访，走到两间草房的窗下，宋成祥问：

"老陆在家吗？"

"不在，谁呀？"屋里传出一个女人高门大嗓的声音。

"连我的声音你都听不出来？"

"哟，是你呀，快进来吧！"

"老陆不在就不进去了。"

"那不正好吗，老娘等着你呢。"

"嫂子，别闹，工作队的同志找他。"

"那好吧，今天算是饶了你，他在老魏家场院打场呢。"

"老陆家这个老娘儿们什么都好，就是爱咧大膘①。"宋成祥边走边说，人们都叫她"大膘子"。

"什么是咧大膘？"杨永寿问。

"就是撒村②。"孙大壮回答。

---

① 【咧大膘】lǎi dà biāo 指女人在人群中无所顾忌地大讲男女性器官和性事。咧，本音 liē，乱说乱讲或小孩哭的意思；在东北人的口语中变读 lǎi，是两手用力撕开或嘴角向一侧拉。膘，肥肉，转义为肉感，有拿肉感做戏谑之意。

② 【撒村】sā cūn 说粗俗下流的话。撒，放开、张开；村，粗俗、粗鲁。

157

"那撒村又是什么意思？"杨永寿又问。

"咧大膘和撒村都是一个意思，就是爱开玩笑，开玩笑时爱讲砢碜①话。"宋成祥解释道。

"那什么是砢碜话？"杨永寿爱刨根问底。

"砢碜话，就是不好听的话，脏话粗话。"孙大壮知道杨永寿真不明白，赵辉听着不住地笑。

这疙瘩的土话真挺复杂，还得好好学呢，杨永寿心想。

拐过两个弯就到了老魏家场院，陆长富看赵辉他们来了，就拿着木权过来。杨永寿一看这木权的把下是分开的两个权，长长的带很大一个弯，原来是用大树权整修后掫的。陆长富告诉他们，老魏家有五六垧地，人家打完场咱们才能借人家的地方和碌子打场。陆长富家有一头驴，界壁儿②老王家有一头牛，前院老陈家有一匹马，他们三家去年都分了日本开拓团的地，只能合伙打场，石碌子是老魏家的。可不是吗，马、驴、牛各拉着一个石碌子在转圈，中间有一个人抱着大鞭，牵着一根长长的绳子赶牲口。石碌子下面铺的谷子，陆长富和另一人拿木权不停地翻个。杨永寿感到很新鲜，他依稀记得舅舅家是把稻子挑回放在屋后，然后舅舅用连枷打，舅妈和姥姥都戴着头巾在石碌上摔。孙大壮一看见牛马就手痒痒，跑到里面接过鞭子就吆喝起来。

唠了一会儿，可是风太大，戴着棉帽子说话也不方便。已数九了，零下三十多度，真是冻手冻脚，站一会儿就得跺跺脚。宋成祥觉得这样不妥，提出到他家里去。杨永寿也想试巴试巴赶场，就走到里圈，孙大壮告诉他，让牲口往前走喊"驾"，要停

---

① 【砢碜】kē chen 丑陋，羞耻。砢，堆垒的碎石；碜，食物中杂有的细沙。此词为其比喻义。

② 【界壁儿】jiè bìr 一墙之隔的邻居，近邻。

下喊"吁"。孙大壮把牵绳缠在杨永寿左胳膊上，又教他右手如何拿鞭子，在孙大壮指导下赶了几圈，杨永寿觉得很有意思。陆长富进来接过鞭子，其他人就跟着宋成祥走了。杨永寿心里琢磨，穷人互相合伙搞生产这个办法好。

他们来到宋成祥家，只有他老伴在家。宋成祥赶紧吩咐："老扛①，快把火盆端过来。"

"来了！"宋成祥老伴踮着放大了的小脚，端着火盆从里屋出来。

"我们的日子是比过去好了，但还没有从根本上翻身。我们这个屯大多数穷人是靠租种地主的地或扛活过日子，这样下去啥时候能真正过上好日子？从当前实际情况看，穷苦人的命运还掌握在地主老财手里。穷人要想掌握自己的命运，就要挺直腰板，团结起来，与旧社会斗，与封建制度斗，与地主老财斗。"赵辉的一席话说得几个人直点头。赵辉又特别指出穷人诉苦不一定针对哪一家，是诉万恶旧社会的苦，受苦、受累、挨饿、受冻、被欺负和歧视都属于诉苦的范围。

姓王的叫王海山，看样子不到三十岁，挺爱说的。赵辉刚说完，他就接着说："可不咋的，穷人哪家不那样。共产党给我们分了日本开拓团的地，这两年日子好过多了，政府让我们怎么干，我们就怎么干，决不含糊。"

"我也……也……是，叫……叫干什么就……就……干什么。"姓陈的叫陈合，四十多岁，他说话有点结巴，憋得脸通红。

几个人围着火盆开始交谈，把自己家或亲属经历的苦难事，

---

① 【老扛】lǎo kuǎi 称老妻或老年妇女，日常为亲昵的戏谑语，意为挠痒痒的人或挎筐送饭的人。

你一句他一句地进行讲述，赵辉他们边听边帮助分析。因为还忙着干活，谈一会儿就散了。

刚下炕要走，杨永寿一抬头看见靠墙柱子上挂着一支竹笛，顺手拿下来看看。看来有年头了，两头的铜箍有些生锈，用手一敲嗡嗡响，用嘴试吹一下，音质很好，杨永寿知道这是一支好笛子。屋里的人看杨永寿喜爱，就鼓动他吹一曲。杨永寿热爱文艺，在苏联学习期间就是学校文艺骨干，经常参加宣传演出活动。卫国战争莫斯科保卫战时，他曾多次随文艺宣传队到前线慰问演出。中国的曲子他不会，只好演奏了一曲苏联歌曲，那婉转的声音使人陶醉。在场的人从来没听过，杨永寿告诉他们，这是苏联著名歌曲《莫斯科郊外的晚上》。杨永寿说完将笛子挂好，转身往外走，孙大壮也跟了出来。只听宋成祥喊："杨同志，你喜欢就拿着呗！"

越喊，杨永寿走得越快。刚到篱笆院门口，宋玉梅撵了出来，她将笛子硬往杨永寿手里塞。杨永寿边躲边说："我们有纪律，不能拿群众一针一线，何况这么好的笛子呢。"

宋玉梅说："你拿着吧，我们家谁都不会，放那时间长了备不住就丢了，也可能锈坏了。"

心里真是喜爱，但工作队有规定，杨永寿有些为难。这时宋成祥赶过来了，他说："这玩意儿不是我们家的。前几年一个冬天农闲时，来了一个瞎子说书，他孙子十来岁领着他，爷孙俩就住在我家。那书说得好，三弦也弹得好，还会吹箫、吹笛子。说了七八天，瞎子突然得病了，肚子疼得直在炕上打滚，请当地先生看了，吃了药也不见效。折腾了一夜，瞎子知道自己不行了，就让他孙子给我磕头认干爹，让我一定把他孙子送回家，说完不一会儿就咽气了。我找了几个穷哥们，在西山坡刨个坑，用秫秸

160

卷巴卷巴就把瞎子埋了。烧完三天，我花一斗高粱雇了个马爬犁，起早跑了四十多里地，把小孩送到古城。临离开古城时，这个小孩说，这笛子是他和爷爷没地方说书时，就吹笛子沿街要饭用的。说什么也要把这支笛子送给我，说是给我留个念想儿①。只知道这小孩姓黄，没爹没妈，在姑姑家生活，挺可怜的。对这玩意儿我一点都不会摆弄，留它也没什么用，你会你就拿走吧。"

听了宋成祥的述说，赵辉出了个主意，让杨永寿先借用，等走时再还。杨永寿想想也行，就把笛子夹在胳肢窝，赵辉说完有事先走了。

看着赵辉的背影，孙大壮说："我看你家闺女有些像咱们赵队长。"

"我们玉梅可比人家差远了，没法比。"宋成祥说。

"离远处看还真像，近了看还是有点区别，性格也不一样。"杨永寿心比较细。

"什么区别？我咋没看出来。"

听了孙大壮的话，杨永寿说："赵队长比老宋的闺女个头高一些，一个脾气急躁，嘴巴不饶人，一个比较温柔，说话好听，总是笑眯眯的。"

"人家赵队长是个干大事的人，咱们男的都没那两下子。"宋成祥从心里佩服。

唠着嗑，不知不觉从屯子中间穿过去了。宋成祥告诉杨永寿、孙大壮，要去的这家姓吕，住在屯子最西头，就爷俩。吕老

① 【念想儿】niàn xiǎngr 做一件有意义的事或赠送一件有意义的纪念品，使人常常想起。

头五十来岁，病病歪歪的。儿子叫吕会忠，快三十了。吕会忠母亲去世早，是他爹一把屎一把尿把他拉扯大的。原来爷俩都挺能干，吕会忠二十二岁那年好不容易说上媳妇。媳妇长得漂亮，屋里屋外也是把好手，小日子过得有滋有味。谁知好日子不长，祸从天降。第二年秋天的一个夜晚，来了几个土匪砸孤丁①，把吕会忠爷俩吊在房梁上，脚尖刚着地。家里穷得溜溜光，连吓唬带打也没整出什么金银财宝和值钱的东西。一个满脸横肉的家伙眯起眼睛瞅瞅小媳妇，嘿嘿一笑，就把小媳妇绑走了。

等天大亮邻居家大嫂上茅房，刚蹲下就听见吕会忠扯着脖子在屋里不是好声地喊："救命啊！救命啊！"

邻居大嫂吓得提着裤子往回跑，赶忙把自己家老爷们叫起来，把吕家爷俩从房梁上放下来，这才知道是怎么回事。

大清早这一吵吵，东西两院的都来了，有人就张罗快找小媳妇。多数人认为是被胡子绑票了，商量怎样掂对②俩钱去赎人。还没等出去借钱，赵生家放牛的跑来告诉，屯子西北山坡上躺着一个女的，看样子像吕家的媳妇。众人跑去一看真是，下身被扒光了，身下一摊血。原来小媳妇被这帮土匪祸害了，她正怀着身孕，早没气了。从那以后吕会忠就像变了个人似的，不但不爱干活，还好喝酒，喝了就哭，要不就到处乱转，或者到他媳妇坟上一坐就是半天。那时屯子里有跳大神的、耍钱的，他经常去卖

---

① 【砸孤丁】zá gū dīng 旧时胡子（土匪）暴力抢夺财物的一种形式。一般在绺子形成前的土匪，没有长武器，势力较弱，三五个暴徒纠合在一起，打砸抢孤单人家或店铺。砸，用沉重物体撞击封闭的东西；孤丁，指只有一个成年男人的独门独户的人家。

② 【掂对】diān dui ①把一些破碎的东西进行比对拼凑，制成能用的物件。②掂量斟酌。③掉换一下。

呆，有时半宿半夜才回家。他父亲也一股火病倒了，身子骨一天不如一天，日子过得也窝心①。

这是两间破草房，歪歪扭扭的。窗前园子一个角上堆着苞米穗，上面盖着厚厚的雪，有几只鸡在下面刨出两个大窟窿，把苞米穗叼出来啄食，苞米粒沥沥拉拉一地。杨永寿他们一进屋就感觉冷，看那地中间的酸菜缸上面已结一层薄冰。屋子南北距离较窄，只有一铺南炕，炕上堆着两个行李卷，炕中间放一个大笸箩，一位干瘦的老头正坐在笸箩边上搓苞米。看宋成祥他们来了，老头咳嗽几声，摆摆手示意让他们坐下，并把泥火盆往炕沿推了推。宋成祥先坐在炕沿，用双脚磕磕鞋上的雪，未脱鞋就盘腿坐在炕上守着火盆，杨永寿、孙大壮顺便坐在炕边。

"大忠子哪，干啥去了？"宋成祥问，大忠子是吕会忠的小名。

"唉，别提他了，不知跑哪儿闲逛去了。"杨永寿听见吕老头说话挺费劲，嗓子好像拉风匣。

吕老头一手拿着已搓光的苞米瓢子，搓着另一手上拿着的带粒苞米棒，苞米粒就噼里啪啦地掉下来。宋成祥和孙大壮也帮着搓，杨永寿觉得很新鲜，也照样子学着搓。他使很大的劲苞米粒却很难掉下来，还搓得手生疼，杨永寿只得用手一粒一粒地抠。他们边搓苞米，边唠起穷人闹翻身的事。

"多亏共产党啊，共产党要不来，我们爷俩就得饿死，我这把老骨头也早烂没了。"吕老头真诚地说。

"可不咋的，大叔说的是实话。虽然分的那点地没种好，要没那点地就得喝西北风。"宋成祥说。

---

① 【窝心】wō xīn 比喻心里不痛快。

163

又唠了一会儿，吕会忠开门进屋了。

"上哪儿喝酒去了？"宋成祥问。

吕会忠摇摇头，摘下帽子，杨永寿看见吕老头不是好眼色地瞪他一眼。

"穷得溜溜光，谁请他喝酒啊，是憋得难受出去瞎逛游。"吕老头没好气地说。

"大忠子啊，不是我说你，不缺胳膊不少腿的，你爹又有病，多帮你爹干点活呗。"宋成祥说。

"干啥呀，干也富不了，还不如不干。"吕会忠回答得倒挺干脆。

"怎么说也该成个家，你啥也不干谁跟你呀？"宋成祥接着说道。

"就这个尿样，人家都瞧不起，再说谁跟他谁遭罪，那日子还能过？"吕老头说着就咳嗽起来。

"不蒸（争）馒头——也要蒸（争）口气，现在有地了，只要好好干，肯定能娶上媳妇，你过去不是干得好好的吗？"宋成祥又说道。

吕会忠不吱声了，杨永寿又安慰吕老头几句，站起身说："我们还要走一家。"

"那就到东院老李家，寡妇施业①的，带个孩子，生活也挺难的。"宋成祥说着领着往东院走去。

宋成祥说的这家寡妇叫王玉青，她男的姓李，是从山东逃荒过来的，靠租种地主的地和打短工维持生活。在光复前一年冬天

---

① 【寡妇施业】guǎ fu shī yè 旧时指妇女死了丈夫，不能改嫁（主要原因是守旧的观念和舆论的压力），带着孩子，守着丈夫遗留下的微薄产业，勉强度日。

164

日本人抓劳工，到北山里伐木材，伪村公所说他家哥俩必须去一个。弟弟刚结婚单过，没办法，只得哥哥去了，没过仨月，让大木头砸死在山里了。多亏去年分了日本开拓团十亩地，要不这日子就完了。有人劝王玉青改嫁，王玉青就是不肯，自己带着一个四五岁的小丫头过。她可能干了，铲地割地拉地打场扒炕抹墙，有时小叔子帮帮忙，主要靠自己。

这也是两间矮矮的草房，但收拾得很齐整。院子东面是一间下屋，紧挨着是鸡架鸭架鹅架猪圈狗窝。一看见人来，鸡鸭鹅咯嘎乱叫，狗也"汪汪"起来。

听见动静，一个小丫头推开房门，他们刚走到门口，屋里就传出："大丫，谁呀？"

"是工作队的。"听见声音，杨永寿这才发现吕会忠跟在后面，但他没有进屋。

里屋的棉门帘子一掀，露出一张有些暗黄色的笑脸："宋大叔，你来了。"

屋里没什么摆设，但很整洁。一铺南炕，炕席有几处用麻袋片补的。娘俩都穿着屯子里山东人卖的老家织的粗布，肯定是自己染的，颜色深一块浅一块，波棱盖儿和胳膊肘处都有补丁。王玉青个头不算高但显得结实，眼睛不大却很有精神。虽然脸上挂着笑，让人看出有些勉强。

杨永寿他们坐在炕沿上，又把穷人闹翻身的道理讲了讲。

"这个道理我懂，没有共产党分给我地，我们娘俩不知在哪里呢，可能早到处要饭了。人得有良心，可我是女的，能做啥呀？"王玉青低着头说。

"女的咋的，你不比男的差，这屋里屋外、地里家里、样样都行。"

"大叔，你不知那难处，带着一个孩子没办法，啥事都得自己硬扛着，眼泪只能往肚里咽。"王玉青说着眼圈有些红了。

"那是，那是，你也够刚强的了，咱屯谁不知道啊。"

"有些活也很难，比如去年攒了一年的粪，别人家早都沤上了，小叔子支前去了，我一个人也干不了，主要是刨不动，再不沤就要耽误种地了。"

走的时候，杨永寿他们到东下屋后面看了看，哎哟，好大的粪堆呀，跟下屋屋顶一样高。这时听见宋成祥对王玉青说："那啥，明天工作队该轮到你家吃饭了，不用去叫，他俩知道你家，就自己来吧。"

说完他们就走了，杨永寿边走边与孙大壮嘀嘀咕咕说了几句什么，别人没听见，只见孙大壮点点头。

往回走时，杨永寿问吕会忠比二狗子怎么样，宋成祥肯定地回答："比他强百套①，吕会忠主要是媳妇那事闹的，心里过不去那个坎，才变得吊儿郎当的。"

第二天早饭是苞米面大饼子，酸菜炖粉条。锅中间熬菜，上边贴一圈大饼子，饭菜是一锅出来的。大饼子的一头被菜汤浸过，有点咸滋味。挨锅那面热度高，有一层黄嘎巴，嚼起来很香。炕桌上还摆了两样咸菜，一个腌黄瓜，一个蒜茄子，这顿饭吃得饱。

吃完饭，杨永寿掏出怀表一看刚到九点，就说："我们俩不走了，帮你把粪沤了。"

"那可不行，那可不行，你们都很忙，那活不用你们干。"王

---

① 【强百套】qiáng bǎi tào 是说某人强过、高过、好过、超过某个同类人太多了。套，量词，计量同类成组的事物。

166

玉青有些急了。

　　杨永寿和孙大壮也没解释，到院里就四处撒目，什么都没有。孙大壮推开下屋门，看见里面家巴什儿①挺全，拿出两把铁锹、一把尖镐和竹扫帚，就到后面的粪堆干起来。王玉青一看拦不住，也回屋围上头巾、戴上棉手巴掌②过来。

　　"大嫂，不用你，我在老家干过这话，知道咋整。"孙大壮看见王玉青也要伸手赶紧说。

　　"没事，这几年都磕打③出来了，什么活都能干。"王玉青说着就登上粪堆顶上往下铲雪。

　　铲完了雪，他俩把大衣甩在鸡架上，孙大壮抡起镐刨粪。王玉青告诉他俩，鸡鸭鹅架和狗窝她是十来天清理一次，猪圈她是一个月清理一次。她养了大小四头猪，每次清完圈都要挑七八挑土垫上。这里的黑土地肥沃，一般都不用上粪，因此屯子里人都没有捡粪的习惯。在她辽宁老家这粪可是金贵的，丢了真可惜。她怕人家笑话，就先看好有粪的地方，隔几天起个早把粪捡回来。去年她家那块地比别的家多打七八百斤粮食。

　　那粪冻得刚刚④的，干一会儿身上就有些热了。孙大壮刨粪很有窍门，找准位置，顺着一个眼刨下去，只五六镐，连刨带震就掀起一大块。看孙大壮有些累了，杨永寿就把他换下来。可是

---

　　① 【家巴什儿】jiā ba shìr 此词也说成"家伙什儿"，本是"家什"嵌进了轻声的"伙"或"巴"并使词尾儿化，"家伙"与"家什"在工具和武器的意思上是同义词；"巴"没实在意思，只起补充音节的作用。①劳动的工具或攻防的武器。②指代身体的某个器官或部位。

　　② 【手巴掌】shǒu bā zhang 指棉手套。巴掌，五指伸开的手掌。这种手套五个手指都分开，戴上它活动起来比较方便。

　　③ 【磕打】kē da 磕碰敲打。①摔打。②向硬物上碰，使附着物掉下来。

　　④ 【刚刚】gáng gáng 特别坚实。

杨永寿将镐举得挺高，落下去就没多大劲了，往往第二镐又偏了，几下子就气喘吁吁，头上冒汗。杨永寿深深体会到，干农活也不容易，农民真是辛苦，王玉青再行，干这活也真够呛。

"呀，怎么不叫我一声?"吕会忠来了。

"叫你干什么? 你又不能干啥。"王玉青呲打了吕会忠一句。

"真是门缝里瞧人——把人看扁了，我怎么也比你们老娘儿们强。"吕会忠说着走过来接过镐。

别看吕会忠瘦，还真有点干巴劲，头几下还像那么回事，可是刨了十多下就有点喘了。也就一袋烟工夫，举镐就有些费劲了，看来是长期不干重活的原因。孙大壮见状接着刨，吕会忠接过王玉青手中的锹跟着撮粪，王玉青转身回屋去了。

总算把粪全部刨开，这时王玉青出来喊："歇一会儿吧! 喝点水。"三个人拍打拍打身上的粪土和雪，跺跺脚就到屋里。王玉青给每人倒了一碗开水，还放了一点红糖，甜丝丝的。

再干的时候，他们把刨开的粪块散开，中间形成一个大坑，在孙大壮指挥下，把坑里塞满碎草末子，然后点燃。他们又把周围的粪慢慢往上撮，把火压住，又不能压死，上面冒着缕缕蓝烟。等收拾利索日头已经要卡山①了，放好家巴什儿，王玉青出来拿把扫炕笤帚一个个地给他们打扫。当扫到吕会忠时，王玉青故意使劲拍打他几下后背。

"哎哟，你轻点不行吗?"

"不是我的劲大，是你总也不干活，身子骨不结实。"王玉青笑着说。

---

① 【卡山】kǎ shān 太阳就要落到山后的时候。卡，卡住，卡在。字面意思是太阳已经落到山后一部分，还有一部分露出山外面。

"能顶下来就不错了，该表扬才对。"杨永寿说。

进屋洗罢脸，就开始吃饭。不一会儿小炕桌就摆满了，酸菜小鸡炖蘑菇，土豆块炖冻豆腐，炒白菜片，一盘黄豆芽，焖的小米干饭。杨永寿有些犹豫了，二二思思①地没拿筷子。

"快吃吧，没什么好吃的，都是自家产的。"王玉青立马看出杨永寿的心思。

一看孙大壮和吕会忠已经吃上了，杨永寿不好说别的，也操起筷子，真是饿了，三个人连菜带饭造个够。吕会忠边吃边有些讨好地说："这饭真香，太好吃了。"

"饭菜是做得好吃，主要是你干活了，人一饿吃什么都香，身体还会好。"杨永寿笑着说。

"那是。"吕会忠笑着点点头。

临走孙大壮告诉王玉青，每天都要把粪堆四边的粪往中间添一点，慢慢地就倒过来了，开春发好了再倒一遍就能上地。不用再添柴火了，时间一长里面的牛粪马粪就会烧着，火不会灭。

"没事，我帮她弄。"吕会忠抢着回答，王玉青白了他一眼。

第二天早饭自然轮到吕会忠家，杨永寿、孙大壮来时，吕会忠爷俩正在做饭。吕老头指挥，吕会忠在锅台上舞扎，满屋子烟气浆浆②的。

吃饭时，杨永寿看也是一锅出，酸菜炖土豆，只是苞米面大饼子有一半都掉在菜汤里。

---

① 【二二思思】èr er sī sī 犹豫不决，拿不定主意，此词也可说成"二意思思"。

② 【烟气浆浆】yān qì gāng gāng 因烧火冒烟或人多吸烟，弄得烟雾弥漫、辣味呛人，使人的头脑浑浆浆的，产生一种厌恶情绪。"浆浆"（jiāng jiāng）变读为 gāng gāng。这是东北方言 j 与 g 互换的音变的习惯。

"头一磨儿①做饭，不会做，将就着吃吧。"吕会忠搓着两手，有些不好意思地说。

"锅没烧热就把大饼子贴上了，能不出溜锅吗？这才应了那句话：凉锅贴饼子——溜了。这都不错了，人家能帮我做饭，这还是日头从西边出来。"吕老头虽然这样说，却没有责怪的意思。

"挺好，挺好，没说的。"杨永寿嘴上虽然这样说，可那菜和大饼子的确不怎么好吃。桌上连咸菜都没有，就一碟大酱。

下午三点来钟再来吃饭时，一进院杨永寿他俩就发现有些变样了。积雪已铲到园子里，屋门前倒脏水冻成的冰也刨了，并清扫干净。屋里也收拾一遍，显得整洁多了。炕桌已摆上，杨永寿他俩坐下后，吕会忠端上来两个菜，一个酸菜炖粉条，一个炒豆芽，还有昨天在王玉青家吃的蒜茄子和咸黄瓜，苞米楂子粥。杨永寿让吕老头也上桌子吃，吕老头连连摆手。吕会忠坐在炕边连盛饭带陪着，他俩觉得这菜可比早晨吃的有味道，咸淡和火候正好。

"吕大哥学得真快呀，还会炒菜了，挺好吃的。"孙大壮禁不住夸了一句。

"他有那能耐就不是他了，这是东院过来做的，连屋子都是人家拾掇的。"吕老头说完就咳嗽起来，说得吕会忠脸有些红了。

"别说，那院子还真是他整的，是东院王玉青让他干的，也够稀罕的了。"吕老头接着补充。

———

① 【头一磨儿】tóu yí mòr 头一回，第一次。磨，重读且儿化，强调这一磨的重要性。在过去人类生活史里，都是用石磨磨面、石碾推米，粮食粒只要上了碾子或磨经过头一磨的碾磨，它的存在形态发生了变化，开始转化为成品粮——米、面了。"头一磨儿"只是这一过程的开始，此词来源于对日常生产生活实践的深刻体验。

170

"人哪？怎么不见了？"孙大壮问。

"谁呀？哦，你是说东院的，做完饭就回去了。"吕老头回答。

这要是一家人多好啊，有干地里活的，有忙家里的。杨永寿心里想道。

吃完饭，杨永寿提出要帮着搓一会儿苞米，吕会忠爷俩说啥也不让，吕会忠表决心地说，他天天陪着老爷子干，保证半个月内把院里堆的苞米搓完。

"那好，过半个月我们还来，看看你吕会忠说话算不算数。"孙大壮将了一句。

"我也是五尺高的汉子，一口吐沫一个钉，干不完你们就可劲熊我。"看吕会忠这样说，杨永寿、孙大壮就走了。

回到住的地方天已经黑了，看看东屋赵辉还没回来，西屋房东李老师正在教小儿子小虎写毛笔字。杨永寿走近一看，李老师的字写得饱满有力，心里赞叹不已。李老师老家是山东菏泽，小时候家境不错，哥俩从乡村私塾读到济南中学。后来他哥哥参加了共产党，因组织农民暴动被捕，被党组织营救出狱后，听说上了井冈山。从那以后国民党的地方政府和地主民团总来李家找麻烦，李老师的父亲一看没完没了惹不起呀，就带领全家人偷偷地投奔赵生屯的亲戚。先是在赵生家扛了一年大活，过年时李老师写春联贴在自家门上，屯子里人一看那字写得好啊，一打听才知道他识文断字。那时在北大荒这地场，李老师就是难得的文化人，于是赵生和几家富裕户就聘他教私塾。又过几年日本人占领了东北，一九三六年伪县政府下令将全县的私塾改为官办或半官办小学，李老师还是学校教员，教国文和写毛笔字，一直到现

171

在。李老师知书达理，又性格耿直，为人正派，乐于助人，在赵生村很有威望。抗战最艰苦的一九四二年，他秘密送老弟弟参加了抗联，现在已是营教导员，在长春一带与国民党军队作战。大儿子前几年在县城读"国高"，参加了抗日救国会组织的一些宣传活动，共产党一来就参加了工作队，现在当了古城区副区长。大儿子去年过年结的婚，儿媳妇是区妇女会主任，他俩是"国高"同学。结婚后在家住了十多天就回古城了，赵辉住的那屋就是小两口结婚时住的。

看李老师字写得好，杨永寿就想练练毛笔字。他把自己的想法吞吞吐吐地说了，李老师满口答应，先教杨永寿怎样拿笔，怎样运笔。教了几遍后，给杨永寿选了一支自己比较心爱的毛笔，又拿出学生练字的大仿本，专门写了一篇横撇竖捺钩，让杨永寿练仿，每天一遍。李老师告诉杨永寿，练习毛笔字不要着急，静下心来，耐住性子，边练习边体会，熟能生巧，慢慢就会了。杨永寿就在北炕炕桌上开始练毛笔字，孙大壮也找出本子认字练字。孙大壮现在已经学会一百多个字了，一些农村常用字和标语口号上的字差不多都会念，但有一半写不上来。他自嘲地说："我这是黑瞎子掰苞米——掰一穗丢一穗。"前些天他给家里写了一封短信，好多字还是杨永寿告诉的，就那他高兴得不得了。

南炕李大婶一边纳鞋底，一边看着小虎写字。杨永寿知道李大婶也识一些字，她与李老师在老家是一个村的，还一同念过私塾。一看那模样就知道年轻时是个大美人。她和李老师是从小父母包办订的婚，后来李家出事了，不少亲戚包括父母劝她退婚，她就是不干，就认准李老师这个人了，硬是跟着李家来到北大荒，没搞什么仪式就算结婚了。虽然经过很多磨难，但从李大婶的脸上能看出她的幸福和知足。

正在这时，一阵马蹄声传来，不一会儿就到了院里。孙大壮出门一看，是韩玉和警卫员刘富贵来了。当初杨永寿、孙大壮到克山来，与刘富贵在从北安到克山的火车上就认识了，又一同到的古北。他爹妈为图他能过上好日子，起名叫刘富贵，可是他八岁就给地主放猪，十二岁扛活当半拉子，没有过上一天好日子。十六岁那年日本投降了，共产党来了，他先参加区自卫队，去年抽调到县武装大队，大队领导看他长得很精神，挺机灵的，做事又牢棒①，就把他调到县警卫排。

孙大壮帮着把马拴好，打一桶水饮饮，又喂上草料，与刘富贵一起回屋。李大婶要下地做饭，刘富贵说在区上吃了，并告诉他俩，韩政委来写搞什么运动的文件，说这里清静好动脑子。其实屋里的人都明白，他也是心里想一个人了。

正说着韩玉开门进来了，看看杨永寿和孙大壮写的字，又简单问问群众发动情况，然后讲了讲全国的革命形势，特别是东北的战况，打得国民党军队只龟缩在长春、四平、沈阳、锦州几个铁路沿线城市。东北农村尤其是黑龙江、合江、松花江、嫩江四省，普遍建立了农村基层政权，土地改革不断深入，人民群众从心里拥护共产党，闹翻身、求解放的热情空前高涨。从现在的形势发展看，东北乃至全国解放的日子不会太远了。韩玉说完回东屋去了。听了韩玉的一番话，杨永寿和孙大壮，包括李老师、李大婶心里热腾腾的。

刘富贵拿起孙大壮写的字端详半天，念出"中——国——共——产——党"，说："我就认识这几个，还是看标语记住的。""那你也学认字吧。"杨永寿说。

---

① 【牢棒】láo bang 指物体结实、牢靠，引申为办事稳妥、靠得住。

173

"不行，我脑子笨。"刘富贵挠挠头。

"你看我笨不，这才多长时间，不也学了不少字吗？"孙大壮有些得意地说。

"小刘同志，不学习不行啊，你没听韩政委讲吗，全国很快就要解放了，到那时没有文化怎么工作呀？怎么建设新中国呀？"杨永寿劝道。

"我还当警卫员呗！"

"那你年龄大了怎么办？"

"我当兵打仗去！"

"我说同志，全国解放了，国民党打倒了，你上哪儿打仗去？"杨永寿拍了一下刘富贵的肩膀。

"不行的话，我回家种地去。"

"苏联集体农庄早就实行机械化了，那也得有文化。到那时哪行哪业都需要文化。你年轻，现在学还来得及。"杨永寿耐心地说。说得刘富贵没辙了，直劲挠头。

"你就跟小孙一样学，李老师给你搞一本小学一年级课本，每天学两个字就行，你身边的人都识字，不会就问，有两年时间就能看书看报了。"杨永寿继续鼓励。

"我也要课本。"孙大壮一听有课本马上接上话头。

"好，好，我想法给你们一人弄一本。"李老师马上答应。

"你只要到这儿来，我就考你和小孙，考不好就罚你俩。"

"怎么罚？"俩人同时问。

杨永寿想一想说："小孙教我打枪，你教我骑马，行不行？"

"行，行，没问题。"俩人又差不多同时回答。

杨永寿端端正正写了"大、小、多、少、东、西、南、北、天、地、人、手"十二个字，教刘富贵念，直到记住为止，并嘱

174

咐他每天温习五遍写两遍。

刘富贵正嘟嘟囔囔念着，听见外屋门响，知道是赵辉开会回来了。刘富贵到外边看看，给马又添点草料，回来就要睡觉。

"你不能在这儿睡。"孙大壮说。

"为什么？"刘富贵不解地问。

"你是警卫员，保卫首长安全是你的职责。要么你到东屋睡去，要么你到外面站岗。"孙大壮振振有词。

"尽扯淡，我怎么能到东屋睡去呢？我真要在外面站一宿岗，明天韩政委出去谁跟着？你这是咸吃萝卜淡操心，你知道的，这屯子平时晚上就有两个自卫队员巡逻，今天到这儿时我又跟张村长打了招呼，今晚在附近又增加一个流动哨，保证没问题。"

听刘富贵一说，杨永寿感到刘富贵虽然没文化，但心很细，考虑得很周到，将来会有前途的。杨永寿要把炕头让给他，刘富贵坚决不干，拿着李大婶给的铺盖在炕梢躺下了。

早上醒来天已大亮，刘富贵已出去了。杨永寿和孙大壮穿好衣服出门一看，马在安详地吃草，刘富贵正扫马身上的霜。这两匹马不算高大，但长相结实，也很精神，孙大壮一看就知道这是两匹好马，眼睛都亮了。你想想看，他在抗联和东北民主联军时多数是骑马行军打仗，就是在哈尔滨警卫团出去执行任务也是骑马，两个来月没跟马打交道了，那是啥滋味啊。孙大壮走到马跟前，摸摸这个，拍拍那个。刘富贵看孙大壮这样喜欢，就说："杨同志不是要学骑马吗，你就带他遛遛。"

孙大壮正巴不得呢，赶快牵过一匹马把杨永寿扶上去。

"你不用怕，就在后面跟着我就行。"孙大壮说完牵过另一匹马，翻身上马，出了院顺着路往东走去。

开始很慢，但是孙大壮是骑惯马的人，两腿不自觉地一磕马肚子，那马就颠了起来，后面的马自然紧跟着。孙大壮没觉得怎么样，杨永寿可受不了，屁股颠得生疼不说，特别害怕掉下来，两手紧紧抓住马鬃，连腰都不敢直。刘富贵老远在院门口看见了，赶紧打了一声口哨。也怪了，那两匹马听见哨声立即回转头往回走，孙大壮喊也喊不住。等到了跟前，刘富贵把杨永寿扶下来，就跟孙大壮急了。

"你不知道杨同志不会骑马吗？跑什么跑？掉下来摔坏了怎么办？你不就会骑马吗，嘚瑟啥呀！"

孙大壮知道自己错了，挨了刘富贵的呲打也未还口，只是冲着杨永寿不好意思地笑。

"没过瘾吧，是骡子是马拉出来遛遛，我陪着你。"刘富贵对孙大壮说。说完两人翻身上马，一溜烟地往东跑去，眨眼工夫就没影了。一袋烟工夫两人骑马奔驰而回，那马直打响鼻，喘着粗气。把马拴好又加点料，仨人回屋洗漱。

过一会儿宋成祥来叫吃饭，他负责将人送到管饭的人家。李老师问："增加人了，饭能够吃吗？不然让韩政委他俩在这儿吃吧。"

"不用，昨晚我已打过招呼了。"宋成祥笑着回答。

又说一会儿话，刘富贵看韩玉、赵辉已收拾停当，就一起去吃早饭。赵辉没有固定地点吃饭，赶在哪个屯就在哪个屯吃。刘富贵经常来，与杨永寿、孙大壮越混越熟。杨永寿帮他和孙大壮学认字，他和孙大壮教杨永寿骑马、打枪。等到杨永寿离开克山时，刘富贵能读书看报写信了，杨永寿骑马可以放开奔跑，屁股也不疼了，枪虽然打不太准，但那架势很像那么回事。

上午路过学校时，杨永寿和孙大壮看见教室的炉筒子冒烟，听见有说话的声音。他俩走过去趴在门缝往里一看，看见赵辉正在讲话，讲得正来劲。原来她在召开全村妇女积极分子会选举村妇女主任，同时动员她们积极参加诉苦挖穷根和斗地主活动。杨永寿他俩怎么看赵辉那么高呢，仔细一瞧，原来赵辉站在一个方凳子上，还挥舞着一只胳膊，声音很大。他俩赶忙转身走了，正好看见刘富贵牵着两匹马过来，好像去井沿饮马。

"你俩干啥呢？鬼模鬼样的。"刘富贵看他俩的样子，有些诧异地问。

"你过去看看吧，韩玉的老婆正讲话呢，那老娘儿们还站在凳子上比画，可带劲了。"杨永寿说。

刘富贵心想，杨永寿平时说话文绉绉的，今天怎么了？又不好说什么，只是说："那有什么好看的，人家有那个本事，经常开会练出来了。我到井沿饮饮马，下午韩政委还要回区政府。"说完牵马走了。

吃完晚饭往回走时，赵辉问："小杨．你今天说我什么了？"其实她和杨永寿同岁。

"什么?"杨永寿有些发蒙，不知赵辉指的什么。

看杨永寿的样子，赵辉说："我在学校开会，你看我讲话，你说什么了?"

哦，杨永寿想起来了，心想，刘富贵这小子嘴真够快的。不过，自己确实不能那样说人家赵辉，他不知怎样解释才好，只得说：

"赵队长，我不是故意的，我听这疙瘩人都这么叫，顺嘴就说了。我也想学学咱这地场的话，没想用错地方了。"

"永寿同志，咱们不是老百姓，是工作队，是在革命队伍里面，都是革命同志，称呼'老婆''老娘儿们'显得不尊重人，应叫赵辉同志，叫大姐也行。"赵辉说。

"好，赵辉同志，我说错了，请你原谅。"杨永寿正儿八经地向赵辉道歉。

赵辉笑了，用一双大眼睛看着杨永寿说："不算什么，只是随便说说，你还当真了。你那样说话对我没什么，对你不好，别人会说还是留苏学生呢，说话怎么这么土，显得没水平。"说完，让杨永寿和孙大壮今晚把外衣脱下来，她抽空给洗洗。

第二天上午，在村政府召开村领导、农会委员、工作队的联席会议，汇报各屯的群众发动情况。张连成非让赵辉主持，赵辉说："工作队早已明确不包办，贫雇农说了算，那就让农会主任马洪斌来吧。"

马洪斌也没客气，就点名让各屯的农会组长说一说。宋成祥已被选为村农会委员、赵生屯农会组长，宋玉梅被选为村妇女会主任，爷俩都来参加会。从各屯的情况看，贫雇农对共产党和新政权是从心里拥护，认为共产党确实是为穷人谋幸福的，坚决跟着共产党走。但是，对穷人为什么穷、富人为什么富还不十分清楚，对阶级压迫的社会根源更不明白。有的人认为受穷是命里注定，怨不着谁；有的觉得富人也不容易，起早贪黑，辛辛苦苦，好不容易置巴点家业，一点点才发起家来。另外，赵生村这四个屯子共有两户地主、五户富农，没有横行乡里、胡作非为、逼死人命的，引不起人们的仇恨。

说到这儿张连成站起来，掰着手指头给大家算了一笔细账：一个长工一年至少侍弄两垧地，按一般的年成算，一亩地产二百斤粮，一垧就是三千斤，合六石粮，两垧就是十二石。一个长工一年最多工钱也就是三石粮，地主得九石，减去长工、家人吃的和留马料种子、交公粮等，净剩五石没问题，如果雇十五个长工就收七十五石粮食；再说租种一垧地，一年能打三千斤粮食，一般是五五分成，地主净得一千五百斤，合三石粮食，如果出租三十垧地，就净剩九十石粮食。地主富农刚发家时确实很难，吃苦耐劳，勤俭持家，积攒一点钱就买地和牲畜，家业越来越大。不管怎么说，从根本上地主富农是靠剥削穷人富起来的，这是实质性问题，一定要认识清楚。

赵辉又引导大家不要把眼睛盯在某一户地主富农身上，要查一查自己和亲属受旧社会方方面面的剥削和压迫，从一件件具体事上来分析，就能感受到生活在社会底层人的艰难和困苦，是不平等社会制度造成的。

于德水还提出，屯子里的穷人没有文化，几乎都是睁眼瞎，也没经过什么场面，平时不愿意出头，诉苦发言也是个难事。

"那好办，先从本屯开始，积极分子带头诉苦，然后每个屯子选出一至两名诉苦代表，到各个屯参加诉苦大会，带动群众把诉苦、挖穷根活动搞起来。"赵辉想了想说。

最难开的，也最热闹的是妇女会，未开会时叽叽喳喳的。

"我说大羔子媳妇，是不是想大羔子了？哟，哟，还脸红了，那想人的滋味可难受了。"说话的是陆长富老婆。她说的大羔子今年春天参军上前线了，去年结的婚。

"大膘子，人家像你哪，一会儿都离不开老陆，真是猴子贪屁股——没完，活拉拉把老陆整得像个干巴猴，把你滋润得肥肥胖胖的。"一个瘦矮个中年妇女接上话。

"你好，你家那个人高马大的，过瘾吧，把你整得下不来炕。""大膘子"也不示弱。

"你多厉害呀，像半铺炕似的，老陆折腾累了，趴你身上睡着了，做梦打把式愣没掉下来。"瘦矮女人的一番话引起全场妇女的一阵大笑。

这一笑把老陆老婆怀中的孩子吓哭了，老陆老婆解开斜大襟棉袄说："别哭，来，吃咂儿吧。"给孩子喂奶她也不避人，就露着颤颤巍巍的大奶子和半个白白的肚皮，照样说笑。杨永寿和孙大壮第一次参加妇女会，瞄了一眼"大膘子"赶紧把脸扭过去，示意开会。

　　会议由宋玉梅主持，于德水讲了一下诉苦的意义，就动员大家发言，连说几遍都没人吱声。

　　"怎么样，扯起淡来没完没了，一说开会发言就都小米干饭——闷上了吧。"于德水有些调侃地说。

　　宋玉梅急得开始点名，可是点到谁都摇摇头。

　　"你说说吧，你的嘴巴平时不是挺能说的吗?"于德水对着老陆老婆说。

　　老陆老婆假装没听见，低下头，用手拍拍怀里的孩子。

　　"我来说几句。"王玉青从人群里面站起来说。"我也说不好，就说说我自己经过的事吧。"

　　大家都知道，我是从辽宁新民县大民屯跟我母亲过来的，那里离沈阳很近。我刚六岁时我爹在沈阳北大营当兵，正赶上"九一八"事变，日本鬼子占了沈阳，我爹的肚子被打了一个窟窿，拉回来第二天就死了。临死前对我母亲说，只能到克山赵生屯去找我舅舅。于是我母亲把家里的破房子，还有乱七八糟的东西卖巴卖巴，凑点盘缠①钱，领着我坐火车到了哈尔滨。人要倒霉喝凉水都塞牙，那时哈尔滨还没被日本人占领，但人心惶惶也很乱。在等车时我们娘俩都睡着了，醒来时母亲才发现装在身上的

――――――――――

　　① 【盘缠】pán chan 指路费。旧时出远门为了带着方便，更为了安全，都把路上花的钱装在长条布袋里，然后缠在身上，久而久之，盘缠成了路费的代名词。

钱、车票和放在椅子上的包拢全没了。我母亲那个哭啊，哭有什么用，一个农村妇女又没见过世面，只得带着我一步一步地往克山方向走。我母亲是小脚，走起来多难哪，每天脚底板都磨出血。肚子饿了就到经过的屯子里要饭，大爷大娘地叫着，弄点凉窝窝头、剩饭填填肚子。到了傍晚就找人家住下，有的人家不收留，有的想收留咱又不敢住，常常是住在屯子头的破庙、碾坊磨坊里。那时已开始下霜，白天还好些，夜里却冷风飕飕冻得睡不着，母亲就抱着我解开怀暖我的双脚。有好心人看我们娘俩这样，你给一件破棉袄，他给一双旧棉鞋。为了能走路，母亲连脚带鞋套上一双大棉鞋，前后塞上破棉花。这样边要饭边走，大约有十多天到了明水县地界，一打听走了有一多半路程，觉得有希望了，没想到又出事了。

那是过了明水县城西北一个叫通泉的地方，肚子饿得咕咕叫，我们娘俩就到屯子里要饭。刚走到一大户人家的大门口，看见门开着，我俩站在门边往里望了望，还没等进去，两条大狗冲了出来，我吓得大叫一声，一下抱住我妈的双腿。这下可好了，一条狗猛扑上来在我的腿上咬了一口，我妈被我抱着双腿动弹不得，只能拿着手里的破筐抡着挡狗。这时一个穿着讲究的半大小子走出来说："要饭花子，滚得远点，我家马上要来贵客了，别在这儿碍事。"

我妈指着我被狗咬伤流血的腿说："孩子被你家的狗咬伤了，我得找你家大人说道说道①。"

"什么？真是胆子不小。"

说着，那小子又大声吆喝狗咬我们娘俩，母亲赶紧抱起我躲

---

① 【说道说道】shuō dao shuō dao ①讲述、说明。②商量、谈论、评理。

到一边。屯子里有人告诉我们，那是村长家，外号叫"四阎王"，霸道得很，惹不起。有人给找点红伤药，用布条一缠，妈妈只得背着我走。说着王玉青撸起裤腿，露出两块青紫色的疤痕，她含着眼泪继续说。

好不容易到了赵生屯，真成了叫花子，连舅舅都认不出我们来了。舅舅家也很困难，又添俩人吃饭，那日子就更难了。勉强挨过冬天，就差不多要断顿了，全靠吃土豆度日子，舅母因此常跟舅舅吵闹。没办法，我妈只得带着我走道儿了，嫁给咱屯的常老三。常老三是个病篓子①，一干重活或一犯病就吐血，因此到三十多岁也未说上人。他家爷们几个帮着压一个小马架，就算立了灶火门儿。那日子难着呢，租种了杨殿阁家一垧地，我继父是个好人，可不能干重活，全靠我妈侍弄地，打的粮食那是"癞蛤蟆打苍蝇——将供嘴"。没过三年我又添了个弟弟，继父的病更重了，日子相当艰难。我是在家带弟弟，母亲起早贪黑到地里干活。那时我都不敢出门，出门碰见调皮的孩子，就喊我"带糊旅子"②。这样又苦苦挣巴两年，继父去世了，剩下我们娘仨就更难了。我母亲刚强，下地干活带着我和弟弟，弟弟在地头玩，母亲和我铲地割地。家里没烧柴，我俩一趟一趟往家背。冬天我的手冻得像馒头，经常流脓淌水，那也得干哪。

王玉青说着说着抹起眼泪，一些妇女眼圈也红了。特别是三

---

① 【病篓子】bìng lǒu zi 比喻人多病，他的身体就像一个专门装病的篓子。

② 【带糊旅子】dài hú lǔ zi "糊"是糊里糊涂；"旅"（lǔ）的本字应为"稆"（lǔ），泛指不种自生的谷物，即"稆生"。在很古的时候，"旅"与"稆"二字通用。如《汉乐府·十五从军征》就有"庭中生旅谷，井上生旅葵"。现在北方农民把不种自生的谷物叫旅生，韵母也由撮口呼变读作合口呼。加"子"后的"旅子"成为名物化的词语了。此词字面上的比喻义为女子改嫁带来的孩子是婚前跟别人糊里糊涂生的野种。此词是对改嫁后带来的前夫的子女的一种污辱性的说法。南方有的地方将此词义说成"拖油瓶"。

十岁以上的妇女，还有不少是小脚或先缠后解放的脚，对小脚女人生活的艰难理解得更深。

勉强对付几年，实在熬不下去了，我母亲在咱们东屯又找了个人搭伙，就那年将我嫁人了，我才十六岁。我们家那个是真能干，人又老实，虽然穷但知冷知热。我也知足了。可是好日子没几年，我的大丫已四岁了，大前年冬天孩子她爹又被抓壮丁。说是家有两个兄弟的必须去一个，有钱人家四个弟兄的都有，为什么不去？不就是花钱了吗。那批劳工都到北山里给日本人倒套子，就是把伐下来的大木头用绳子拴好一头，套上两匹马从山当腰往下拉。山是斜坡，又借助雪的滑力，那马是越跑越快，人也跟着跑，跑慢了后边的木头就会撞马腿。七八里的雪路，一气干到山底下的储木场。大家都知道我们家那个是赶套好手，人又利落，一般不会出事的。也是倒霉，有一天赶到半山腰，一棵刚伐下来的大木头从山上横滚下来，把他砸死了。人就埋在那了，还是日本倒台时从跑回的人的嘴里才知道的。讲到这儿，王玉青哭出了声，好多妇女也跟着抹眼泪。

"共产党不来，我和大丫都会饿死。共产党是我的救命恩人，我从心里感谢共产党和新政府，永远跟着共产党走。"

"打倒日本帝国主义！"

"打倒万恶的旧社会！"

"共产党万岁！"

孙大壮领着喊口号，全场激昂，杨永寿也站起来举着拳头喊。

王玉青这一带头，妇女抢着诉苦，差不多每家每个人都有一段辛酸史，这次诉苦效果意想不到的好。

接着屯农会和工作队又组织男同志诉苦，吕会忠讲的虽然不

183

多，却是一部血泪史。因此确定吕会忠、王玉青作为赵生屯的诉苦典型，参加各屯的诉苦活动。

很快各屯的诉苦活动有声有色地开展起来了。到哪个屯都把本屯的地主富农揪出来，老老实实地站在会场中间，不断地回答诉苦人的质问，或遭到农会干部和积极分子的斥责。南面李春海所在的韩永屯，还把富农用绳子牵着戴高帽游街，有人往游街人身上扔马粪蛋子、雪块等。北面霍先屯有一个富农与儿媳妇有不正当关系，群众说他是扒灰①，弄两只掏灰的耙子挂在他脖子上游街。听说他那玩意儿比一般人的大，县城窑子里的娘儿们都喜欢他，为此游街时屁股后面绑着一个驴尾巴，还让他趴在地上学驴叫。西边的宋爷屯，因地主宋老八抽大烟，就把两杆烟枪挎在腰上游街。

杨永寿心里觉得这样做有些不妥，但李春海却说，这是按照毛主席《湖南农民运动考察报告》中农民运动的做法做的，这还不够呢！杨永寿听了也不好说啥，自己也拿不准。他把这一想法与孙大壮说了，孙大壮说："活该，这些地主老财是自作自受，罪有应得。"

----

① 【扒灰】pá huī 本义是指从灶坑里向外掏灰。掏灰的工具为一个小方木块安个长木把，凡是烧薪柴煮饭的人家都会用到它。比喻义为人们把与儿媳通奸的公公叫"掏耙"，把这种行为叫"扒灰"。（据说，因灶口低，掏灰时要跪下来，膝盖上总会沾上灰，文言叫污膝，谐音"污媳"，故名"扒灰"。）

第六章
他，在"四十天运动"中成长、成熟

　　没过两天，古北区召开会议，传达了黑龙江省委关于开展反右倾、斗地主、砍大树、挖浮财、煮"夹生饭"运动的指示精神，即"四十天运动"。韩玉传达了县委的具体安排，重点讲了这场运动的重要意义，指出这是共产党领导解放区穷苦农民与封建地主阶级一场关键的斗争，是巩固新政权、建立新中国的需要，是穷苦农民彻底翻身的重要举措。他引用了毛主席的一段话："人民靠我们去组织，中国反动分子靠我们组织起人民去把他打倒。这也和扫地一样，扫帚不到，灰尘照例不会自己跑掉。"他要求作为全省土改试点的古北区，一定要放手发动群众，既要严格按照省委和县委的指示去做，更要抢先一步，走在黑龙江省和全县的前头，起到示范作用。参加会议的区村干部、农会干部和工作队员激动不已，摩拳擦掌，跃跃欲试，准备要大干一场。从十二月二十五日开始，一场著名的土改运动即"四十天运动"，在克山大地轰轰烈烈地开展起来。

　　会议一结束，赵辉就主持研究赵生村"四十天运动"如何开展。大家一致认为，现在群众已经发动起来了，不会有什么问题，关键是要组织好。张连成提出运动的形式仍采用诉苦时的办法，一个屯一个屯地搞，对地主、富农一户一户地清算，各屯的积极分子都要集中参加。每个屯出一台大车或两副爬犁，来回拉参加运动的积极分子和挖出的浮财，并规定浮财包括金银首饰、银圆、贵重的衣物、被褥、布匹等物品，一律登记造册上交村政府。张连成讲完马洪斌补充了一点，就是粮食、农具和牲畜不好集中，应清点好就地封存，牲畜暂由地主、富农家的长工继续喂着，这些都等着挖浮财结束时统一处理。大家又讨论了一些具体事项，杨永寿建议封存粮食时应给地主富农家按人口留下口粮，日常用的衣服、被褥等生活必需品最好不要动。杨永寿话音刚落，就引来一阵反对声，喊得最响的是李春海。

"杨永寿，你这是右倾，毛主席曾说过，'革命不是请客吃饭，不是做文章，不是绘画绣花，不能那样雅致，那样从容不迫、文质彬彬，那样温良恭俭让。革命是暴动，是一个阶级推翻另一个阶级的暴烈行动。'因此，我们对阶级敌人不能讲仁慈，不能手软。这是严肃的阶级立场问题。"

"这些我都懂，过去那样搞是为了发动群众推翻反动的统治阶级，但我们现在是共产党和穷人掌握了政权，斗地主、挖浮财是对的，在坚持斗争的同时，也要教育他们，改造他们，在生活上给出路，也要讲革命的人道主义。"杨永寿急着争辩。

"什么什么，跟地主老财还要讲人道主义？他们吃穷人的肉，喝穷人的血，怎么不讲人道主义？我们与他们的斗争是针锋相对、以牙还牙。对他们不仅要在政治上斗垮，在经济上也要净身出户，让他们也尝尝受苦遭罪的滋味。"李春海越说越来劲。

"毛主席也曾说过'政策和策略是党的生命'，我们党在长期的革命斗争中，只要他不再与人民为敌，放下武器，我们都欢迎，包括国民党军阀。地主老财只要拥护新政权，老老实实接受改造，我们就要给出路。上级关于土改的文件也是这样讲的，我们要按政策和文件办才对。"杨永寿本来白皙的脸也有些红了。

李春海站了起来："什么政策、文件，都那样还怎么搞运动？穷人闹翻身就要闹个天翻地覆，闹个你死我活，让穷人解恨、扬眉吐气，让地主老财害怕、发抖，只有这样才行。"

"共产党领导穷人闹革命，是一场伟大的无产阶级革命，具有重大的历史意义，不是杀富济贫，不是打家劫舍，不能胡来，我还是坚持我的意见。"杨永寿下巴抖动了几下，看来真上来倔劲了，本来有些方正的脸更显出了棱角。从来没见杨永寿发过火，大家有些意外。

赵辉一看赶紧说："杨永寿和李春海两位同志说的都有道理，给出路是对的，是我们党一贯的政策，在运动中要注意。但这次运动主要是纠正前一时期的右倾错误，深入广泛发动群众，狠狠斗争地主老财，煮好'夹生饭'。穷人苦大仇深，满怀阶级仇恨，在这么大的运动中难免有些过火行为，也可以理解。不管怎么说，我们工作队、区村干部一定要坚定站在贫雇农一边，勇敢地站在运动前面。'四十天运动'是对我们每个人的严峻考验，我们要经得起考验，并在阶级斗争的大风大浪中成长。大家没有什么事就去准备，后天从赵生屯开始挖浮财。"

大家都听出来赵辉的话倾向李春海，有批评杨永寿的意思，孙大壮觉得不公平，站起来要说几句。张连成一摆手说："啥也不说了，咱们加把劲，把赵生村的'四十天运动'搞好，不出差错不捅娄子①比啥都强。"说完就站起来走了。

当晚赵辉和杨永寿、孙大壮一起去吃饭，赵辉在路上讲："永寿同志，你还不了解，去年年初我跟张政委和老韩深入农村发动穷人斗恶霸、闹翻身，那难着呢。你想，地主老财在一个地方多年，有钱有势，穷人不是租他的地、借他的钱、抬他的粮，就是给他扛大活，哪敢起来造反。我们就暗地里做工作，讲道理，不管谁，只要敢站出来与地主老财斗我们就支持。敢与地主老财斗的大多是好人，在穷人中有威望。但这中间也有心里没数、虎拉巴登②的，也有愣了巴叽③没人敢惹的刺头，还有个别游手好闲、好吃懒做、偷鸡摸狗、穷得叮当响的二流子。有的屯子找不着合适的人，只要能把胆小的穷人带动起来，我们就用他。这样的人在运动的初期确实起了作用，有的经过学习和磨炼成为村区干部，有的被革命的浪涛所淘汰。前些天搞的村区领导和农会干部重新选举，全县就有一百多人被刷下来。搞运动就像暴风骤雨，只有这样才能彻底冲刷旧世界，也可能带来污泥浊水，这个道理是我们在农村土地改革具体工作中体会到的。可能你站的角度不同，才觉得不妥。但我很欣赏你诚实的态度，有意见敢于发表，有些事需要我们共同在革命的实践中去学习和验证。"

赵辉说完拍了拍杨永寿的肩膀，打趣地说："可不要闹情绪哟，我的大知识分子。"

---

① 【捅娄子】tǒng lóu zi 比喻惹了大麻烦或祸端，也说"惹娄子"。

② 【虎拉巴登】hǔ la ba dēng 义同"虎"，"巴登""巴叽""光叽"都是用在词尾的表示鄙视色彩的衬字或词缀，意喻人缺心眼、做事冒失。

③ 【愣了巴叽】lèng le bā jī 做事鲁莽冒失、愣头愣脑的样子。愣，为中心语素，鲁莽冒失；了，表示动作和变化已完成的时态的助词；巴叽，做词尾，象声词。本词的字面含义是，做事一贯鲁莽，经常会听到不小心打坏器皿的声音。

杨永寿没有吭声，把脚前的一个冻马粪蛋子踢出好远，不过他心里轻松多了。

赵生屯斗地主、挖浮财的第一家自然是赵生。杨永寿、孙大壮和张连成到赵生家时，李志强正指挥人往外搬东西，于德水和李老师管登记。这家是东北典型的地主大院，两边是马棚牛圈仓库碾坊磨坊豆腐坊和长工的住房，正房一溜八间，赵生和两个结婚的儿子住着。全家老少八口都被集中到东屋，由自卫队员看着。只有赵生留在自己住的屋，马洪斌正在审问。

"政策已经给你讲了，就不要有侥幸心理，想蒙混过关。你们家在这个屯子这么多年，有多少家底，不是秃头上的虱子——明摆着吗？即使搞不太准，也有个大约摸。"

"我们家这么多年，祖上留下的规矩，有钱就买地买牛马拴车置巴家底，这是我家上地、房子、存粮、牛马猪羊、农具的清单。"赵生说着递给马洪斌两张用毛笔写的纸。

马洪斌看了看清单问："就这些？"

"嗯哪，就这些。"

"不见起①吧，你家就没有值钱的东西，留点后手什么的？"马洪斌追问道。

赵生沉吟一下说："有，但现在不值钱了。"

"什么？"

"有一箱子绵羊票子，还有一千块银圆。"

"在哪儿？"马洪斌忽地站起来问。

赵生转身从衣柜里拽出一个柳条编的箱子，哗啦一下打开，

---

① 【不见起】bú jiàn qǐ 不一定，很难说。

露出满满一箱子花花绿绿的纸票子。张连成告诉杨永寿，这是伪满洲国发的纸币，因为有绵羊的图案，所以人们都称它绵羊票子。第一次看见这样的票子，杨永寿拿起一沓仔细瞧瞧，看到正面有溥仪皇帝的头像，反面是绵羊图案。

"银圆埋在院里马槽南头地下。"赵生话音刚落，张连成赶紧去张罗往外挖。

"什么鸡巴玩意儿，卖呆哪，快！往外搬东西。"随着咋咋呼呼的声音，前任副村长陈世贵带着几个人已经进来。他朝杨永寿、孙大壮点点头，就张罗着搬那些珍贵的木家具。那样子明显地告诉别人，别看我现在不是村干部了，可没我还真不行，好像缺了这个鸡子——真做不成槽子糕了。陈世贵家住韩永屯，杨永寿觉得李春海应该与他们一起来了，可是没有进屋来，肯定因为那天争吵的事。

陈世贵一屁股坐在靠北墙八仙桌旁的黄梨木椅子上，故意用屁股颠一颠说："什么鸡巴玩意儿，别说，还真挺坐棒①。"说完，起身与别人抬着一个半人多高的青花瓷瓶从里屋出来。

赵生看见说："小心点，这可金贵着呢，是我父亲当年从沈阳买回来的，说是乾隆时的东西。"

"什么破鸡巴玩意儿，给我都不要，还当宝了呢！"陈世贵边说边往高一抬，手一松，"哗啦"一声，青花瓷瓶摔成几瓣，赵生"哎呀"一声，赶紧低下头。

"现在这些东西不是地主老财的了，是我们穷人自己的，我们要珍惜才是。"孙大壮瞅着陈世贵说，陈世贵斜眼瞅瞅未吭声。杨永寿和孙大壮听见院子里闹吵吵的，就出去了。

---

① 【坐棒】zuò bang 指器物打造得坐实、牢棒。

院子里乱马营哗①的，看热闹的比干正事的人还多。搬出的家具摆在窗前，缎子被、羊皮筒子、布匹、猪肉梆子等放在一领炕席上。有的妇女拿起这个看看，打开那个瞧瞧。这时二狗子过来了，抄着袖转悠一圈，然后把炕席上的东西翻了翻，捡起一顶狐狸皮帽子戴上，顺手将自己破得开花的狗皮帽子扔到地上。

"二狗子，你干什么，放下！"李志强从马圈那边过来立即制止。

"我受地主老财这些年剥削，拿他一顶帽子不多吧。"叫二狗子的振振有词。

"叫你放下就放下，不然我叫自卫队动手了。"李志强凑到跟前就要摘帽子。

"你敢，我又不是地主老财，你动手我就去告你！"二狗子态度强硬。

"什么鸡巴玩意儿，拿顶帽子算个啥，都是穷哥们，何必呢！"陈世贵不知从哪儿冒出来，他不怕把事态闹大，本来就对李志强顶了他的位置有想法。

"你们不为穷人说话办事，就不是好干部，我找工作队领导去。"说着二狗子就要走。

"不用找了，我来了。"不知道赵辉什么时候来的。

"这件事我看得清清楚楚。地主老财的东西是剥削穷人的不假，要归还给穷人也是对的。"赵辉说到这儿顿了一下，二狗子脸上有些得意。

"但是，归还给穷人是要经过农会研究，还要贫雇农大会通

---

① 【乱马营哗】luàn mǎ yíng huá 战马乱跑，军营嘈杂，比喻一种乱了营的无序状态。

过，分别情况统一分配。要是你拿他拿，那不是乱套了吗？你不明白不怪罪，现在给你讲清楚了，那你就放下吧。我们做事是有章法的，不能胡来。"

讲得有理有力，二狗子摘下帽子，但有些舍不得放回去。李志强弯腰将他的破帽子捡起来扣到他的头上，二狗子将狐狸皮帽子扔到炕席上，讪不搭地走了。杨永寿提醒李志强多派几个自卫队员照看物品，并尽快往村政府运，村政府那边也要放好看好。

"不也是贫雇农吗，怎么没给我们往他家派饭呢？"杨永寿看着二狗子的背影问。

"他是腿肚子贴灶王爷——人走家也搬，就老哥一个，一年四季不着家，到处混饭吃，谁给你们做饭哪？"于德水回答。

这时东屋传来哭声，东屋是赵生的家眷，宋玉梅和王玉青在询问，也是关于浮财的事。正问着，陆长富叫"大膘子"的女人领着几个妇女来了，进门就嚷嚷："跟他们啰唆啥，快把金银财宝拿出来。"

"什么，没有？瞎扯，先把戴的手镯、金镏子、耳环摘下来。"

听见这样严厉的吆喝，赵生的老伴慌忙摘下自己手上的银镯子，交给"大膘子"。"大膘子"自己想戴上，可是太胖了，手伸不进去。看婆婆交了，两个儿媳妇也把首饰摘下来，怯怯地交给"大膘子"。

这时陈世贵进来，从赵家几个女人身上看来看去，吓得年轻漂亮的二儿媳妇直往婆婆身后躲。

"什么鸡巴玩意儿，叫我看哪，他们身上肯定藏着贵重东西，害怕才有鬼，谁躲谁身上有，不信你们搜搜。"陈世贵很自信地说。

"怎么搜？"

"你们女人还怕什么，咋搜都行。"

"好，把上衣裤子都脱了，只留一个裤衩，快！快！不然我动手了。""大膘子"说着拽过二儿媳妇就要扒她的上衣，二儿媳妇"哇"的一声哭了。

赵生老伴是小脚，往前扭搭几步，"扑通"跪在"大膘子"面前，说："我们身上什么都没有，我和掌柜的都商量了，什么都不留，只要给我们留条命就行了。儿媳妇还年轻，你们就高抬贵手吧！"说着作起揖来。

赵辉闻声进屋，挥手示意男人都出去，让宋玉梅和王玉青从衣服里外搜一搜。她俩从头到脚一点一点地捏，连棉裤裆都捏了，确实没藏什么东西。

看于德水和李老师忙不过来，杨永寿、孙大壮就帮他们清点牲畜、农具等。一进仓库，各种农具放了满满两大间，整整齐齐。杨永寿心里想，地主家过日子就是像那么回事。在这里杨永寿认识不少从未见过的农具，什么犁杖、穤耙、点葫芦、木碌子、套包、马夹板、牛样子等，不但会认，还跟李老师学会写了。

等到把农具登记完出来一看，陈世贵正指挥人做饭。赵生家长工的厨房有两口大锅焖的小米干饭，一口烀牲口料的更大的锅是猪肉炖粉条。陈世贵告诉杨永寿这叫吃大户，别的地方都这样搞。杨永寿没说什么，继续工作。等到他们将该清点的登记完，给粮仓、仓库贴上农会的封条，院里已经开饭。屋里炕上地下，外面窗户下向阳处、马棚前，到处是吃饭的人，大人孩子有百八十人。杨永寿纳闷，这么多人饭碗筷子怎么解决？一问才知道，外屯的人是自带的，本屯人是回家取的。筷子就地解决的多，什么秫秸棍、柳树枝、苕条等。人人紧忙活，外面已是三九天零下三十七八度，有的吃热了将狗皮帽子卷起来。这时有人从赵生家找来碗筷，让杨永寿、孙大壮、于德水、李老师等人吃饭。杨永寿有些犹豫，看见工作队和村干部都在这儿吃了，心想随大溜吧。

第二天挖浮财进展比较顺利，就是吃饭的人又多了，而且一天比一天多。最让杨永寿不理解的是一些人的情绪越来越激烈，差不多每天都能听到哪里打死人了，哪里的老地主上吊了，哪里的地主老婆或儿媳妇跳井了。好像人们都憋着一股劲，不爆发就不行。即使尽量控制，还是有人气呼呼骂咧咧的，总想动手动脚，过激行为一天比一天严重。

一天一个屯子地进行着，就差韩永屯没搞了。早上就开始稀稀落落飘雪花，杨永寿、孙大壮到韩永屯时又起风了，李春海他们已经在一姓赵的富农家忙活开了。这家是五间大房，南北通炕，中间有木隔扇，一家三代人住在一起。杨永寿因有文化，这些天一直帮忙登记财产，孙大壮负责清点。刚把房产、牲畜登记完，就听见陈世贵喊："快进屋，什么鸡巴玩意儿，这个老东西不老实，我们要狠狠地斗他！"

随着喊声外面的人很快进屋了，两面炕上地下站满了人，地中间站着两位老人，看来是一对夫妇，年龄在六十岁左右，穿着打扮普普通通，老太太是小脚。

"你说不说，到底有多少浮财，藏在哪儿了？"李春海问道。

"我家的情况屯里人都知道，十几年前我也是穷人，租种赵生家的地。我们爷仨能干，又赶上年头好，就买了几亩地。以后只要有钱就买地买牲口，省吃俭用，就有了四百来亩地，七八头牲口，就这么五间房。"赵老头说完挠挠头。

"什么鸡巴玩意儿，四百来亩地还算少，真是贪心不足，我

194

还一亩没有呢！"陈世贵训斥道。

"四百亩地是不少，可我家是祖孙三代三股十二口人，要是分家一口人就三十多亩，一股两头大牲口，还算多吗？一共五间正房，一股才一间多。我家从不雇长工，实在忙不过来就雇几个短工。"赵老头说着"咳"了一声："都怨我，孩子们总吵吵分家，是我硬别着不让分，要早分就没这事了。"

"别给脸不要脸——尽往鼻子上抓挠，到底有多少财宝，快交代！"陈世贵继续追问。

"我说的是实话，真没有啊。"

"你也知道，南北二屯看看，这么大的运动，谁挺过去了还是混过去了？不要有侥幸心理。"李春海声音不高，说的是实情，也有点吓唬人。

"跟他说这么多废话干啥，什么鸡巴玩意儿，这老东西抠得要命，谁借过他家的钱？谁吃过他家的饭？连要饭的他都不给。你们忘了，当年胡子打他个半死，才强整出五块银圆，他就这么个土鄙①玩意儿，就得动真格的，不给他点厉害，不知道马王爷三只眼。"陈世贵愤愤地说。杨永寿想，这老头这么抠肯定得罪不少人。可不是吗，陈世贵一说就有人跟着嚷嚷起来：

"这老东西皮子紧了，给他熟熟皮子②就舒服了。"

_____

① 【土鄙】tú bǐ 比喻人办事俗气、苟且，不大方敞亮，常常花大钱办小事，出大力得小利，贪小便宜吃大亏，狼吃看不见狗吃撵出屎来。土，土气，不开通；鄙，边远地方的，指见识短、粗俗、浅陋的人。

② 【熟皮子】shú pí zi 本义是皮匠将家畜或野兽剥下来的毛皮，放到烧热的卤水锅里浸泡后，人工刮抢去掉残肉和油脂，使皮子光滑柔软，毛茬干净顺溜，用来做成衣帽等生活用品；还可将毛去掉，制成皮革，里面光滑柔韧，既可硝成白色，亦可熏成红色，制成皮带、靴鞋和车马家什。引申义是打人。

"吊起来打！吊起来打！"

不知陈世贵从哪里弄来一根捆车的绳子，把赵老头的大棉袄扒掉，三下五除二就捆个牢棒。地中间正上方正好是一条横梁，陈世贵将余下的绳子从横梁上扔过去，有两个小伙子接住，一使劲赵老头就悬空了。有人递给陈世贵一根大拇指粗的牛缰绳，刚打两下，又有人给拎来一喂德罗儿①凉水，陈世贵将牛缰绳一头蘸上水，咬着牙抡起来打，打一下，老地主"哎哟"一声。

"哎哟什么，真是矫情，打得轻！"陈世贵说着又加上劲，赵老头穿的黄白色麻布内衣很快出现血印。站在炕沿前面的赵老头一家"扑通"跪下，哭着求情。

"不许哭！"李春海一声吆喝，哭声顿时停了，只有大孙子媳妇怀抱的小孩还哭。大孙子媳妇赶忙解开怀，将奶头硬塞进孩子嘴里，发出"呜、呜"的声音。

李春海一挥手，打人的顿时停下，他对着赵老头的家人说："要想不让他受苦，你们就把藏的金银财宝交出来，交出来就把他放下来。"

一阵沉默，李春海以为有戏，赶紧说："别再犹豫了，谁先说？"

"我说。"陈世贵一看是赵老头的二儿媳妇，就劝道，"桂琴，你起来说。我知道你是穷人家的孩子，在老赵家肯定受了不少气，你跟他们不一样，他们不说你说。"

"我嫁到老赵家，本以为能享福，没承想不但没享着福，还尽挨累，吃穿比我娘家强不多少，就是能吃饱，你看我们穿的盖

---

① 【喂德罗儿】wèi de luór 一种白铁水桶的俄语音译名。其特点是上粗下细，圆口，有提梁。现如今东北农村家庭生活还有用此物的。

的都是带补丁的。"刚说到这儿，陈世贵来劲了。

"看看怎么样，什么鸡巴玩意儿，这财主的心黑着呢，连对自己家人都这样。桂琴，你别怕，有我们给你做主，你就把他家藏的东西说出来吧。"

"不瞒你们，我爹把钱看得可紧了，我们想花钱那是没门，攒几个钱就知道买地、买牲口，其他啥也没有。"

二儿媳妇说到这儿，陈世贵恼了，抢起牛缰绳又狠狠地打起来，打得赵老头"哎哟"声更大了，二儿媳妇吓得赶忙又跪下。

李春海转身看看门旁站着的赵辉，又与身边的李志强嘀咕两句，然后高声问道："你真是不见棺材不落泪，到底说不说？"

"真没藏东西，我说啥呀？"赵老头有气无力地说。

"顽固到底，死路一条，把他拉出去枪崩了！"李春海一挥胳膊全场震惊，两个拽绳子的人一松手，赵老头"吧嗒"一下掉在地上。这时上来两个背枪的自卫队员架着赵老头往外走，赵老太婆跪着爬着喊着往前撵，被陈世贵照屁股上一脚踢趴下了。人们都跟到外面，赵老头已被拴在马车辕子上。

"最后给你一次机会，还是说了吧。"李春海劝道。

"没……有……说什……么呀。"零下三十六七度，一会儿工夫赵老头就冻得说话直结巴。

"预备，端起枪！"李志强下令，三名自卫队员枪口对着老地主。

"说不说？到底说不说？"李春海可着嗓子喊，赵老头一言不发，闭上了眼睛。

"不能便宜了他，把他押回屋里，继续挖浮财。"赵辉一句话，赵老头被带回来，其他人又忙着清点和搬运东西，杨永寿看见有几床带补丁的棉被也被抱了出来。可能没搞出什么名堂，李春海招呼陈世贵带几个人走了。

一看登记得差不多了，杨永寿和孙大壮找个人带路，到李春海他们挖浮财的第二家看看。

这家三间草房，用土堡子垒的小四合院，一边是两间仓房，一边是牛圈，圈里有两头牛。杨永寿他俩进屋一看，李春海和陈世贵正审问一位四十多岁的中年人，看这家的样子也不像财主。一问他家姓张，富裕中农，有三垧半地，老两口加上儿子一家六口人，算一算，一年也就略有结余。杨永寿问李春海为什么挖他家的浮财，李春海理直气壮地说："带'富'字就得清算，没什么说的。"说完就指挥人往外搬东西。

外面的雪有些大了，杨永寿心里有些堵，也没跟李春海打招呼，又往赵老头家走去。

走在路上，孙大壮跟杨永寿说："今天假枪崩人的事看来是事先安排好的，赵辉同志应该知道，这事干得不怎么样。"杨永寿未吭声，孙大壮也就不再说了。

到了赵家大院门口，看见有一辆马车停在那里，车上装着几麻袋东西。一进院就听见一帮人在吵吵，闹闹哄哄的。原来是外村的，听说韩永屯挖浮财就赶来了。听见一个高嗓门说："我们已经跑一天了，来帮着你们闹翻身，也不能让我们大冷的天白跑啊！"

因说话的人穿着大皮袄，戴着狗皮帽子，加上下着雪，看不清模样，杨永寿和孙大壮觉着话音很熟，到跟前一看，原来是郑家窝棚的孟老疙瘩。孟老疙瘩没想到在这儿能见到杨永寿、孙大壮，三个人不由自主地拥抱起来。杨永寿做了相互介绍，马洪斌赶紧往屋里让。

孟老疙瘩摆摆手，没有进屋，说："杨永寿他们在时，我们那疙瘩就开始斗恶霸、挖浮财，这次运动也没什么大搞头了，两三天就完了。县里要求可以打破区、村界线，我们就出来帮助别的屯闹翻身。现在到处都这样，起早贪黑的，可热闹了。我们今天是到郑家区北边的刘家油坊挖浮财，回来路过顺便就过来了，没想到碰见你们俩了，真巧啊。"

　　"饭快好了，吃了再走。"马洪斌热情地挽留。

　　"不了，没看雪越下越大吗，还有三十来里地呢。"

　　往外送时，杨永寿和孙大壮打听一些熟人的情况，知道牛春山和刘玉兰已经正式订婚了，准备"四十天运动"结束后结婚；满山红当时就搬出郑大头家，住到郑方荣的干妈那儿，现在嫁给郑方荣了；二栓子他哥在吉林前线牺牲了，刚得到消息；杨欣当了村农会主任，孟老疙瘩当了村长。

　　"那郑方荣干什么去了？"杨永寿问。

　　孟老疙瘩告诉他俩，郑方荣要跟满山红结婚，区领导不同意，说这是阶级立场问题。郑方荣却说这是享受土改成果，是阶级立场坚定、继续与郑大头斗争的表现。不管怎么劝他还是娶了满山红，没等这事有什么结果，郑方荣就被上次重新选举选了下来。

　　杨永寿听了默默无语，孟老疙瘩坐上车了，杨永寿才嘱咐代他向刘大娘一家和梁宝江、二栓子问好。

　　杨永寿没有再进屋，跟马洪斌打个招呼，就转身与孙大壮回赵生屯。

　　孙大壮知道杨永寿心里不舒服，有工作上的事，也有大栓子牺牲的原因，两人什么也未说闷着头走。这时不仅雪下得大，风也大了，雪花纷飞，搅得天地一片混沌。他俩是旁顶风，只能侧棱着身子歪着脖子走，走得很费劲。正是三九天，出奇的冷，那风抽在脸上像刀子刮的一样。在北大荒有一句俗话叫"三九四九打骂不走"，那就是说在这样的天气里，逃荒或者要饭的赖在哪里都不能再走了，再走就会被冻死。杨永寿和孙大壮真是感谢金浪白送的羊皮坎肩和狗皮帽子，不然肯定冻得够呛。那狗皮帽子把帽带一系，只露出两只眼睛，在这样天气里真管用。有那羊皮坎肩，寒风打不透，前后胸都是热乎的。金浪白这位他们敬佩的老革命不知在哪里，杨永寿真想把心里话与他说说。这"四十天运动"打人、打死人对吗？特别是今天看见姓张的那家，明明连富裕中农都不够，按《中国社会各阶级的分析》一文来看，也就是家境稍好一点的下中农或贫农，那姓赵的也就够个富裕中农。中农在农村占有一定的数量，是我们取得政权，尤其巩固政权不可忽视的力量，不仅不能打击和侵犯，还要团结和保护。

走着走着，风雪越来越猛。孙大壮回过头来与杨永寿说："咱走的是毛毛道儿①，离赵生屯还有三里多地，我这几天尽吃猪肉炖粉条吃的，肚子不好，去解个手，你先走，一直走。"

风大，又都捂着帽耳朵，杨永寿没听清。孙大壮见状，指指前面的路，指指自己的肚子，又指指旁边的杨树林，杨永寿明白了，就自己往前走。孙大壮钻进杨树林，拣个避点风的地方蹲下来。等他出来往前看，不见杨永寿的影子了。那时下午一过三点天就有些黑了，加上大风雪，看不了多远。这下孙大壮可急了，

---

① 【毛毛道儿】máo máo dòor 在田园和荒野中，人们为了抄近路而踏出的羊肠小道，也叫"毛道儿"。"毛"是说这条"道儿"还很粗糙，还长着些荒草，还没经过有意的修整，只是临时的不正规的捷径便路。

保护杨永寿的安全是他的职责，是卫戍区警卫团领导亲自交代的，这可不得了。他把手做成喇叭状高喊几声，根本传不远。孙大壮冷静地想想，觉得现在虽然不算太平，但整个局面已被我们控制，角角落落的阶级敌人基本肃清，一般不会出现意外，看来杨永寿还是往回走了。但是，在这个季节遇上暴风雪，冻死人是年年有的事，想到这儿孙大壮赶忙往前赶。

走不到一里出现了岔路口，两条毛毛道，一条奔正北赵生屯，一条奔西北宋爷屯，宋爷屯在赵生屯偏西南约三里。孙大壮停下来前后左右看看，虽然大雪早已盖地，但秋收后的地里还站着一些高粱秆、苞米秆、蒿子等，而且雪里有垄台垄沟很难走。孙大壮觉得杨永寿不会往别处走，要走，只能走这两条毛毛道。他蹲下又仔细瞧瞧，不愧是干过抗联和剿过匪的，在深山里与日本鬼子、讨伐队、土匪周旋过，发现往宋爷屯去的毛毛道上有模糊的脚印，还没被雪灌满，孙大壮断定杨永寿就往这个方向走了。孙大壮起身追得更快，心里默念：杨永寿啊杨永寿，老天保佑你可别丢了。又追了二里多，孙大壮看见路中间影影绰绰有个影子，到跟前一看真是杨永寿，孙大壮抱着杨永寿的头连连地摇晃。原来杨永寿顺着这条路走，走到这儿觉出不对了，他感觉早晨来时没有这么长的漫岗子，也没有这么远，肯定走错了。他正犹豫是继续往前走还是往回返，孙大壮就到了。他俩知道往前不远是宋爷屯，就从那里回赵生屯吧。这回孙大壮拽着杨永寿一只胳膊走，真怕他丢了。他与杨永寿在一起已经两个多月，可以说感情越来越深。

等到他俩回到赵生屯住处，风雪已停，天还阴着，漆黑一片。赵辉早已回来，发现杨永寿、孙大壮未到家，简直要急出火

201

炼症①。马上派李志强、于德水带着四个自卫队员，骑马沿着韩永屯方向去找，在一半路的地方留下两个人。赵辉和张连成一直站在院子里等着，因他们与李志强有约定，如果在韩永屯方向找到他俩，就往赵生屯方向鸣枪；如杨永寿他俩回到赵生屯，就往韩永屯方向鸣枪；相距六里来地怕听不到，在中间还有鸣枪的。张连成赶紧把手中的三八大盖推上子弹，朝着韩永屯空中放了两枪，接着又听见同音的枪声，这样他们才回屋。

李老师老两口忙着张罗做饭，做饭的工夫孙大壮把迷路的过程讲了一遍，自己一个劲地做检讨："我可急坏了，心想这下可坏菜②了，我怎么向领导交代呀！"

越这样说杨永寿越不好意思，是自己迷了路，怎能怨别人。杨永寿就讲自己还是缺少风雪天走路的经验，还要向老同志学习。他特别感谢孙大壮，没有他不知会是什么结果，也感谢赵辉和村干部的关心。

"说啥都没用，可吓我一大跳，今后一定要注意。"赵辉这时脸色才好一些。

"谢天谢地，小杨真要是出点啥事，不但你要沾包③，我们也得跟着吃锅烙④。"张连成很有感触地对孙大壮说。

"好了，事情过去了，不说了，吃饭。"李老师说着，李大婶

---

① 【火炼症】huǒ lian zhèng 因精神压力大，突然发高烧，像被扔进炉火里烧炼一样极度难受。炼，烧，烧炼，在此词中读轻声。

② 【坏菜】huài cài 把事情弄糟、搞坏了。

③ 【沾包】zhān bāo 惹祸。沾，沾上，因接触而被东西附在上面；包，包赔。

④ 【吃锅烙】chī guō lào 俗称受牵连，受影响，挨批评。吃，挨、受；锅烙，在油锅上煎成的馅饼。

将饭端上来，是热汤面片，里面放的酸菜丝，吃得他俩热乎乎的，从心里往外热。

赵生村斗地主、挖浮财第一阶段结束，浮财堆满了村政府三间西屋，由四个自卫队员日夜看守着。粮食、农具、牲畜还在地主富农家放着，牲口临时安排人喂着。贫雇农都等着看着，时间长了不是办法，要尽快分配下去，怎么分是关键问题。

杨永寿建议先认真学习一下毛主席《中国社会各阶级的分析》这篇文章，用阶级分析的观点来指导这次分配工作，赵辉连说这个主意好。

村和农会干部及工作队员学习了毛主席《中国社会各阶级的分析》，经过讨论拿出按等分配土地和财产的方案，并经贫雇农代表大会表决通过。这个方案是按照毛主席阶级分析的方法，把穷苦农民分成四等，按等分配。无地无主要耕种工具，全靠当长工、打短工勉强度日的，就是毛主席著作里说的农村无产阶级，即雇农，为第一等；无地，虽有部分耕种工具，但靠租种土地所得无几，大部分靠打短工或其他方式来补给，就是毛主席著作里说的半无产阶级里的"下"，即贫农中的第一部分，为第二等；无地，但有较充足的耕种工具和一定数量的资金，靠租种土地仅够全年一半所用，其他需出卖劳动力才能解决，就是毛主席著作里说的半无产阶级里的"中"，即贫农中的第二部分，生活状况较前一部分稍好一些的贫农，为第三等；有一定数量的土地和充足的耕种工具及部分资金，自己能解决大部分所用，但往往还要租种部分土地来补充，有时还要靠借贷来维持生计，这是毛主席著作里说的半无产阶级中的"上"，即半自耕农，也就是下中农，为第四等。

定等的标准是有了，但怎么才能具体定到每户？杨永寿又提出完全交给贫雇农和下中农自己评定，这样既能评得合理，同时也是自我教育的过程。大家都感到杨永寿的理论政策水平就是不一般，很有独到的见解。赵辉提醒两点：一、此次划等评定工作由农会具体负责，村干部和工作队只当观察员，可以提建议，不能干涉；二、定等是贫雇农和下中农内部的事，千万不能采用对敌斗争的态度和方法，要客观、公平，实事求是，比被剥削程度，比家底，比劳动，比人品，比在土改运动中的表现。允许提出不同意见，对自己的定等认为不合理可以申辩，也可以提出对比的对象。

紧接着划等评定工作在赵生村开展起来，赵生屯参加人数之多、讨论之热烈是前所未有的。评定会由上午九时开到下午三时，傍晚五时又开始，有时一直开到三星偏西。

经过三天三夜的评定，宋成祥代表屯农会把贫雇农和下中农评的结果一公布，让大家发表意见。大多数表示没意见，只有一个叫肖雨华的认为，把自己定到等外有些不合理。肖雨华四十来岁，他觉得自己家里穷，去年定的贫农成分，应该评在等内。屯农会把这个问题交给大家讨论。

有人提出，我们拼死拼活地扛大活或租种地主的地，他在屋里蹦蹦跳跳烧香跳大神，又吃又喝的，评他等外不屈。

也有人说，肖雨华是前几年才学会跳大神的，原来也是扛大活的，受过地主剥削。跳大神也就混个吃喝，弄俩零花钱，家里还是穷得叮当响。

经过一番激烈的争论，大家同意把肖雨华定为四等。肖雨华还是不服气，提出与三等的刘贵比。刘贵也是跳大神的，从小就干活不着调，没扛过大活，也没租种过地，没受什么剥削。大家觉得肖雨华说得在理，全体参加会的表决，同意肖雨华定为三等，刘贵退到四等。这样肖雨华高兴，刘贵也服气。

各屯很快评定完，村农会按照各等级的户数人数，又把挖出的财产逐件作价，按总价值平均到等上户上人头上。比如一等每人二百元，你家五口人，就是一千元，你相中一匹马是八百元，剩下的二百元，可以选同样价值的其他物品。最后财产的定价总值与整个分配下去的是相等的。差不多村里会打算盘的，还有学校老师、工作队里有文化的，全参加评算和登记。

财产分配那天更热闹，先把地主富农家的牲口、农具拉到乡政府大院按顺序放好，把屋里的浮财全摆出来，然后按定价贴上标签。选的人都在院外，先让一等的来选，抓阄儿排号，按号每次进十人。于德水按照排号名单高声念，念到的进到院里，有的全家上阵，有的请亲属帮忙。挑来选去，一遍一遍地合计，村和农会干部一个劲催，才乐哈哈又有些心不甘地走出去。有要粮食的，由农会开条子，是哪个屯的就到哪个屯的地主富农家仓库去领，那里安排专人刨秤①付粮。

吕会忠帮王玉青选了两头牛，一头公的，一头小母牛，还带了一副犁杖，看两人的样子亲如一家。吕会忠看见杨永寿和孙大壮还有些不好意思。

孙大壮问："怎么选了两头牛，还有一头小母牛?"

吕会忠回答："牛比马皮实②，又省料，还好侍弄。"他又指指王玉青说："人家说了，母牛下母牛，三年五个头。"

---

① 【刨秤】páo chèng 用秤称量物体的重量，即把物件放到秤上称量一下就可追究出它确切的重量来。刨，刨根儿，追问底细，在词中表达"称量"的意思，读音由阳平变读作去声。

② 【皮实】pí shi ①指人的身体健康，禁折腾。②坚强。

王玉青瞪他一眼："就你爱嘚瑟，什么都说，你少说两句还把你当哑巴卖了。"说得吕会忠龇牙一笑，两人牵着牛扛着犁杖走了。

还有一户男的和一户女的，要求把两家的算在一起分。杨永寿有些纳闷，可是马洪斌和于德水竟同意了。这究竟是怎么回事？于德水向杨永寿和孙大壮讲起一件心酸又有趣的事。

那男的和女的原本就是两家，男的叫刘玉明，女的叫金二花，两人都三十来岁，男的管女的叫嫂子，在辽宁老家一个屯住着，八竿子打不着的表亲。金二花男的长得单薄，干重活不行，金二花是炕上地下样样都行。两口子结婚后，租种地主两垧地，紧着忙活还算过得去。可是，不到五年添了两个小孩，这日子过得就有些紧巴了。没想到金二花男的前几年得了痨病，更不能干重活了，地里的活就全靠金二花。这时刘玉明从辽宁逃荒来到这儿，先给地主扛活，冬闲时就住在金二花家。一到冬天，金二花男的更干不了啥，刘玉明可帮了大忙。从地主家歇工回来就帮着打场，打完场每天上山砍两背柴火，这一冬弄的烧柴够一年用的。还有家里那些挑水、起猪圈垫猪圈等力气活差不多全包下了，金二花全家都很感激。金二花把刘玉明拆拆洗洗、缝缝补补的事顺便也做了。一来二去两人就有了感情，走到了一起，金二花的男人也认可了。就这样，前年金二花生了一个大胖小子，一看就是刘玉明的种，现在真是一家人了，那财产放到一起分，活一起干，也是对的。

听了于德水的述说，杨永寿有些惊异，怎么还有这种现象？

孙大壮告诉他，在北大荒这地场这事不少，叫拉帮套。就是驾车的辕马较弱，在旁边再加一匹拉套的马，才能拉动这辆车。杨永寿担心这家人将来怎么办。于德水说不用担心，金二花男人那病治不好，没几年活头，这个家将来就是刘玉明的。于德水叹口气，说金二花家的事在屯子里也有议论，但同情的多。她家的大孩子已八九岁了，出去玩时，有的半大小子故意喊他"王八羔子"或"王八犊子"，他回去就跟他妈闹。杨永寿想想，这都是让生活逼的，也是没办法的办法。

外人看就是那么回事，其实事情的起因只有刘玉明和金二花最清楚。冬天打完场从地主家回来歇工的时候，刘玉明就住在金二花的北炕，那时两人还没有什么事。虽然南炕拉着幔子①，还是能听见动静。特别是金二花男人有病睡不着，越睡不着越想干那事，真有点"痨病鬼擦胭粉——强打精神浪"，不但不顶事，一动还不住地咳嗽和大喘气，就把北炕的刘玉明弄醒了。刘玉明马上明白是怎么回事，浑身像着火一样"腾"地燃烧起来，在炕上不停地扭动，南炕完事传来金二花的叹息声，刘玉明还在自己折腾，直到发泄出来才消停。从那以后，晚上一躺下，刘玉明倒先睡不着，直愣愣地等着南炕的动静，未等南炕有动静，自己先动起来了。没过几天，刘玉明觉得这样长了不是那么回事，就搬到界壁一个老跑腿子家住，还是在金二花家吃饭。金二花男人看自己干不了什么活，病越来越重，一犯病还吐血，就提出让刘玉明不要去扛活了，在他家干，再多租一垧地，那一垧地的收入全是刘玉明的。刘玉明一想，人家收留咱就是有恩，这家人这么好，不能看着完了啊，特别对表嫂比较同情，也就同意了。

开春种完地，金二花想起地边还有一个抹斜空着，就想种点大豆（芸豆）。第二天上午她与刘玉明到地里种大豆，刘玉明刨

---

① 【幔子】màn zi 幔帐的俗称。旧时东北寒冷或因住房紧张，一般人家都是南北炕，为了睡觉穿脱衣服方便，都在炕沿上方吊一个大布帘遮着，晚上放下白天卷起。

掩，金二花挎着筐在后面点种子。整个地里就他俩，四周静悄悄的。干一会儿日头渐渐升高，有些热了，刘玉明就将身上的棉袄脱掉，穿着里面的黑色坎肩。金二花在后面看见他宽宽的后背、粗壮的胳膊，心想要有这样的男人多好啊。正是树叶青草发芽万物复苏，也是牛马驴猪狗猫及野兽发情的季节。不远处几头驴在撕咬鸣叫，公驴又黑又长的玩意儿伸伸缩缩，起起落落，摇来晃去，撩得金二花有些头晕。正好到地头，金二花说歇一会儿，就转身到旁边的小树林里，刘玉明知道她去解手，就装上一袋烟抽上。刚吧嗒几口，就听见金二花喊："快来呀！快来呀！"刘玉明赶忙跑过去，看见金二花半闭着眼睛仰面躺在地上，一只手伸到棉裤裆里，另一只手掀开小棉袄的斜大襟，露出饱满的前胸，虽然皮肤不算白，但细腻光滑，尤其两个大奶子撩拨人。两人这么长时间已是心知肚明，渴望已久，只是那层窗户纸还没有捅破。这时刘玉明已把握不住自己，急忙解开棉裤就趴了上去。从来没有真正接触过女人，有些手忙脚乱，加上褪到膝盖的棉裤碍事，还是金二花帮他引导，才把事情勉强做成，做得有些不爽。

　　两人起身穿好衣服又开始干活，谁也没吭声，一直快到晌午时种完了，天气更暖和了。金二花弯腰去收拾剩下的大豆子，刘玉明从后面把金二花一下子拦腰抱起来，抱进了旁边的树林。这回他把两人的棉袄铺上，让金二花躺下，他帮着金二花一点一点把衣服脱去，自己也脱光。这回两人如鱼得水，自由地游畅，尽情地欢乐。他们似乎忘记了一切，连脚下的干树叶被踢蹬得沙沙作响，也浑然不觉。大约有两袋烟工夫，两人才停止了动作，气喘吁吁地并排躺着。刘玉明想，与女人做这事真好，舒服极了。他用手理了理金二花蓬乱的头发，摘掉沾上的干树叶和草。金二花想，男人与男人就是不一样，结婚十来年还是第一次这么痛

208

快。她从心里感激，不由自主地用手抚摸着刘玉明胸前结实的肌肉。他俩望着蓝蓝的天、白白的云，感觉真是世上最幸福的人。

从那以后两人才真正好上了，下地干活更勤了，那高兴都挂在脸上，而且金二花脾气也好多了，对自己男人和孩子照顾得比原来还好。金二花男人虽然有病，人却不傻，早看出门道。正好过五月节（端午节），中午让金二花炒了四个菜，烫上一壶酒。借着酒劲盖脸，当着刘玉明和金二花的面，金二花男人把事情挑明了，真心告诉刘玉明，这个家就全靠他了，从此这就是他的家。从那以后刘玉明就搬回来住，起早贪黑下地干活，庄稼侍弄得比别人家都好。做那事再也不用到野外急慌慌的，每晚只要孩子一睡，南炕一完事，也刚把金二花的火撩起来，她就光腚拉杈①跑到北炕，钻进刘玉明的被窝。刘玉明正等着呢，干柴烈火，弄个心满意足，金二花又跑回南炕。

过几天，赵辉把浮财分配情况向韩玉和区政府作了汇报，韩玉认为搞得很好，要在全区推广。他与区政府领导商量，决定立即召开村干部和工作队队员会议，学习赵生村定等分浮财的经验。赵辉回来一说，大家心里都很高兴，觉得工作有成绩，没白辛苦。说到谁在会议上介绍经验，大家推来让去。赵辉讲，既然分浮财是村农会领导搞的，当然由马洪斌到会主讲，其他同志作补充。马洪斌推辞道："我平时是坐家女哭孩子——瞎咧咧，真让我上台正儿八经地讲就茶帖②了。"

---

① 【光腚拉杈】guāng dìng lā chà 指人完全露出的四肢就像树的枝杈，这里喻意人脱光后难看的样子。

② 【茶帖】niē tiē 由于无理或力不足，也许因为害怕、紧张而不吱声了，消停了，老实服帖了。茶，有委顿不振之义；帖，服服帖帖。

209

别人都很高兴，只有杨永寿高兴不起来，他找赵辉专门谈了谈，主要是运动过火和侵犯中农利益问题。赵辉耐心地说："搞运动就像一辆马车在路上跑，马越跑越来劲，或者受到惊吓，马车就毛了①，毛了就难免碰着刮着人。这么大的运动不好掌握，出点问题也正常。咱们这算比较稳的，没有打死人、打伤人的，就不错了。不要想那么多了，明天还要到区上开会。"

为了不耽误开会，决定到区上吃早饭。等第二天赶到区政府时，食堂的早饭还没好，大家走了十来里路真有些饿了，有人看见筐箩里有没馏的黏豆包，抓起一个就啃。这黏豆包平时是放在仓房里冻着，要吃前捡屋来放在铁锅帘子上馏透才能吃。杨永寿也拿起一个，学着别人的样子咬了一口没咬动，又使劲咬了一口，只留下两道浅浅的牙印，孙大壮、李春海等人看见乐了。原来杨永寿牙齿不好，豆包冻得邦邦硬，他又没这样吃过，怎能咬下来。

吃完早饭就开会。马洪斌在介绍赵生村分浮财的做法时，讲了这是杨永寿同志提出来的。马洪斌一讲完，韩玉就让杨永寿说说。杨永寿没做准备，想了想，就从学习毛主席《中国社会各阶级的分析》讲起。他说，毛主席早就把农村的阶级状况分析透了，地主、富农就不说了，把小资产阶级即自耕农、半自耕农和半无产阶级、无产阶级的经济状况及阶级立场讲得清清楚楚。我们闹革命就是让贫雇农过上好日子，定等分浮财不是平分，重点照顾贫雇农中最困难的，使贫雇农更加热爱共产党，热爱新政权，积极性会更高。同时我们又考虑到中农的利益，对团结中农、孤立地主阶级有重大意义。让群众公开评议，是充分体现相

---

① 【毛了】máo la 拉车的牲口因受惊而失控地狂奔起来。

信群众、依靠群众的观点，既能评得合理，又能评出正气，提高群众的阶级觉悟，引导人们向好的方面努力。杨永寿边想边说谈了半个来小时。最后杨永寿提出，从挖浮财和分浮财来看，区、村干部和工作队都要学会算盘，不仅现在要用，过一阶段分地主富农的土地还要用，而且用量还很大。

会议结束前，韩玉对赵生村定等分浮财的做法予以充分肯定，提出马上在古北区实施，而且用简报的形式向全县推广。各村要认真排查一下，斗地主、挖浮财没有搞彻底的，再烧一把火，一定要取得"四十天运动"的全面胜利。已经搞得差不多的，要把善后工作做好，可以利用年前冬闲时间办农民夜校，一是教农民识字，二是教育农民提高阶级觉悟。韩玉要求工作队员要利用业余时间自学珠算，过一段时间要举办珠算比赛。

散会后，杨永寿找韩玉谈了自己对运动的一些看法。韩玉没有多说，只是告诉杨永寿，东北局一名主要领导一再强调纠正右倾思想，放手大干，并批评了部分省、县的领导，甚至撤职。这事反映也没用，还会带来麻烦。

在区政府吃完晚饭往回走，走着走着天就黑了，脚踩雪地发出咯吱咯吱的声音。有人觉得有些寂寞，提议让马洪斌讲个笑话，大伙都说马洪斌平时嘴皮子溜，爱逗哏，肯定能讲出来。

马洪斌摇摇头说："我这人闲扯淡一个顶俩，一动真张就瘪茄子①了。"

"来一段，来一段，你肚子里东西多着呢。"

"别老太太的尿盆——端上了，快讲吧。"

---

① 【瘪茄子】biě qié zi 本义是茄子因干旱缺水、遭霜冻或老化，变得瘪瘪哈哈蔫蔫巴巴，不再鲜嫩挺实了。喻指人因理屈词穷或严重受挫而不再趾高气扬，表现出了垂头丧气蔫头巴脑的样子。

让大伙说得没办法，马洪斌只得讲了一个笑话：

从前有个地主家的狗腿子去催讨租子，走到一佃户家，刚一进院就蹿出一条狗来，扑上来咬住他的裤腿。这家主人正在仓房上干活，赶紧喊地上的小儿子："打狗嘴！打狗嘴！"小儿子抄起一根柳条就打狗嘴。可是狗和人来回撕扯，柳条大多都打在狗腿子的腿上。主人跳下来喝住狗，又训斥小儿子："我让你打狗嘴，谁让你打狗腿了！"狗腿子一听是骂他，又不好说什么，气得满脸通红，转身走了。

讲完，马洪斌赶紧说："我那是狗戴嚼子——胡勒（咧），还是让赵辉同志讲一个吧。"

"我看杨永寿同志读的书多，肚里一定有东西，让他给我们讲一段行不行？"赵辉把目标又转移到杨永寿身上。

"行！"大伙乐呵呵地回答。

虽然读书较多，但这方面的东西确实没有，杨永寿突然想起小时候姥姥给他们哥俩讲的《小毛驴上学的故事》，在脑子里快速地理了理，就讲了起来：

有个半岁大的小毛驴，看见屯子里一些孩子到远处镇上去上学，心里很羡慕，就跟驴妈妈说它也想去上学，驴妈妈就答应了。可惜第二天起来晚了，孩子们都走了，它只得在后面紧着撵。

走出屯子不远遇见一条小河，它刚要下河，河边草丛里蹿出一只小灰兔，大声喊道："别下去！别下去！水深得很，会淹死你的。"小毛驴犹豫了。

"哈，哈，别听它瞎说，那水只没过我的小腿。"在河边草地上吃草的牛伯伯说。

究竟谁说得对呢？小毛驴拿不定主意，只得颠颠地跑回去问驴妈妈。驴妈妈说："你下水试一试不就知道了吗？"

小毛驴跑回来试探着走过河去，河水既不像小灰兔说的那样深，也不像牛伯伯说的那样浅。

小毛驴过去河就急急地赶路，走了一会儿，一抬头面前出现一座山，虽不算高，但很陡峭。山边一只山羊蹦蹦跳跳地边玩耍边吃草，看见小毛驴在观望，就说："山路好走，很轻松就过去了。"

小毛驴正要迈腿，路边一只乌龟告诉它："这山路可难走了，我试了几次都没过去，赶快回家吧。"

怎么办呢？再回去找妈妈又太远了。这时它想起妈妈的话，为什么不亲自试一试呢？于是，小毛驴小心翼翼地走了过去。它又一次体会到：这山路既不像山羊说的那么容易走，也不像乌龟说的那么难。

这是怎么回事呢？小灰兔、牛伯伯、山羊、乌龟说的没错呀，究竟谁错了呢？你们猜？

杨永寿刚讲完，李春海就接上说："那不很简单，牛长得高大，就觉得水浅；兔子长得小，就觉得水深。山羊能爬山，就觉得容易；乌龟爬得慢，就觉得难。"

"小毛驴也是这么想的。"杨永寿的话音刚落，大伙就哈哈大笑起来，孙大壮笑弯了腰，李春海抓起雪块打向杨永寿。

"别看杨同志平时不哼不哈的，讲起来真像卖瓦盆的——一套一套的。"马洪斌打趣地说。

赵辉说："小杨讲得很有道理，干什么事都要从实际出发，多动脑筋问几个为什么，不妨先试一试，那样就会少出差错。"

说着说着就到赵生屯了，大伙分头走了。

很快，赵生村每个屯都办起了夜校，有文化的工作队员和村小学放假的老师当教员。为了使学习效果好，要求十六岁以上、三十五岁以下的都要参加，村和农会干部、积极分子带头，每两天晚上上一次课。教学内容以小学一年级语文、算术课本为主，再适当增加一点形势教育。赵生屯具体由宋成祥、宋玉梅爷俩负责，李老师和另一位老师上文化课，杨永寿负责讲苏联的见闻和中国革命发展的形势。穷人闹翻身后热情就是高，没想到人们是那样积极。临时教室里挂着两盏马灯，还是有些暗，有的人就从家里带来小瓶子做的煤油灯。赵生屯应有五十多人参加，每天来的只多不少，而且特别认真，很让杨永寿感动。他看见王玉青和吕会忠也来了，两人挨着坐，一起走，看出他俩有那么点意思。

不仅在赵生屯讲，杨永寿还被请到其他屯去讲。杨永寿觉得没什么，可在人们眼里那是大学问，听讲时都睁大眼睛，一下课就围着杨永寿问这问那。杨永寿虽然脸上没什么得意的表现，但心里觉得很舒坦。

一晃就到农历腊月初八了。在东北那地场民间流传着"腊八，腊八，冻掉下巴"的说法，是说这时天是最冷的时候；还有"小孩小孩你别哭，过了腊八就杀猪""小孩小孩你别馋，过了腊八就是年"，告诉人们马上就要过年了。这里准备过年有两件大事，就是杀年猪和淘黄米蒸豆包。也许闹翻身心情好，分了浮财也比过去有条件了，一过腊八天天能听见杀猪的声音，路上遇见人都喜气洋洋的，杨永寿也为他们高兴。

一天上午，杨永寿和孙大壮路过碾坊时，这里热热闹闹。他俩凑过来看，碾坊要碾米的有三四家，宋成祥也在。杨永寿看见一匹蒙着蒙眼①的马拉着碾子转圈，热腾腾的黄米摊在碾子上，

---

① 【蒙眼】méng yǎn 指用牛马拉磨拉碾子，为了防止牲口知道原地转圈或头晕而停止不走，就给它蒙上专做的盖上眼睛的物件，这个物件就叫蒙眼。

214

碾子转几圈黄米就变白了。用簸箕往下收碾好的面，倒在笸箩里用面罗筛。可能是怕黄米和面冻了，碾子旁边生了一大锅火，烧的木头样子已变成炭火，一帮人围着烤。杨永寿看了这种碾米轧面的办法不太明白，他依稀记得在板仓姥姥家，吃的米和面都是在一个石臼里捣。宋成祥告诉杨永寿，这里的农村一进腊月就开始淘黄米，黄米是由一种叫糜子的谷物碾掉皮而成的。轧面前要把黄米用开水泡软了再捞出来，就是淘黄米，然后再铺在碾子上轧。筛出来的面在家里炕头上发酵，发酵好了就包黏豆包或撒黏糕。包豆包是用大豆（芸豆）做馅包在黄面里面，像蒸馒头一样用锅蒸；撒黏糕是在饭锅的木或竹制的帘子上将黄米面平撒半寸来厚，然后把大豆（芸豆）均匀地撒上，这样撒两三层后开始蒸，蒸好以后用刀切成块吃。因为发黏，所以叫黏豆包和黏糕。

听得似懂非懂，杨永寿他俩就转到磨坊。这里比较冷清，麦子在磨盘上堆得高高的，一头牛蒙着蒙眼慢悠悠地转圈拉磨，磨碎的麦子在两个磨盘中间的缝隙中纷纷落下。磨面的人用簸箕收起来，倒到笸箩里的面罗上，用两手抱着筛。面罗下面是面，面罗里剩下的再倒回磨盘顶上。宋成祥说这样磨三遍才算磨完，剩下的全是麦麸子，也就是麦粒的外皮。在这地场碾米磨面速度慢、时间长，也最烦人，秋粮下来以后碾坊磨坊几乎昼夜不停。看见这情景，杨永寿就跟宋成祥、孙大壮说，在苏联打场、碾米磨面早就机械化了，一会儿工夫就是几千斤。杨永寿说的他俩也不懂，但他俩相信那是真的。

第七章
有忧虑，有思念，更多的是喜悦

又过了些天，赵生村的"四十天运动"已搞得差不多了，夜校也办起来了。韩玉又给赵辉安排一项任务，那就是在工作队中组建文艺宣传队，先在贫雇农群众中进行宣传教育，年前要到县城医院慰问从前线下来的伤员。说干就干，工作队每天下午集中排练，其他工作也不耽误。加上赵辉共是九名工作队队员，排练什么呢？这些人都不懂，只有杨永寿在苏联参加过学校组织的文艺宣传队。赵辉让杨永寿拿主意，杨永寿建议先搞一个小合唱，一个二人转选段，还有个人的独唱，演出时间不超过一个小时。形式有了，表演什么内容、谁表演，赵辉让大家自我或互相推荐。

小合唱唱什么？还是要唱东北解放区比较流行的，大家基本会唱的。李春海提议唱《没有共产党就没有新中国》，大家觉得合适，唱出了老百姓的心声。

"咱这疙瘩解放了，能选一首反映解放区的歌曲才好。"

"那就来《解放区的天是明朗的天》这首吧。"有人提议。

216

小合唱的歌曲定了，二人转谁会？赵辉知道工作队员王丽琴差不多，就点了她的名。

"哎呀，那可不行，我姐姐演过二人转，我只跟她学了几句，从没上过场，不行！不行！"王丽琴急得直跺脚。

"没上过场可以锻炼嘛，唱几回就会了。"赵辉说。

"唱二人转都是俩人，那还缺个男的，谁上？"王丽琴又找了个理由。这一说，大家是"张飞拿豆杵子①——大眼瞪小眼"。

"那就春海上。"

"我唱歌还将就，二人转我是擀面杖吹火——一窍不通。"李春海连连摆手。

"那你来个独唱。"

"行，没问题。"李春海痛快地答应了。

"我看有个人行，我听他唱过。"杨永寿半天没吭声，这回说话了，虽然没说名字，大家也知道说的是谁。

"那是我在家时，冬天没事给唱二人转的赶爬犁，缺人手时帮着敲敲锣打打镲什么的，纯是混饭吃。我是没事瞎哼哼，被杨永寿听到了。"孙大壮激头败脸②地说。

"大壮，我没点你的名，你急啥呀，看看，把老底抖搂出来了吧。"杨永寿仍不紧不慢地说。

---

① 【豆杵子】dòu chǔ zi 学名叫"鼢"（fén）的啮齿类动物，体短胖，尾短，前肢长壮，善掘土，在草原和田地里打洞，把地下的土翻到地表，形成密集的小土堆；它以植物的嫩茎幼芽为食，对植被和作物破坏性很大。因其长时期生活在地下，视力退化，到地面上就分不清，瞎摸乱杵，所以俗名为瞎摸杵子，也称豆杵子。

② 【激头败脸】jī tóu bài liǎn 怒气冲冲，脸色非常难看。头，头脑，情绪；激，因受到刺激而发起脾气来。激头，可理解为愤怒的情绪发作起来。败脸，气急败坏，脸色很难看。此词的结构是两个支配式的联合的词组。

"我还没说你呢，你会吹笛子会吹箫，那是掌鞋不用锥子——针（真）行。"孙大壮也说开了杨永寿。

演出节目这不齐了吗，那就排练吧。赵辉把排练的任务交给李春海，李春海打心眼里高兴。

先练了两次小合唱，李春海就主张把节目全来一遍。先是小合唱，接着是孙大壮、王丽琴的二人转《小拜年》，杨永寿的笛、箫分别演奏了《莫斯科郊外的晚上》和《喀秋莎》，李春海的独唱《在东北松花江上》。别说，表演得还真不错，特别是杨永寿的笛、箫演奏，真是娴熟，娓娓动听。大家夸他，杨永寿只是淡淡地一笑。

休息时，杨永寿也是心里高兴，拿起从苏联带回的长箫，向后扬起身子和脑袋，将长箫的一端顶在鼻子尖上，人在地上转动，箫却直立不动。大家见他有这一绝技，不约而同地喝彩起来，杨永寿赶紧收住，还有些不好意思。

又排练两次，大有进步，赵辉高兴地说："其他都很好，就是二人转有点短，再加一段适合新形势的，小杨来琢磨琢磨。"

过一天再排练时，杨永寿写了一段二人转新词，念给大家听：

春季里来绿满窗，政府扩兵到各乡，
嫂嫂劝哥参军去，保卫果实上战场。
夏季里来柳丝长，炮火连天杀敌狂，
打倒反动灭老蒋，立功喜报把名扬。
秋季里来谷穗黄，五谷丰登大家忙，
姐妹组织妇女队，帮着打场送公粮。
冬季里来白茫茫，嫂嫂写信慰夫郎，

家中之事休挂念，只盼全国快解放。

一听这是新改编的《四季歌》，不仅词写得好，也很符合当前形势，李春海心里不觉对杨永寿刮目相看。赵辉把新词交给孙大壮和王丽琴，让他俩快念快背多练。孙大壮有些字不认识，一个一个地问杨永寿。又排练几次，赵辉就说："明晚就到各屯去演出，夜校开课前来他一段，比这样排练效果肯定更好。"

第一场演出自然在赵生屯，工作队演出队往夜校教室前一站，李春海报幕，表演的节目还赢得一阵阵掌声。下来大家总结时，李春海等人觉得演出很成功，有些沾沾自喜。赵辉让杨永寿说一说，杨永寿想了想，先肯定演出效果不错，比预想的要好。同时指出两点不足：第一，合唱一定要保持整齐，注意不要往前抢；第二，二人转味还不够，要放开演，新词要熟练，不能磕磕巴巴接不上，而且要重复唱两遍，效果会更好。大家仔细一琢磨，杨永寿说得很有道理，更加认识到杨永寿虽然性格有些内向，但确实有才华，心里对他更加敬重。

夜校坚持上课、排练节目也很忙，杨永寿可没忘了学珠算，一有空就跟李老师学，抽空就练，有时练到深夜。走路背口诀，排练节目休息时也背口诀，就是晚上躺在炕上还在背口诀。赵辉组织赵生村的工作队员集中练了两回，杨永寿虚心向珠算打得好的同志学习，请他们指导。杨永寿开始打得很慢，越练越熟，手指也灵活多了。韩玉说话真算数，一过小年就在古北区政府举办了工作队珠算比赛。考官是区财粮助理，韩玉是总监考。考官高声念加减的数字，下面是一片噼噼啪啪的声音。到后来有三分之一的人跟不上，有三分之一的人打错了。一共连考三遍，杨永寿总排名第五。韩玉很惊讶，杨永寿原来一点儿都不会，学得这样好，真不简单，全区的工作队员都投来敬佩的目光。

"四十天运动"基本结束，也要过年了，杨永寿发现孙大壮蔫头耷脑的，问他有什么事也不说。晚上孙大壮先睡了，不一会儿，杨永寿听见孙大壮嘴里嘟嘟囔囔的，开始没注意，仔细一听是说"妈，妈"。杨永寿心里一惊，对呀，孙大壮离家已四个年头，眼看要过年了，能不想家吗？离家这么近，得想法让他回去一趟，或者回去过年。杨永寿脱衣服躺下了，可是睡不着，眼前总是出现母亲的影子。

一九二七年初秋父亲走后，母亲和姥姥照顾哥哥、弟弟他们哥仨。那时姥姥家中只靠十几亩水田维持生活，有时不得不卖一些姥爷在世时置巴的一些物品来接济。他常常看见母亲夜晚在灯下给他们哥仨缝补衣服，衣服虽然有补丁，但总是很整洁。每到过年，母亲和姥姥还是想法给他们每人做一件新衣服或新鞋。有了好吃的，先让他们哥仨吃。母亲脸上总是挂着笑容，即使做了不对的事，也从来不训斥他们，而是心平气和地讲清道理。自己七岁那年深秋的一天，天还没亮，一阵敲门声将自己惊醒，闯进七八个背枪的，把母亲和哥哥带走了。母亲临走前，在自己和还在熟睡的弟弟脸上亲了亲。他记得清清楚楚，母亲是穿上一件浅色的外衣、眼里含着泪花走的。过几天哥哥回来了，母亲却被反动军阀残酷杀害。那些天弟弟天天喊要妈妈，自己边哄弟弟边哭。一九三一年要过年时，地下党组织要送他们去上海的前一天，哥仨偷偷地跑到母亲的坟上，哥哥用铁锹挖了一些土添在坟上，自己折了一些树枝插在坟头。他们不敢高声哭，齐齐地跪在母亲坟前磕了三个头，泪流满面地离开。这一离开就是十六年，不知母亲的坟有没有人管，也不知姥姥和舅舅、舅妈现在如何。想到这儿，杨永寿的泪水打湿了枕头。

正好，第二天晚上韩玉来到赵生屯，杨永寿就把孙大壮想家的事说了。韩玉一听孙大壮家就在附近的拜泉，就干脆答应让他回家过年，但必须到年跟前走，过正月初五回来。杨永寿与孙大壮一说，孙大壮坚决不干，他不能离开杨永寿，更不能让杨永寿自己单独过年。韩玉、赵辉听孙大壮说的也有道理，就决定让孙大壮提前回去一趟，并让刘富贵把马借给孙大壮用。孙大壮乐得一下抱住杨永寿，又抱住刘富贵，鼻子一酸眼泪流了下来。第二天，孙大壮起早就将马喂好饮好，把马鞍子备妥当。吃完早饭说一声"明天见"，就翻身上马疾驰而去。

刘富贵见状就喊："真是骑毛驴吃豆包——乐颠馅了，可小心我的马呀！"

孙大壮没走时，杨永寿盼着孙大壮快点到家与父母团聚。可是昨天刚走，今天杨永寿就觉得空落落的，干啥也沉不下心来。下半晌快吃晚饭时，听见窗外一阵马蹄声，杨永寿知道是孙大壮回来了，赶忙出去迎。孙大壮满脸喜气，带回来半袋子黏豆包和炒熟的瓜子。李老师的老伴将冻豆包拿到下屋去，倒出一些瓜子装在小筐箩里，杨永寿与孙大壮边嗑瓜子边唠回家的一些事。

孙大壮兴奋地告诉杨永寿，说真心话，能让他回家，那真是高兴啊。一想别累坏韩政委的马就没敢快跑，七十来里地日头偏西才到家，母亲和妹妹看到他回来可乐坏了。他逃跑那年母亲真去了德都，还是那个饭馆的小伙计偷偷告诉她，孙大壮和他老舅参加了抗联。几年来全家为他担忧，母亲总是念叨"枪子可没长眼睛啊"。

杨永寿问家里的日子怎么样？孙大壮说好多了，分了一头牛，还有两石粮食，开春分地就有地种了，那日子肯定会越过越好。

"我过克山县城时，寻思要过年了买点啥呢？挑来选去给我妈和妹妹扯了一块花布，还给每人买了一双洋袜子，妹妹从来没穿过袜子，现洗的脚穿上我买的新袜子，乐得直蹦高高①。"

"听说我回来了，村长和农会主任还到家去看我。"孙大壮有些得意。

"那个焦三爷呢？"杨永寿问。

"被镇压了，那是铁杆汉奸加恶霸地主，枪崩他时屯子里好多家放鞭炮。"

"那'四十天运动'搞得咋样？"

"比这激烈多了，差不多天天开斗争会。有一个也是穷苦人，与焦三爷家沾点亲戚，总想溜须人家，也就是闲时候帮着干点零活、跑个腿什么的。斗争会上有人说他是狗腿子，就被吊起来，贫雇农团的棒子队上去一顿把就把他打死了。还有一个跳大神供黄皮子②的，说是扫除迷信，被吊起来打得把屎都拉在裤裆里了。挖浮财更热闹，人山人海，从地主富农开始挖，凡是有地有牲口的人家都被挖了。"

听了孙大壮的述说，杨永寿陷入沉思。

从一九四七年十二月五日开始，到一九四八年二月六日，轰轰烈烈的"四十天运动"结束了。穷苦的贫雇农分到了一定数量的生产生活物资，人们准备过一个比较丰足的大年。

随着东北战事的发展，西满军区决定将原克山医院、当时已

①【蹦高高】bèng gāo gāo 指高兴或气愤过度要往上蹦的样子。高，本音是 gāo，这里读 gáo，指往高处跳的样子。

②【黄皮子】huáng pí zi 黄鼠狼的俗称，也有人写作"黄鼬子"，学名鼬（yòu）鼠。旧时东北跳大神的（巫医神汉，即满族等北方通古斯族群的萨满）多以黄仙（黄鼬子成仙得道了）为本神，以其附体给人看病。

改为县军民医院，扩大为"东北民主联军西线战勤第三医院"。医院分设四个救治所，可容纳近千名从前线医院初治后转来的重伤员。县政府、农会、妇女会、商会、各区都组织了慰问，冻猪肉榉子、杀好的鸡鸭鹅、干豆腐、冻豆腐成堆，还有从河套镩冰窟窿打出的新鲜鱼。文艺宣传队只有两家，一个是土改工作队，一个是县中学。县中学是慰问的主力，有四十多人，配有手风琴、二胡等乐器。两个文艺宣传队在一起演出，县中学先上大合唱，土改工作队上小合唱，接着是表演唱、独唱、乐器演奏等。杨永寿演奏的长箫和笛子，刚一开头就显出与众不同的水平，引来阵阵热烈的掌声。人们的鼓励使杨永寿演奏得更加来劲，有时索性唱起苏联歌曲《在莫斯科郊外的晚上》，那悦耳带磁性的歌声，仿佛把人们带到所向往的美丽的莫斯科。

四个救治所一天慰问完成，可是一部分伤势较重卧在床上的伤员没有看到演出，怎么办？有的说明天是腊月二十八，马上就过年了，有些演出人员还要回家，年后再说吧；有的说继续演，满足伤员的要求，两种意见争执不下。杨永寿提出明天分两组到各病房去慰问，考虑到远道的慰问人员要回去过年，因场地问题也上不了那么多人，就选几位家住在附近的独唱、独奏队员演出，这个建议一提出大家满心同意。这样，杨永寿他们又慰问演出将近一天，累得够呛。可是学校文艺宣传队负责人提出，晚上要与工作队搞新年联欢，赵辉满口答应。

吃完晚饭，杨永寿他们早早来到县中学，联欢会是在平时开会、上大课的大教室里。这时学生早已放假，这是专门给学校文艺宣传队留的活动场所。先是自由唱歌，杨永寿还是演奏长箫和笛子，演奏完主持人不饶，非让他用俄语唱歌不可。杨永寿又用俄语唱了苏联歌曲《三套车》，大家报以热烈掌声。

接着是跳交谊舞，在县城会跳的人不多，也就五六对教师和学生跳。杨永寿坐在边上看着，过了两曲，有一名女学生过来邀请杨永寿跳舞。杨永寿一看认识，是学校合唱队的指挥李佳，指挥得好歌也唱得好，是学校文艺骨干。苏联学校经常举办舞会，那里的人们能歌善舞，杨永寿自然也学会了。两人跳起来得心应手，轻松自如，左旋右转，婀娜多姿，成了联欢会一景。跳着跳着，杨永寿觉得李佳的大眼睛火辣辣地盯着他，握着的手故意攥得越来越紧。跳完一曲，杨永寿赶紧邀请赵辉，赵辉不会跳，别别扭扭地勉强跳了一会儿。刚停下，李佳就过来邀请杨永寿，直到联欢会结束。

　　往回走时，李春海故意高声说："杨永寿同志，你今晚肯定睡不着觉。"

　　"能睡着，还会做好梦呢。"孙大壮也来了一句。

　　"小杨，我们这地场姑娘可以，漂亮，大方，开朗，多才多艺，又要求进步，带一个回延安，你爸爸一定会高兴。"赵辉也打趣地说，杨永寿只是笑着摇摇头。

　　街道上不断有巡逻的，五人一组荷枪实弹。杨永寿知道县委、县政府要求县武装大队、公安局、区、村，要安排好过大年期间的治安工作，城镇、各屯都要有站岗和巡逻的，要让老百姓过一个平安的节日。

　　今天就是腊月二十九了，能回家过年的都走了。李春海非让杨永寿、孙大壮明天去他家过年，他俩不敢答应。李春海找到赵辉，赵辉与韩玉一说，韩玉沉吟一会儿对赵辉说："不能去，省委领导有交代，杨永寿是重点保护对象，土改还没结束，暗藏的阶级敌人还没有完全肃清，过年要更加小心。"赵辉把这个意见与李春海说了，李春海也没办法，杨永寿和孙大壮一再表示

感谢。

下午，杨永寿和孙大壮把脏衣服全找出来，用室内的煤炉子烧一铁壶热水，两人就开始洗衣服，刚洗完晾出去日头就侧西了。

年三十县政府空荡荡的，除了值班的其他门已上锁。后院还算热闹，几位从远方来的县领导，算上杨永寿、孙大壮十几名工作队员，加上警卫排、通信班也有四十来人。干点什么呢？县领导围着宿舍的煤炉子聊天，但谈的大部分是与工作有关的，杨永寿他俩插不上嘴。院子已打扫，门联也贴好了，孙大壮提出去帮厨。到厨房一看，警卫排已有几名战士在干活，有杀鸡的、切肉的、剁排骨的，他俩瞧瞧就帮着挑山蘑菇、山木耳。

天还没完全黑，城里就响起了鞭炮声。刘富贵、孙大壮几个在院里也放起鞭炮。杨永寿小时候看见舅舅、哥哥放鞭炮，但那很少，一会儿就放完了。这鞭炮多，噼噼啪啪响了好一阵子。那二踢脚"啪"的一声蹿到半天空炸开，粗粗的麻雷子震得地都颤抖。警卫排和通信班的年轻战士抢着放，杨永寿只站在旁边看热闹。

晚饭十分丰盛，虽然没有山珍海味，但小鸡炖蘑菇、炖排骨、蒸肘子花、熘肝尖、熘腰花等招待贵客的菜都上来了，还有自己灌的猪血肠、熬的皮冻；新鲜蔬菜只有白菜片炒干豆腐，还有凉拌萝卜丝；其他只能是山木耳和干豆角丝、干黄瓜丝炒肉。地上还是平时的四个方桌，炕上摆了三张小炕桌，年轻的在地下，年龄稍长一点的在炕上，可能因为杨永寿和孙大壮是东北局来的，也被安排到炕上。金浪白招呼赵辉、刘富贵几位与杨永寿、孙大壮比较熟的坐一个桌。做饭的大师傅搬来三坛子酒，地上煤炉子上坐一个大瓦盆，瓦盆里放了少半下开水，里面坐着六

七个军用大瓷缸子，瓷缸子里面倒满了酒，那一缸子少说也有一斤。菜上齐了，酒烫热了，韩玉喊食堂大师傅和管理员也坐下。每桌一缸子酒，每人倒了少半碗。

"过年了，是不是欢迎领导讲几句?"韩玉高高的身材，大脸盘上尽是笑意，他的提议刚说完，大家就鼓起掌来。

几位领导都让汪滔讲。汪滔长得白白净净，浓眉大眼，方脸高鼻梁，一副教书先生的样子。他把任务推给了张同舟，指着张同舟说："他讲最合适。"

"不就是我嗓门高吗，没问题。"张同舟也不客气。他参加革命后长期在陕北红军部队工作，有一种军人气质。实际上汪滔刚刚接到省委王鹤寿书记的电话，东北局要调他做外事工作，先与他通个气。他在电话里已推荐张同舟接任他的职务，刚才是话里有话，张同舟不知道怎么回事，也没注意，更没多想。

"同志们，今年我们取得了两个伟大胜利，一个是与国民党反动派在战场上的较量取得了伟大胜利。胡宗南几十万大军进攻延安，被打得落花流水，毛主席还在延安指挥全国的革命斗争；山东解放区反击国民党反动派的进攻取得了辉煌战果；刘邓大军已挺进大别山，直插敌人心脏；东北大部分已经解放，国民党只剩下铁路沿线几个大城市，他们是秋后的蚂蚱——蹦跶不几天了。第二个是东北解放区轰轰烈烈的土改运动取得了伟大的胜利，地主阶级已被完全打倒，几千年的封建统治被推翻，穷苦的贫雇农翻身掌握了农村政权，他们从心里拥护共产党。我们共产党深得人心，得人心者得天下，这是千古不变的真理。同志们，我们要为这一年来取得的伟大胜利而干杯!"

张同舟讲完，一仰脖就将碗里的酒干了。地上的人全站起来，喊了一声"干!"端起碗就喝了。杨永寿只是喝了一点点，

真辣呀。

喝了一会儿，县领导开始给大家敬酒，到杨永寿他们桌时，杨永寿只沾了沾嘴唇。虽然在炕里，张同舟个头高还是看见了，不依不饶，杨永寿没办法只得又喝了一小口。酒喝得不算多，但杨永寿觉得脸上发烧。赵辉笑他的脸蛋红红的，好像大姑娘。

"我给大家敬一杯，感谢对我工作的支持。"赵辉自己先倒上半碗，再给桌上每人倒半碗，杨永寿捂着碗不让倒。

"小杨，怎么的，对我有意见哪？"

"没有，没有，我就是不能喝。"杨永寿赶紧辩解。

"不能喝少倒点，不能不倒。"刘富贵说着夺过杨永寿的碗，赵辉给他倒了少半碗。

"先干为敬，我干了！"赵辉说着一口干了。杨永寿看看赵辉，他真服气，赵辉除了眼睛更亮之外，喝这么多酒一点都不变样。

喝着喝着，刘富贵看着墙上挂着的毛主席和朱德总司令的像说："毛主席真了不起，又能指挥打仗，又领导穷人搞土改、闹翻身。你们看毛主席下巴上长的那个痦子，不一般哪，我爷爷说他是真龙天子。"

"那是迷信，真龙天子也没有毛主席伟大。咱们看的是毛主席的像，毛主席肯定长得高大魁梧，有气魄，比这更带劲。"孙大壮接着说。

"那是，我在延安马列主义学院工作时经常听毛主席讲课，他一手叉腰，一手往前挥着，讲得深刻风趣，就是一口湖南话不好懂。"邻桌的张同舟带着崇敬的口气说道。他是陕西人，曾从陕北红军部队调到延安马列主义学院工作。

"汪书记、韩玉、老金，我们都在抗大学习过，多次听毛主

227

席作报告。延安，培养了多少革命青年哪。"县长尹之家原是东北大学学生，"九一八"事变后随学校迁到西安，后投奔延安参加革命，言语中对延安充满深厚的感情。

"那延河水多么清啊，我们每天早晨都到那里洗漱，还洗衣服，热天洗个澡真痛快。"汪滔出生于沈阳，长期在晋察冀军区工作，他深情地回忆着。

杨永寿他们静静地听着，孙大壮突然说："我这辈子什么时候能见到毛主席就知足了，我要到前线打仗去，当了大英雄毛主席肯定接见我。"

"永寿同志，听说你爹是老革命，与毛主席是战友，还是湖南老乡，将来你到延安见到毛主席，一定跟毛主席说，我们都想他，克山的贫雇农都想他。"刘富贵动情地说。

"什么延安哪，到那时候毛主席应该在北平，也许在南京，也可能是武汉，反正新中国的国都建在哪里，毛主席就在哪里。"

"不能在南京，那是国民党反动派和蒋介石待过的地方，毛主席不能去。"

"北平最好，离我们近一些，我们有机会能去。"

"哟，你们几个不简单哪，还商量起定国都的大事了，真不敢小瞧啊。"金浪白在邻桌打趣地说，引得众人一阵大笑，笑里透着对胜利的渴望和喜悦。

"见到毛主席一定给我们写信，一定啊！"孙大壮说着举起酒碗与杨永寿碰了一下，喝了一大口。

七八个警卫排的战士去换班，晚饭就结束了。杨永寿迷迷糊糊地躺在热乎乎的炕上睡着了，他梦见自己到延安了，看见他们说的清清的延河水、巍巍的宝塔山。他看见爸爸在宝塔山上向自己招手，自己就拼命往上跑啊，跑啊，怎么就跑不动呢？他就高喊："爸爸！爸爸！"他又看见哥哥跑下来接他，眼看就要到一起了，突然听见有人喊："永寿！永寿！怎么了？"

原来是做了一个梦，杨永寿揉揉眼睛坐起来。刚才孙大壮看见杨永寿嘴里嘟囔着，还伸胳膊蹽腿的，赶紧把他捅醒。其实杨永寿的爸爸自从一九四七年三月二十八日撤离延安，与胡宗南的国民党部队周旋于陕北，现正在杨家沟过年。

食堂里一帮人正在包饺子，杨永寿、孙大壮、刘富贵也过来帮忙。孙大壮告诉杨永寿，东北这地场都吃年夜饭，就是吃饺子，不管生活怎么困难，一般这顿饺子都要吃。刘富贵说他们家有一年包饺子没有猪肉，是他爹套了两只兔子做的馅。

"那为什么非半夜吃，还吃饺子呢？"杨永寿的提问孙大壮和刘富贵都答不上来。

金浪白也在包饺子，插话说："年三十半夜正是旧的一年过去，新的一年到来，新旧交替之际，有辞旧迎新纪念意义，所以用吃饺子来表示。饺子原来不叫饺子，因吃时正交半夜子时，简单地说就是'交子'，时间一长，人们就把这种食物叫饺子，大概就是这么个意思。"杨永寿似乎有些明白，又不完全懂。

杨永寿不会包饺子，学着别人的样子包了一个，搞得里外都是馅，还圆不圆扁不扁的，不像饺子不像饼，更不像馒头和包子，真成了"四不像"。食堂大师傅一看他真不会，就让他往秫秸扎的盖帘上摆饺子。杨永寿边摆边数，包完总共是一千七百多个。怎么这么多？刘富贵说，明早还要吃饺子。

怎么尽吃饺子？孙大壮说："这地场人都说好吃不如饺子，坐着不如倒着，所以来人去客，过年过节，有条件的差不多都吃饺子。"

包完饺子回到宿舍，杨永寿还想睡觉，孙大壮和刘富贵死活不让，说是祖传的规矩，年三十晚上要守夜，保你一年平平安安。没法，只得入乡随俗，孙大壮和刘富贵下五子棋，杨永寿在旁边卖呆。熬到半夜时分，城里响起鞭炮声，孙大壮和刘富贵也出去放。杨永寿看那县城上空闪着"二踢脚"炸出的火花，鞭炮像爆豆一样响个不停。他想，这反映了穷人被彻底解放后的心气，释放着高兴和痛快。

吃完饺子大家都回去睡觉，杨永寿睡得很踏实。

第二天早起不论碰见谁，都说"过年好"，有的还抱抱拳，杨永寿不习惯，只是笑笑。

早饭吃得晚，吃完饺子已经快到十点了，杨永寿刚看一会儿书，李春海就来了。他带来了炒好的瓜子，还有几块大块糖、冻梨和冻花红。孙大壮赶忙将冻梨和冻花红装在脸盆里用水缓上，李春海拿一块大块糖递给杨永寿。这东西浅黄色，一长条，放在手上有点黏黏的感觉，咬一口甜丝丝的，有个筋道①劲，可是却粘牙，杨永寿咬一口就放下了。李春海告诉他，这是用当地的甜菜疙瘩熬的糖稀，然后将黄米面或黏米面放在糖稀里再熬才制成的，能做成各种形状。杨永寿指指牙，李春海想起杨永寿牙不好，吃大块糖不行，于是抓过一把瓜子放在杨永寿手上说："嗑毛嗑吧。"

"怎么叫毛嗑呢？"杨永寿不解地问。

孙大壮答不上来，用眼睛瞅着李春海，李春海挠挠头说："我也不太明白，听老人说它是从俄罗斯，就是现在的苏联传进来的，也有的说苏联人爱嗑瓜子，咱这地场人都把苏联男人叫老

---

① 【筋道】jīn dao ①有韧性，耐咀嚼。②话说得不快不慢、明确有力的样子。

毛子，所以叫毛嗑。究竟哪种说法对，我也弄不明白。"

"我在苏联待得时间长，我观察，可能是苏联男人的身上长的汗毛又多又长，所以叫老毛子。"杨永寿分析。

他们边嗑瓜子边唠一些闲嗑，不知不觉快到晚饭时间了，李春海还是想邀请他俩到家去，又怕领导不同意，说几句话就要走。杨永寿和孙大壮送出门外，孙大壮手里拎着一个绿色的大玻璃瓶子，对李春海说："这是一棒子酒，拿回去给你爹和你爷爷喝，还有两包馃子①，也是我和永寿的一点心意。"李春海一个劲地推辞，硬让孙大壮把他推走了。今天早饭后，杨永寿估计李春海会来，就让孙大壮到街上买的。孙大壮转了半天，店铺都不开门，在当街拐角一个小铺里才买到。杨永寿觉得李春海这个人虽然有些激进，但本质不错，对人对工作都很热情。

正月初三，县委、县政府办公室就有人上班了。因县领导决定初六召开工作会议，总结去年的工作，安排今年深化土地改革等工作任务。领导们忙着开会，杨永寿、孙大壮没事就帮着办公室的同志油印、装订文字材料，往会场上贴会标和标语。

正月初五吃完早饭，李春海拉着杨永寿、孙大壮上街看大秧歌。县商会和县城一区、二区、城郊区，还有离县城比较近的莽鼐、古城、古北、郑家四个区都办了大秧歌，进城会演。那扭秧歌的、看秧歌的人山人海，满街筒子都是人。

为什么叫大秧歌呢？可能因为参加的人多吧，杨永寿这样想。

那秧歌队一般都排成两队，一队扮女的叫上装，也叫包头

①　【馃子】guǒ zi 本是油炸食品，也是旧式点心的统称。

的；一队扮男的叫下装，也叫逗丑的，一对一地扭。李春海告诉他，扮上装一般都是男的，要扭得文雅些，有大家闺秀的模样，显得羞羞答答的；扮下装一般都是女的，要放开扭，连扭带逗，粗犷欢快，生动有趣。扮上装稍复杂一些，有的外罩一件带花的布衫，头上包一条头巾，头巾上插上几朵鲜艳的纸花，腰上扎一条彩色绸腰带，手拿一把扇子，脸上略施一点脂粉；下装则简单多了，腰扎一条彩色绸带，手拿一把扇子就行了。秧歌队一到三道街，人人都脱下棉袄或皮棉大衣放在马车上，锣鼓喇叭一响就扭起来。过了二道街与其他秧歌队遇到一起就比着扭，特别是到了县政府门口扭得更欢了。穷人翻身了心里高兴，人人卖力气，就那打鼓的、吹喇叭的，都使出最大的劲。不管队伍怎样交织，不管怎样喧闹，各自都按照自己秧歌队的鼓点和喇叭音，跟着拉衫儿①的走。秧歌队里有踩高跷的，有舞狮子的，还有跑旱船的；有装扮八仙过海、哪吒闹海、青蛇白蛇的，还有装扮孙悟空和猪八戒的，等等。杨永寿看在秧歌队后面有装媒婆或老扛的，黑绒线帽子上插着一朵花，一走颤颤巍巍的；脸蛋抹得鲜红鲜红，嘴唇更是红得吓人；一个胳膊挎着筐，一手拿着一杆长长的烟袋，烟袋杆有镰刀把那么粗，烟袋锅有拳头那么大；她边扭边与身边装扮老汉的逗趣，那一步三摇的架势，那滑稽多变的面部表情，那怪模怪样的眼神，妖妖道道②，使你不得不笑。一拨又一拨的秧歌队过去，杨永寿他仁看见了刘玉兰、于德水、孟老疙瘩、郑玉两口子，他们村出十个人参加区秧歌队。刘玉兰非拉杨永寿他

---

① 【拉衫儿】lā shānr 东北大秧歌队的组织者和领头人，是民间文娱活动的活跃分子，有的地方还叫"傻相公"。

② 【妖妖道道】yāo yāo dāo dāo "妖道"一词的重叠，表示说话时带着一股怪声怪气、神神道道的神气，程度较"妖道"轻些。

仨扭秧歌，李春海、孙大壮痛快地拿把扇子插进队伍里就扭上了。杨永寿真不会，于德水就让他跟着吹喇叭，杨永寿试了试，还行。从东南西北四条街的二道街以内转了一大圈，又遇见了赵生屯的宋玉梅、马洪斌、李志强、王玉青、吕会忠等，虽然零下三十多度，人人满头大汗。等到秧歌结束，日头已偏西。

县工作会议如期召开，四个区为一个小组，讨论非常热烈。杨永寿轮流参加几个小组的讨论，他先是认真地听，然后提出自己的看法。他认为省委文件明确规定，坚定地依靠贫雇农，紧密团结中农，尽量争取富农，孤立并集中力量打击封建大地主。有些地方"四十天运动"随便打人，甚至打死人，斗争中农、分中农的浮财，侵犯中农利益，是违反了党的政策，应予以纠正。可是与杨永寿一起参加讨论的区领导，差不多都认为革命就应该这样，有的还感到不够劲，还应更猛烈一些。他们倒没有批评或责怪杨永寿，只是觉得他书生气太浓。会议期间，杨永寿与汪滔、张同舟、金浪白进行了个别交谈，提出了自己的看法，他们的回答与韩玉的意见基本一致，认为这么大的运动，难免磕磕碰碰，有些过火行为也是正常的。就这样，有的上级领导还批评我们右倾，指责我们阶级立场有问题，我们只能宁"左"勿右了。这次县委扩大会议又提出深入开展"扫堂子"运动，就是把认为挖浮财没有挖干净或漏网的地主富农等，再彻底扫一下，其实是又向"左"迈进了一步。

会议要结束那天晚饭时，赵辉拿来两张《东北日报》给杨永寿看，原来是刊登了关于克山土改内容的，分别是《克山各地贫雇农进行定等分浮财》《相信群众大胆展开，古北全区掀起斗争》的两篇报道。杨永寿仔细地看了一遍，他感到定等分浮财的报道还可以，另一篇明显有引导斗争扩大化的倾向。杨永寿睡不着啊，他想给父亲写一封信，说一说自己对土改运动，特别是"四十天运动"的一些看法，知道写也是白写，不知道父亲现在在哪里。给东北局写也不妥，有问题应逐级反映，杨永寿决定给黑龙江省委写一封信。他把这一想法先与孙大壮说了，孙大壮支持他。他又与赵辉说了，赵辉劝他要慎重。这个意见传到韩玉那里，他没有明确表态，只是说向上级反映情况、提出自己的不同看法，这是一名党员的权利，也是杨永寿下来学习调研的职责。

写，还是不写，杨永寿真的犹豫了。杨永寿想，反映上去肯定对克山县委有影响。自己来克山搞土改，克山的领导对自己这样关心照顾。另外，他也亲眼看到这里的领导、农村干部、土改工作队员立场坚定，勇于承担责任，工作任劳任怨，积极肯干，他们的思想、作风都值得自己学习。在这样情况下，自己再写信反映人家的问题合适吗？杨永寿躺在炕上睡不着了，翻来覆去地折饼子，想得有些头痛，而且越来越厉害。杨永寿知道这是在上海遭外国巡警毒打，留下的脑震荡后遗症犯了，赶紧爬起来吃从苏联带回来的药。头不痛了，但还是睡不着，总想这事究竟该怎么办？又一想，自己虽然主要是来学习、锻炼和调研的，韩玉同志说的没错，了解和反映情况也是自己的职责。能纠正土改中违反政策的现象，对团结广大人民群众、巩固解放区的新政权和解放全中国都有重要意义，对克山的工作也有好处。这个问题不能站在个人角度考虑，应从维护党和人民利益的高度来认识。这样一想，杨永寿觉得轻松多了。接着就是思考怎样写，他想，开始还是把克山土改工作的主要成绩予以肯定，接着谈四点意见：一是土改中打人、打伤人、打死人的现象必须停止，不能再发生；二是定高的成分要重新核定；三是分中农的浮财要归还，对挨斗的中农要给予道歉；四是正在搞的"扫堂子"运动应该立即停止，当前工作重点是抓紧分配地主富农的土地，抓好备耕春耕生产。想到这儿，杨永寿还真睡着了。

早饭后，杨永寿就开始写，下午就让孙大壮邮走了。

回到赵生屯已是农历正月初十，阳历二月二十日，当晚就召开贫雇农大会，征求群众对土地改革的意见。大家都说年也过了，牲口、种子、农具也有了，就差没分地了，分完地好准备种地。怎么分呢？大伙呛咕^①一会儿，决定先丈量地，然后才能分。就这样选出六个人，由宋成祥负责，李老师跟着拿算盘计算和记账。

第二天分地小组蹚着雪，丈量了三块地二十多垧，把人累得够呛。这地场的地大多是在丘陵坡上坡下沟底或树林旁，不平坦不说，很少有成正方形或长方形的，多边形、三角形、椭圆形、菱形地块不少，丈量和计算起来很麻烦。杨永寿和孙大壮也到地里帮忙，一看进度很慢，回来后杨永寿就对赵辉说："这样不行，全屯二百来垧地，得丈量十来天，再分到各户就得一个多月，那就耽误种地了。"

"那分三组干吧，你和老宋他们商量一下。"赵辉回答得干脆利落。

三个小组三天就全部丈量完了，还丈量出三十多垧黑地。丈量完了下一步怎么分，这是最关键的。宋成祥召集屯农会小组成员和积极分子开会研究，赵辉、杨永寿、孙大壮和村农会主任马洪斌参加。李老师公布一共丈量出二百三十二垧地，分十九块。这些地好坏不一样，远近不一样，开垦的年头不一样。有的说从好地开始，先由最穷的贫雇农分，不好的地最后给地主、富农、

---

① 【呛咕】qiāng gu 七嘴八舌地议论。

中农；有的说把地排成号，打乱抓阄儿，抓着好地算有福，抓着不好的算倒霉。意见不一致，戗戗①到小半夜也没整出子午卯酉②。杨永寿也一直在琢磨怎么办合适，听了大伙的议论，他提出自己的想法，那就是把好地坏地分一下，每户既分好地也分坏地，大伙一听这个办法不错。于是，参加丈量地的和熟悉土地情况的一块一块地评价，最后分出好和比较好的地十三块、一百五十三垧；较差和差的地六块、七十九垧。粗算一下，好地约占三分之二，不好的地约占三分之一。杨永寿建议把好地、坏地分别排成号，全屯每户抓一个号，每户按顺序在好地分自己应分的三分之二，在差地分剩下的三分之一，这样每户的土地好坏差不多，没什么大的意见。大伙又补充一下，分配方案定了，散会时天已放亮。

第二天晚上召开大会，人来得齐，挤了满满一屋子。几户中农和地主富农家里也参加了人，坐在了会场一边。杨永寿先领着学习《土地法大纲》，并做了一些解释。当宋成祥把分地方案一说，人们就议论开了，大多数觉得这个方案公平、合理，没偏没向。也有个别人不太满意，心里就是想全要好地，但又说不出口。

这时二狗子站了起来，把破帽子一摔说："我俞，土改不是为咱们穷人的吗？那地主老财跟我们贫雇农一样分地就不合理，我看就让他们净身出户。那他们也不怕，瘦死的骆驼比马大，光老底也够过的了。"

---

① 【戗戗】qiāng qiāng 大家抢着发表意见，进行争论。

② 【子午卯酉】zǐ wǔ mǎo yǒu 指事情的真实情况或道理。子午，子为南，午为北，泛指空间地域；卯酉，卯为早晨，酉为傍晚，泛指时间、时候。任何事物和道理都以空间和时间为存在形式。

"听说有的地方正搞什么'扫堂子'，把地主富农家再清一清，备不住还能整出值钱东西。"有人附和。

于德水和宋成祥费了不少口舌，还是有人想不通。宋成祥与赵辉、杨永寿他们商量一下，决定把这个方案交贫雇农表决。

宋成祥大声说："请坐好，现在进行表决，同意这个分地方案的贫雇农请举手。"话音刚落，胳膊就齐刷刷举起来。

"不同意的请举手。"大伙看见只有二狗子慢腾腾地把手举起来，刚一抬手看见就他自己不同意，胳膊又落下了，自言自语地说："我囵，什么玩意儿呢，就会随风倒。"

方案通过以后，李老师写完阄又核对一下就开始抓阄。宋成祥把纸阄放在狗皮帽子里抖一抖，有人抓出一个，交给李老师登记，不一会儿就抓完了。宋成祥又讲从后天开始按号逐户分地，先分好地，要求每户必须有人到场。各分地小组再详细分一下工，准备好分地用的工具，特别提到要多带几把刨坑用的镐和铁锹，还有写各户名字的木头橛子。

没想到分地时来这么多人，男女老少都在雪地上跑。有主动轮换刨坑的，有帮着拉绳子的，还有查看自己的地块的。分地的人忙得不可开交，喊声、议论声、吵闹声、嬉笑声交织在一起，把寒冷的大地闹得热火朝天。赵辉、杨永寿跟着计算、记账，孙大壮参加刨坑。杨永寿看这分地比丈量地复杂得多，地块抹斜多，要仔细地计算，记好各户的边框四至①。量完一家就要在地两头和中间钉上木头楔子，划好界线。地冻得邦邦硬，镐尖下去只是一个白印，一点点地用镐抠，累得满头大汗才有半尺深，只

---

① 【边框四至】biān kuàng sì zhì 本意指建筑基地或耕地的四周跟别的建筑基地或耕地的分界线，比喻事物的边际和整体情况。

好把木橛子大半截埋在雪上。

吕会忠和王玉青也来了，两人都是来看自己的地，顺便帮帮忙。吕会忠悄悄地告诉杨永寿，他们种地前就结婚，一定要去喝喜酒啊。杨永寿心里为他们高兴，感觉到好日子就在广大受苦人的眼前。

日头侧西时二狗子抱着膀来了，走道一侧棱一侧棱的。他到这个木牌前看看，又到那个木牌前看看，最后在一个木牌前停下了，眯起眼睛瞧。

有人逗他："二狗子，你认识吗?"

"我夵，我不认识它，它还不认识我吗?"

"你真认识啊?"

"这不是王大山三个字吗，我咋不认识，我夵，小瞧人。"原来二狗子姓王，叫王大山。

杨永寿到跟前一看，可不真是王大山分的地块。

"这么好的地你不好好种真白瞎了，要不分给别人算了。"宋成祥走过来逗二狗子说。

"我夵，谁说我不好好种了。"

"你又没干过庄稼活，不能吃苦不算，也不会干哪。"

"我夵，那玩意儿也不是绣花呢，干干不就会了吗。"二狗子说的还蛮有道理。

"那你也吃不了苦呀，你啥时候下过地?"吕会忠也凑过来说。

"过去是没自己的地，我阶级觉悟高，不愿意给地主老财卖命。现在有自己的地了，凭啥不干，不但干，还要干好，我夵，保证不比你吕会忠差。"二狗子说完抹了一把冻出的鼻涕。

看来"我夵"是二狗子的口头语。

238

"癞蛤蟆打哈欠——好大的口气，比就比，我就不信整不过你二狗子，今年秋天见。"吕会忠也不示弱。

"我囵，什么秋天哪，一杆子支那么远，种完地看苗不就知道了，谁输谁他妈请喝酒。"二狗子还真来劲了。

"就你那懒样，还看苗，能种上就不错了。"吕会忠讽刺道。

"我囵，也不撒泡尿照照自己是啥样。"

"你喝骚老婆尿了，说话总带啷当。我过去是不咋样，可咋也比你强。"吕会忠因为王玉青在跟前，说话有些酸激溜①的。

"说得好！就看你俩能不能做到，到时候我们给你们当评判，他俩也参加。"宋成祥说着指指杨永寿和孙大壮。

看热闹的人越聚越多，赵辉挥挥手说："散了吧，散了吧，还干活呢。"

白天累了一天，杨永寿腿都有些抬不动了，但晚上还要参加分地小组的会。大伙一起议论一下有什么问题，明天要注意什么，同时把当天的分地账目整理清楚。虽然很累，但人人兴高采烈，精神头足着呢。

分地的第三天，杨永寿听说李春海待的那个屯未给富农分地，给中农分的差地。他想，这不明显违反《土地法大纲》吗？怎么跟李春海说说呢？

正琢磨不定，上午接到通知，让杨永寿和孙大壮带着行李马上赶到区政府。也来不及跟谁打招呼，杨永寿他俩归拢归拢东西，坐上村里的马爬犁，没到中午就到了。区领导告诉他俩，是韩政委从县里来电话，让他俩今天赶回县城。到了县政府原来的

---

① 【酸激溜】suān jī līu 指说气话、刺激人的话、吃醋的话，也可说酸溜溜。

住处，刘富贵乐颠颠地跑过来告诉，韩政委让明天参加县里的会议。

除了县领导之外，各区、各科主要领导、东北局、省工作队员和县工作队负责人参加了会议。省委副书记赵德尊宣读了省委文件，调汪滔同志到东北局负责外事工作，张同舟接任县委书记，韩玉任县委副书记。接着赵德尊又宣读了省委给克山县委的来信，主要内容是：立即停止村村联合"扫堂子"斗争，当前重点是纠正土改中"左"的错误，错划了成分的要纠正，错斗了的要道歉，错分了的财产要归还。要抓紧备耕生产，发动群众把地种好，多打粮食支援东北和全国解放。赵德尊在讲话中首先肯定了克山的土改工作，他说"左"的现象在东北解放区普遍存在，不能以此抹杀土改工作的主要成绩。党中央负责土改工作的领导作出指示，一定要本着有错必纠的原则，把过火行为造成的危害尽量挽回一些。要求分配土地必须按照中央《土地法大纲》执行，不许另搞一套。接着张同舟代表县委对最近的工作做了安排，对落实省委来信和省委领导讲话精神提出具体要求。杨永寿心里很高兴，因会前省委赵德尊副书记找他谈了话，对杨永寿向省委反映真实情况表示感谢。

会后，韩玉带领杨永寿、孙大壮等来到古城区。古城区位于克山县城偏西南，东靠克山县城，西邻依安县界，南隔乌裕尔河与莽鼐区相望，西北与古北区接壤。区政府所在地距县城不到三十里，齐北铁路从东向西穿过。古城之称始于清末放荒招垦时期，当时垦户发现了辽金古城堡的残垣断壁，遂称此地为古城。古城的历史发展经历基本与克山县城等同，特别是经过近五六十年的垦荒，已成为铁路沿线的重镇。

杨永寿他们到的第二天就召开会议，区政府全体干部和各村领导参加。先是传达县委扩大会议精神，对本区纠正"左"的错误和备耕生产进行了安排。韩玉最后提了三点要求：第一，纠偏工作要实事求是，细致认真，有多少错纠正多少，不打埋伏。第二，备耕生产要抓紧，把地种好，保证在穷苦农民分地的第一年有个好收成，以实际行动支援前线。第三，区村干部和工作队要深入下去，到贫雇农的炕头和地里，看看他们有什么要求、有什么困难帮助解决，一件一件地落实好。

开完会，韩玉他们就到了张庆村。张庆村有三个自然屯，村政府所在地叫张庆屯，处于县城与古城区政府之间，交通便利。为此这个屯子发展快，已有三十七八户人家，比其他屯子大得多。这里属于河套地，一马平川。过了铁路往南是一望无边的大草甸子，乌裕尔河从东向西流过。

村和农会干部根据上级会议精神，很快把本村的情况理出一个头绪。村长赵大喜拿着土改划高成分和"四十天运动"被错斗户名单，一户一户地讲，说得清清楚楚，杨永寿对村长掌握情况这样详细从心里佩服。经过分析，这个村土改中被划为地主的有三户，按政策其中有两户应定为富农；定为富农的有五户，其中有两户应定为中农；定为中农的有十六户，其中有七户应定为贫农；挨斗并被挖了浮财的中农有六户；还有两户贫农也挨斗了，一个是几年前抽大烟抽穷了的，一个是跳大神的。地主和富农都给地了，但全是最差的地，其他都是好坏搭配分的。韩玉要求划高成分的和挨斗、被错分浮财的逐户核实，一定搞准，然后召开贫雇农大会讨论。韩玉将工作队和区村干部分了两个组，杨永寿、孙大壮与副区长李永生、村农会主任齐长兴一个组，负责张庆屯。县工作队徐茂、区农会主任贺国良和村长赵大喜负责那两个屯。

走访的第一户是富农，外号叫"张小抠"。按赵大喜的说法，这家是成分划高了。齐长兴说，这户人家能干，会过日子，但太土鄙，真是钩佳不舍。舍不得吃，舍不得穿，攒俩钱就买地买牲口。他家得罪不少人，主要是抠大劲了，与屯子里的人，包括他家的亲属从不来往。连杀年猪都是爷俩自己杀，留下头、蹄、下水，把肉拉到县城一卖。谁家有个喜事或天灾人祸，他连理都不理，更不说帮忙了，谁想借他的钱更没门。有一年他外甥得了急病没钱扎古，他姐姐哭着向他借钱，他硬是没借，从此他姐姐家与他断绝了关系。时间长了他的名字没人叫，也忘得差不多了，外号"张小抠"倒叫响了。齐长兴还说，这家在屯子里没有人缘，有的还恨他，划成分时有人故意往高了抬，没人帮他说话，这样就被划成富农，还挨了斗，挖浮财时被分走两头牛，其他也没挖出啥。

一进这家的院，就知道是过日子人家。院子不大，三间正房和院两边的仓房、牛圈猪圈鸡鸭鹅架整整齐齐。杨永寿他们一进到屋里，就感觉到比别人家亮堂和暖和。一听是工作队来了，一个小脚老太婆麻溜儿下地，赶紧让儿媳妇卷烟、烧水，儿媳妇奄拉着脸未动。齐长兴不让忙活，说待一会儿就走。老太婆靠着炕沿站着，不知怎么办好，脸上堆着笑，笑得很不自然。

"他们爷仨干啥去了？"齐长兴为了打开尴尬的场面笑着问。

"往地里送粪，这不眼看雪要化完了，一晃就要种麦子。"老太婆赶紧回答。

"都是兔子不拉屎的破地，上啥都白搭。"儿媳妇气哼哼地

242

搭茬。

"瞎白话①啥呀，干活去。"老太婆瞪了儿媳妇一眼，儿媳妇撅搭一下转身进里屋了。

"这孩子不懂事，别跟她一般见识。"老太婆小心地赔不是②。

"没事，我们就是来征求一下你家对土改工作的意见的。"李永生说到了来意。

"挺好，挺好，没意见，没意见。"老太婆边说边连连摇手。

"听说你家挨斗了，也被挖浮财了，能没意见吗?"李永生进一步说。

"该斗，谁让得罪那么多人了，挖浮财就挖了呗，也没啥玩意儿，就那两头牛。"

听见老太婆说话，里间的儿媳妇没好气地说:"我们家也就十来垧地，七口人每人一垧半地，还有连大带小五头牛，几间破草房。咱屯张大酒壶有二百来垧地，牛马一大群，当地主也不冤。像小后屯老陈家，有四十来垧地，牛马十几头，前后大院套，划了个富农也行。我们这个富农和他家比就有点屈。"说着儿媳妇从里屋转了出来。

"你呀! 你呀! 别说那些没用的了，这不是找事吗? 真拿你没办法。"老太婆狠狠地数道③着儿媳妇。

"我才不怕呢，我娘家穷得底朝天，我爹是积极分子，我弟弟参军在前线打仗。我爹让我划清界限，我还有两个孩子怎么划

① 【白话】bái huɑ ①能说会道。侧重于善于说话，喜欢说话。只要有听众和话头，他都会自圆其说地有声有色地大讲一气。②顺嘴说说，没有可靠的凭据和可信度，甚至是瞎说一气，也可说成"瞎白话"。

② 【赔不是】péi bú shì 指做错了事或对不起别人的事，说了损害别人的话，向人家赔礼道歉。

③ 【数道】shǔ dɑo 一般指农村妇女不停地指责别人的过错。

呀，要不为了孩子我真就走了。"儿媳妇说着眼圈红了。

"你们屯每人分多少地?"杨永寿问。

"每人十六亩，才比我家原来的地少一点。原来的地多好啊，这不是明显欺负人吗?"儿媳妇愤愤不平。

"不怨人家，我那老头子太乖固①了，把人都得罪完了，我也没法子。"老太婆说完"唉"了一声。

看到这情形，杨永寿他们离开这里，老太婆踮着小脚一直送到大门外。

接着杨永寿他们又到一户富裕中农家，这家两间草房比较周正，屋里也干净明亮。坐在炕上的一位四十多岁的妇女看见他们进屋，一下子把脸扭到窗子那边。坐在炕沿正在挑黄豆的女孩赶忙说:"齐大叔来了，快坐。"说着拿起笤帚扫扫炕沿。

北炕一位老太太有六十多岁，满头花白头发，听见动静就说:"小花，给客人点烟。"

叫小花的就是挑豆种的女孩，她麻利地拽过烟笸箩，三下五除二就卷了四根烟递给每个人。杨永寿、孙大壮、李永生不会抽烟，只有齐长兴接过来，叫小花的女孩给他点上。小花一定要给他们三个点上，毛茸茸的大眼睛瞅着你，实在不好推辞。杨永寿慢慢地试着抽了一口，真是辣。孙大壮头一口抽猛了，呛得直咳嗽，眼泪都要出来了，惹得小花咯咯地笑起来。

"小花，笑什么笑，没心没肺的，还有心思笑!"南炕的妇女转过脸审搭。

"大嫂，咋生这么大的气，谁惹着你了?"齐长兴笑着问。

---

① 【乖固】gǔ gu ①奇特、刁钻，与众不同的样子。②难对付，不好说话。③阴险、奸诈，坏主意多。

244

"就你们，凭啥给我家划个中农，还斗我们，不就是我家小花没嫁给李大下巴的儿子吗？"中年妇女喷着吐沫星子说，看来说话挺冲的是小花她妈。

"咋说话呢，有话好好说，别撒邪火气①。"北炕老太太说话了。说着摸起长长的烟袋，摸索着装上烟，杨永寿、孙大壮才知道老太太是瞎子。小花赶紧过来给点上火，老太太吧嗒吧嗒紧抽几口。

"这不工作队和乡政府来征求意见吗？消消气，有话慢慢说。"齐长兴慢声拉语地说道。

杨永寿抬眼看看小花，也就十七八岁，高高的个，腰身匀称，红扑扑的圆脸上一对水汪汪的眼睛，脸上总是带着笑，一笑俩酒窝。尤其脑后的一根辫子又黑又粗，辫梢差不多到腿弯。杨永寿不知李大下巴是何人，估计是能掌握小花家命运的人，现在解放了，肯定不是地主和伪官吏。

"还说啥，你心里明白，你就跟工作队和区领导说说。"小花她妈冲着齐长兴说。

"你家原来有多少地和牲口？"李永生问。

"就三垧地，一头骡子和一头毛驴，挖浮财时被拉走一头毛驴，别的也没啥好东西了，要有都得给整光了。这回六口人又分了三垧地，比原来还多呢。"小花她妈说话温和多了。

"这么多地能忙活过来吗？"

"原来三垧地时小花他爷俩，忙时我也下地，还可以，现在地多了，肯定忙不过来。"小花她妈说完紧接着又说，"咱政府是

---

① 【撒邪火气】sā xié huǒ qì 拿旁人或借其他事物发泄不正常的火气。本词为"撒气"一词中嵌入"邪火"一词。

讲理的，你们给查一查，我们家就那点东西，够什么成分就定什么成分，我们保证不叫屈。这小花她爹不在家，要在家死活不让我说。"

"你说的事我们回去商量商量，过几天给你回个话。"李永生说完就往外走，小花送出门来，长长的辫子甩来甩去。

走出院外，孙大壮问李大下巴是谁？齐长兴告诉他，李大下巴土改开始时是积极分子，组建村政府时当上了村农会主任。他有个儿子有点踮脚，托人要娶小花，小花和她的家人死活不同意，于是对小花家产生了怨恨。土改划成分时，小花家日子确实过得比一般穷人家好，李大下巴鼓捣几个人硬把小花家的成分往高抬。当时李大下巴正得烟儿抽①，谁也不敢替小花家说公道话，就这样定了个富裕中农。斗地主张大酒壶时，李大下巴的一个亲戚突然喊："把地主的狗腿子揪出来！"人们都愣住了，不知是说谁。这人又喊："别装了，就说你呢，朱洋！"原来小花的父亲叫朱洋。这一下把朱洋造蒙了，糊里糊涂就站到地中央。人们都奇怪了，朱洋平时老实巴交的，家里事都是老婆当家，怎么成了地主的狗腿子？李大下巴的亲戚一揭发，才知道是怎么回事。张大酒壶酒量大，在附近是有名的。有一次张大酒壶在前屯喝酒喝多了，刚喝完没看出什么，但走到半路酒劲上来了，倒在毛毛道儿边上的雪地里睡着了。那是数九天，天又黑了。也该他不死，赶巧朱洋给老母亲抓药回来碰上了，费好大的劲走二里多地，才把张大酒壶连拽带架弄回家。张大酒壶和他家人非常感激，事后特意请朱洋吃了一顿饭，还送给他家二斗高粱。提起这事与当狗腿

①　【得烟儿抽】děi yānr chōu 比喻顺心、得势、吃得开。

246

子不沾边，也没引起大家的气愤，也斗不起来，这样朱洋又糊里糊涂下去了。虽然没把朱洋怎么样，但李大下巴的权势和威风却显示出来了。

李大下巴现在干啥呢？李永生告诉杨永寿，这人当上村农会主任后办事不公道，尽给自己家和亲戚撑口袋①，群众意见很大，去年冬天重选时被贫雇农选掉了。

"说小花家有一头骡子，什么是骡子？我头回听说。"杨永寿提起这个事。

"骡子就是有些像马，又不是马；有些像驴，又不是驴。"齐长兴解释道。

"那像牛？"

"哪能像牛呢？这地场有句土话叫骡子屄——白费，是指母骡子不能下驹。公驴配母马生的像驴，叫驴骡；公马配母驴生的像马，叫马骡。骡子比较温顺，皮实，抗使唤。"听齐长兴又详细地解释一遍，杨永寿感到很新鲜。

齐长兴在路上就告诉，要去的这家主人叫崔文，就是挨斗的贫农。原来很富，家有四十多垧地、十几头马和牛，拴了一挂马车，雇有长工和短工，日子过得腾腾的。崔文的老爹很会算计，在县城开了家粮行，也想磨炼磨炼自己的儿子，就让崔文到县城管粮行。崔文读过几年私塾，能写会算，开始还行，挣了一些钱，也打好底了。没承想，不久崔文逐渐跟城里一帮人学会了逛

---

① 【撑口袋】zhēng kǒu dài ①用手撑开口袋嘴，以便顺利地装进粮食。撑，支开、张开，本音 chēng，方音变读为 zhēng。东北是个大粮仓，在粮食倒来倒去的活动中，撑口袋是个最平常的活计了。②争要更多的利益。"撑"字谐音"争"，成了"争口袋"，即争着往口袋里多装些。

247

窑子、捧戏子，后来还进了赌场。这还是小事，最不该崔文吸上了大烟，上瘾了，也就一年多就把粮行抽垮了，还欠了一屁股饥荒①。他爹急火攻心一下子晕倒了，再没醒过来。这回崔文没人说没人管了，也不管家里种地的事，他继续抽大烟，进赌场。那是个无底的洞，今年卖马，明年卖牛，后年卖地，也就四五年光景，把他爹二十来年攒的家底败祸光了。没有来钱道了，这大烟还得抽。这崔文命好，他爹在世时为了家庭兴旺，给他选来选去选了一个好媳妇，既贤惠又能干，还很标致，方圆几十里找不着的。这时崔文已有了一个两岁的男孩，但崔文抽大烟把家底折腾完了，日子也过不上溜儿了，经常揭不开锅。媳妇没办法，就到别人家的地里捡收割后落下的粮食充饥，从山上地里割柴草往家背烧火。

也赶巧了，县城南有一家大地主，不但有几百垧土地，还在县城开了好几处买卖，但四十来岁没有儿子，想纳妾老婆又不同意。他为什么不敢纳妾呢？因为这位财主原来也是穷人，十几岁就在未来老丈人家打杂。这小子机灵能干，嘴巴甜甜的，特别会来事。本来这家有一个小子一个闺女，小子还没说媳妇。为了让儿子多历练历练，就让他掌管外边的事务。有一天儿子到乡下办理买地事宜，被胡子绑了票。没等送钱去赎人，当天晚上财主的儿子趁看守的胡子睡着了，解开绳子想跑，刚跑出门就被枪撂倒了。原来是想给闺女说个好人家，没了儿子就得指望闺女养老，老两口就把伙计招了倒插门女婿。伙计虽然当了少掌柜的，不干活了，但还是老丈人当家。老丈人、丈母娘去世了，老婆当家。

① 【饥荒】jī huāng ①指庄稼受灾没收成，人们挨饿逃荒。②指欠下债务。

248

老婆不知什么原因不生育，又不让纳妾，总不能断后吧，这么大家业怎么办？他老婆想出一个招，就是宁可多花钱，选一个有男人的女人到家来，借腹生子，生了儿子，满一年再把女人还回去。

财主的老婆亲自挑选，要选有模有样的，心地善良的，特别需要钱的。选来选去选到崔文老婆头上，崔文满口答应，可他老婆不干，哭得昏天黑地的。可是不干怎么活呀？去了又算什么呢？那脸往哪儿搁呀？孩子怎么办？扔给崔文肯定死路一条。想来想去，被逼无路，豁出去了，活命要紧，还顾什么脸面。但她提出一个条件，就是宁可少要俩钱，也要把两岁的儿子带去。地主的老婆还真痛快地答应了，不是为了少花钱，而是她打听清楚了，这女人真好，都被她的事感动了。崔文的女人到这时候还惦念没良心的男人，提出她的包银按月付给崔文一半，她怕钱到手崔文一下都花光，就没法活下去了。就这样，一辆二马车将崔文老婆拉走了。崔文老婆到了地主家，怕带的儿子受气，也是劳动惯了，家里什么活都抢着干，就是怀孕期间也没闲着。可是并不称心，一年后生了个丫头，那也得养着。其实地主家两口都看好崔文媳妇，准备花一笔钱明媒正娶过来。没想到共产党来了，老地主挨斗了，被挖了浮财，崔文媳妇抱着女儿、领着儿子回到崔家。

回来后，崔文抽大烟的毛病还没改，但共产党禁烟，大烟很难买到。他有一天犯瘾了，喊爹叫娘地张跟斗，实在没法，就把抽旱烟长烟袋杆里的烟油子透出来，用水稀释后扎到身上。这一扎不要紧，崔文昏迷三天三夜，差点要了命。"四十天运动"时，有一次农会组织斗地主，有人吵吵着让他也站到地中间，问他还抽不抽大烟了，改不改，不改就吊起来揍。人们喊着："这种人留着他干啥，打死算了！"其实是吓唬他，主要是恨他把那样好的媳妇租出去了。这下可把他吓尿裤子①了，连连求饶，就差没跪下。别说，这下他还真改了。

说着说着，就到了崔文家。屋里什么也没有，只有一个旧式柜子摆在炕梢，地上一张旧得看不出模样的八仙桌。炕头一个男孩和一个女孩在玩耍，炕梢一对二十六七岁的夫妇守着笸箩搓苞米，看见杨永寿他们进来，赶忙站了起来。杨永寿看看崔文的脸色虽然还有些青白，但很精神。那媳妇已是两个孩子的妈妈了，腰身还是那么好，眉目清秀，白净的肤色看不出是常年干活的人。

一说到挨斗的事，崔文连声说斗得好，斗得好，那是为他好，为这个家好。他媳妇笑着看他，她说她感谢共产党，感谢新政府，感谢屯子里的贫雇农，共产党要不来，她过的不是人的日子，这个家早散了。看两口子一个劲地这样说，杨永寿他们也没说什么，简单问问种地的准备情况就走了。

一连走访调查三天，情况基本摸准搞清，还需要征求一下积极分子的意见，再开贫雇农大会。

在屯子街上走着，杨永寿发现不少人家在院子里燎猪头和猪蹄子，猪蹄子也叫猪爪。在地上立两块土坯，土坯上搪几根铁条，将猪头猪蹄子摆上，底下用木头火燎。燎一会儿翻一翻，然后拿下来用刀头搿哧②，再放火上燎，直到搿哧干净为止。原来

———————————

① 【尿裤子】niào kù zi 形容因恐惧或疾病而控制不住自己的尿液，引申为胆小，吓得不行。

② 【搿哧】kā chi ①用手把脏乱碎硬的棉花爪子一点一点地撕、刮成蓬松的小片儿。②用刀、铲一类的工具，将物体表面的东西刮下来或是削成一定的形状。③批评、责备。

杀猪熥猪毛时，猪头猪蹄子上的猪毛不好熥，留下的猪毛多，只有这样才能整干净，再用锅烀烂了吃。孙大壮告诉他，明天就是农历二月初二，是龙抬头的日子，这里的习俗是家家吃猪头猪爪。

房子阳坡的雪已开始融化，房檐上吊着一排冰溜子，隔一会儿就能听见冰溜子掉地上摔碎的声音。就是踩在雪上，也感觉有些发黏，北大荒的春天已经悄悄地来了。

几天以后，召开张庆屯土改积极分子大会。杨永寿先领着学习了中央颁发的《土地法大纲》和上级有关土改工作文件，李永生传达了县委、区委关于纠正土改中"左"的错误的指示精神和要求，齐长兴代表村农会把调查了解的情况作了详细的介绍。

"说了这么多记不准，没法提意见。"

"说了这家，又说那家，是不是有点乱套？"

"那就一家一家来，这样能搞清楚。"

按照大家的意见，齐长兴就从"张小抠"家开始，说完一户并把调查组的初步意见提出来，交大伙讨论。杨永寿观察到，群众的热情真高，也敢说敢讲，不管是同意或有什么看法都毫不保留。讨论完一户举手表决，杨永寿看见那手举得高高的，表明穷人真的当家做主了，这是从古到今没有过的。广大贫雇农感到自豪和骄傲，也十分珍惜这难得的权利。

贫雇农大会通过后，区里很快批了下来，要求在贫雇农大会上宣布，村和农会干部、工作队要亲自向错定成分、错斗的户道歉，把错挖错分的浮财按原样送回去，地主、富农全分差地的要与其他户一样进行适当调整。这个意见在村干部会上一公布，意见可就大了。

有的说："错就错了呗，退什么赔呀，还道什么歉，以后注意就是了。"

"整是我们整的，退赔和道歉也是我们，这不是猪八戒照镜子——里外不是人吗？"有人发牢骚。

"这么一搞共产党的威信哪儿去了，我们脸上也不好看，今后还咋工作？说话都没人听了。"有人把问题看得更严重。

大伙说什么的都有，韩玉没有吭声，他理解这些土改运动骨干的心情。他望望李永生和区农会主任贺国良，看看他俩怎么说。韩玉的目光一扫，没等李永生说话，贺国良发言了。

他说："没有共产党就没有我们穷人的今天，我们就听共产党的。党让我们闹翻身，我们就闹翻身；党要我们斗地主分土地分浮财，我们就斗就分；现在党要我们道歉、退赔，我们就道歉、退赔；我们听党的话不会错，我坚决拥护。"说得挺有劲。

李永生话说得很慢，他说："共产党的威信在哪里？就在一心为了穷人能过上好日子。同时还在于办事公道，实事求是。我们做错了，就老老实实地承认错误，纠正错误。这样不但不会降低我们党和我们干部的威信，反而会提高，人们会更信任、更依靠我们，这是我们与国民党反动派本质上的区别。另外，大家再想一想，假如我们谁被错划了成分，谁被错斗了或错分了财产，我们心里会怎样想？肯定有怨恨情绪，那对我们党、我们的新政权一定会造成不好的影响。人家受了那么大的委屈，我们道个歉、退个赔算得了什么！"

"说得好！"韩玉用赞赏的眼光看着李永生。他接着说："这么大的土改运动，我们又没经历过，穷人发动起来了，热情高涨，不得了啊，难免出现过火行为。有错就承认，就改正，是我们共产党的难能可贵之处。我们共产党不仅要解放东北，还要解放全中国，更重要的是我们还要建立新中国、建设新中国，这就需要团结最广大的人民群众一起努力。当前我们纠正一件'左'的错事，就是多团结一群人，使我们的革命阵营更强大，就会孤立极少数的阶级敌人。我们要把纠偏工作落实到每家每户，村干部、工作队、积极分子要主动带头。"

杨永寿听韩玉讲的道理深刻，觉得经过革命风浪锻炼的领导干部就是不一样。

召开张庆屯贫雇农大会时，刚好李永生有事没参加。地的问题好办，当时分地时村里留了一小块好地，当时不少人有意见，没想到真有了用场，就从那里按规定给没分到好地的进行调整。就是退赔和道歉的事有些议论，大伙知道道歉是干部的事，把注意力都集中在退赔上。比如"张小抠"家被分的那两头牛，再收回来那户怎么办？大伙乱戗戗一通，也没理出个头绪。杨永寿、孙大壮也没琢磨出啥道道，还真遇到了难题。杨永寿看见齐长兴与会场一个戴破毡帽的中年人嘁嘁半天，然后齐长兴说话了：

"我和老刘大哥商量了，我俩都是土改积极分子，我又是咱们村农会主任，这些错事我应负主要责任。再说共产党要不来，也没有我齐长兴的今天，可能还在北山里当劳工，早被日本人造祸死了。我看这样吧，我家分了一匹马，那马是好马，换回那两头牛再还给张家，老刘大哥给朱洋家退回毛驴，这事不就结了吗？"原来戴破毡帽的姓刘，叫刘德盛。

大伙听了都说不行，有的提出贫雇农各户凑钱买两头牛、一头驴，有的提出把牲口打乱重分。同意凑钱的人多，显然分到牲口的户都舍不得。

"我哥哥家、小舅子家都分有牲口，我们可以合伙用，大伙别再说了，这是我自愿的。"齐长兴又说。

分到"张小抠"家两头牛的那家站起来，挠挠脑袋说："不

253

行把我家那两头牛牵回一头吧。"声音不高，看来不是太情愿。

"别争了，就这样吧。"齐长兴一挥手就算定了。

刘德盛外号叫"刘大拐"，因他会拉二胡，不仅拉得好，而且拉起来动作夸张，所以有了这个绰号。他说："齐长兴就分了一匹马还拿出来，我分了一头牛和一头毛驴，就是把毛驴退回去，还有牛呢，怎么也比齐长兴强。"

李永生不在场，杨永寿和孙大壮也拿不出什么好办法，只能这样了。

退赔、道歉的第一家是"张小抠"，当齐长兴把张家原来的两头牛牵进院，"张小抠"第一个跑出来，李永生说明来意，宣布他家成分改为中农，并向他表示道歉时，他老伴一个劲说"没什么，没什么"。"张小抠"把注意力都集中在牛身上，一会儿摸摸牛头，一会儿拍拍牛背。半天才转过身来，眨巴着一对小眼睛，可能激动的，嘴巴张了几下才说："我做梦都想我的牛哇，还是共产党好啊，不冤枉人。"

提起挨斗的事，他老伴狠狠地说："该，那是自个找的。"

"张小抠"嘴一咧，笑着说："就是吓一跳，也没伤着哪儿，没事，如果再给我一头牛的话，再斗一次也行。"说得大伙都笑了。

儿媳妇从屋里出来给每个人点了一根烟，不像杨永寿他们上次来时那样阴沉着脸了，今天始终乐呵呵的。当李永生把齐长兴舍马换牛的事一说，"张小抠"拉着齐长兴的手不放，他知道好马好牛是农民的命根子，要搁他肯定舍不得，只有共产党的人才能做到，他真是服了，眼泪都要掉下来了。李永生张罗要走，"张小抠"死活要留他们吃饭。

齐长兴逗他："这早饭早吃完了，那顿还得等到下午，我们

254

还有很多事，你这不是拉花架子吗，也不是诚心请我们。"

"那好，下午我去找你们。""张小抠"真有点急了。

"找也不来了，吃这顿饭不得心疼多少天呢，还不得背后骂我们，那还了得。"说得人们都笑了，"张小抠"黝黑的脸都看出有些红了。

刚到朱洋家院门，那头毛驴就等不及了，"嗷啊，嗷啊"连叫几声。听见驴叫小花和她妈出来了，李永生告诉她娘俩她家成分改为贫农，驴也送回来了。小花她妈却有些不好意思了，笑着拍了齐长兴一巴掌说："我一个老娘儿们家家的①，说话嘴巴没把门的，可别往心里去。"

齐长兴将缰绳交给小花她妈说："我还不知道你吗，就属这毛驴的，得顺毛抹索，再别翻小肠儿②就行了。"说着真用手摸一下驴的脑瓜门。

"小花她参要是知道了，不定乐成啥样呢，做梦都想不到，得感谢你们啊，我这是心里话。"小花她妈说。

"大婶，得感谢共产党，是共产党让我们这样做的。"李永生说。

"对，对，是感谢共产党，你们就是共产党，我就感谢你们，这没错。"别说，小花她妈还挺能说的。

齐长兴将刘德盛主动退毛驴的事一说，小花她妈更是感激得不得了，眼圈都红了。

从小花家出来，自然到崔文家。崔文和他媳妇正在房头倒粪，已发酵好，把它折过来再堆上。儿子带着妹妹在院里玩耍，

---

① 【老娘儿们家家】lǎo niáng menr jiā jiā 意思是属于妇女一类的人，是贬低、蔑视妇女的话。

② 【翻小肠儿】fān xiǎo chángr 叨咕自己过去曾对某人有过某种好处。

255

拿树枝把鸭子鹅撵得咯嘎乱叫。看见李永生他们过来，两人停下手里的活。李永生代表区政府和区农会对崔文挨斗的事表示道歉，两口子一再说没啥，还是上次说的那些话。

"快种地了，这粪该往地里送了。"齐长兴说道。

"就是，我家就一副爬犁，雪化成这样也用不上了，想跟界壁儿老王家商量一下，我家有一头牛，他家分了一台车，我两家合伙送粪，不知人家干不干呢。"崔文媳妇说。

原来，地主富农家的地多，贫雇农家家都能分到。可是牲口和农具就不行了，分到牲口的一般分不到农具，分到农具的一般分不到牲口。现在雨水节气已过，再有十几天就是清明。俗话说："清明忙种麦，谷雨种大田。"这里虽然节气晚一些，过清明几天也该种麦子了，种完麦子就种谷子和其他大田，缺少农具和牲口怎么办？李永生从崔文家回来，把自己的担心与杨永寿几个人说了。杨永寿他们思考半天也没想出好招，杨永寿想，要像苏联那样集体化可就好了。他把自己的想法说了说，李永生认为那样搞是以后的事，现在来不及。齐长兴提出一个解决农具的主意，就是村政府提供一些木料，把全村的木匠集中起来做犁杖、耢耙、拉子等，到种地还有二十来天，能突击做一批，按缺农具的几户发一个，大伙伙着用。李永生觉得这个办法可行。第二天就开始行动起来，组织人到路旁、沟边、地头、坟茔地伐能用的杨树，第三天就集中全村五六个木匠开始干活，那场面比办喜事还热闹。

纠偏工作基本结束后，韩玉对张庆村的做法予以肯定，特别对齐长兴、刘德盛顾全大局、不怕吃亏的精神提出表扬。指示县工作队的徐茂将张庆村的纠偏工作经验和几名典型事例整理一下，在县土改工作简报上发表。他要求区政府筹措一些资金买马和毛驴送给齐长兴和刘德盛，不能让这样积极的人吃亏。

没过几天赵辉来了，陪她一起来的有区妇女会主任。赵辉现在是县妇女会第一任主任，她是来古城区检查妇女工作的，顺便看看韩玉和杨永寿、孙大壮。从赵辉那里知道赵生村纠偏工作已完成，韩永屯姓赵的富农改划为富裕中农，那姓张的富裕中农改划为贫农，退回被分的东西。王玉青已与吕会忠结婚了，王玉青担任了赵生屯妇女会主任。赵辉将陪同来的区妇女会主任介绍给杨永寿、孙大壮，说她与李永生是两口子，李永生就是赵生屯的人。杨永寿这时才恍然大悟，原来他俩是赵生屯李老师的儿子和儿媳妇，怪不得怎么看李永生都有些面熟呢。

赵辉还带来两份县土改工作简报和《东北日报》。县土改简报刊登了张庆村纠正"左"的错误的做法，表扬了齐长兴、刘德盛，还加了编者按。《东北日报》一篇通讯，引题是"克山农民获地三万六千垧"，正标题是"初步解决了土地问题"。赵辉告诉杨永寿，县简报的编者按和《东北日报》那篇通讯都是韩玉写的，他在抗战期间曾在晋察冀根据地当过《冀中导报》记者。赵辉让韩玉从头到脚换下她带来的春天穿的行头①，把身上冬天穿的厚衣物带走。杨永寿让她把他和孙大壮的狗皮帽子和羊皮坎肩捎给金浪白，一定代他们说声谢谢。杨永寿还拿出宋成祥家的笛子，让赵辉有机会还给宋成祥，赵辉说她一般不会去赵生村，让杨永寿先拿着以后再说。看赵辉走路的样子，好像是怀孕几个月了。

---

① 【行头】xíng tou 本义指演戏穿戴的衣帽等装饰品，这里指平时生活中穿戴的衣帽。

257

第八章
开天辟地，穷人耕种上自己的土地

　　这段时间杨永寿和孙大壮没啥大事，每天在屯子里随便走走，看见有在外面倒粪的、送粪的、整理农具绳套的、选种子的，他俩就过去帮帮忙，顺便唠唠嗑。本来李永生让齐长兴带他俩走，杨永寿知道现在家家都忙就没让。

　　这天上午，杨永寿看见"张小抠"家院里几个人在忙活。走近一看，这头一块长方形的木条绑在一个木架上，木条上有三个圆眼，每个圆眼里插着一根弯弯的铁棍。三根铁棍的弯把上套着一块长方形的木板，"张小抠"的小儿子一摇木板，三根铁棍就跟着转。每个铁棍头上有一个钩，铁钩上挂着一根纺好的麻经。那头距离二十来米左右的爬犁架上也绑着一块长方形的木块，木块中间一个眼，有一根弯铁棍从眼中穿过，三根麻经都挂在这个弯铁棍的钩上。张家大儿子坐在爬犁架上，按着铁棍的弯把不动，张家小儿子那头一个劲地摇，那麻经就上劲，绷得紧紧的。这时"张小抠"拿着一个木头做的像瓜样的东西，那上面有匀称的三道凹，他从爬犁架这头将木瓜塞进三根麻经中间，把麻经放

258

在三道凹上，然后大儿子用力摇，"张小抠"双手握住木瓜，撅着屁股弓着腰，一点点往后挪，他前面的三根麻经就拧成一股绳。孙大壮说"张小抠"这活是打绳子，是技术活，要掌握好火候，退得太快了打出的绳子松了巴叽不结实；太慢了吧，绳子容易绷折了。"张小抠"一摆手，他大儿子就停下不摇了。"张小抠"往后退几步再一摆手，他大儿子再摇。这样退退停停，两袋烟的工夫才打完一根绳子。打的绳子是用来拴拉车或犁杖的牲口套，也可以做捆庄稼或柴火的绳子。这地场有一句土话叫"打绳子的摆手——到劲了"，就是说什么事情已经到了极限，就不能再往前赶了，再往前赶事情就会走向反面。杨永寿听了，觉得这话很有哲理。

"张小抠"打完一根绳子，就拿下别在腰上的短烟袋装上烟，吧嗒吧嗒抽起来，边抽边与杨永寿、孙大壮唠嗑。

"张小抠"说："都说我抠，过日子不抠能行吗。你看看有的人家刚分了点东西，就不知咋的好了，四口人过年杀两口猪，可劲造，有多少能够祸祸①的。"

"还有这样的?"孙大壮有些不信。

"不信你打听打听，就是东头王大迷糊家，请了半趟街，吃了半个猪，谁都知道。"张小抠"说。

"大叔，他请没请你呀?"孙大壮故意问。

"张小抠"磕磕烟袋说："请我我还不去呢，哪有白吃的，我杀猪还得请他，犯不上②。"

---

① 【祸祸】huò huo 指不知道珍惜，自觉或不自觉地损坏、损害好的东西。

② 【犯不上】fàn bú shàng 指做某件事引起的后果毫无意义，犯不着、不值得、无价值。

259

"别说了，你也是太抠了，一个屯住着，跟谁都不来往也不是个事，有时我的面子也挂不住。""张小抠"老伴说。

"哟，一张纸画个鼻子——好大个脸，你那面子值多少钱，过日子还是节省点好。""张小抠"冲着老伴说。

"我没说节省不好，你也节省得过劲了，也得改改。"

"我再改，也不会像王大迷糊那样，不过日子了？"不能说"张小抠"说的没道理。

从"张小抠"家出来，看见小花家正往地里送粪。一个半大小子赶着毛驴车，不用猜就知道是小花的弟弟。一个四十来岁的男子和小花装车，那男子肯定是小花她爹朱洋。朱洋中等个头，长得壮壮实实，一双大手握着铁锹，铁锹装得满满的，显得非常有力气，那架势就是常年干活的人。朱洋第一次见到杨永寿、孙大壮显得有些拘谨，听了小花的介绍也只是笑笑。杨永寿、孙大壮接过小花和她弟弟的铁锹也跟着干起来。小花的弟弟总想往孙大壮跟前凑，眼睛盯着孙大壮一弯腰露出屁股后面的枪，有好几次想用手摸那枪把上的红布条，被小花呵斥住了。装满车杨永寿、孙大壮他俩也跟着下地，这时地里雪已化完，地头和洼的地方湿乎乎的，毛驴车走到这种地方全靠人推。孙大壮个子高力气大，一伸手车就从泥地里出来了。卸完车空车从地里回来就显得轻松多了，杨永寿、孙大壮跟着朱洋、小花往回走。

"攒的粪不少啊？"杨永寿有意搭上话茬。

"老话不是说吗，种地不上粪，等于瞎胡混，咱家也没大牲口，只能攒点猪狗和鸡鸭粪，还有柴火灰、炕洞子土什么的，家土换山土，一亩顶两亩，也管用。"原来朱洋是个爱说话的人，唠起庄稼院的嗑很溜。

从朱洋嘴里知道，全屯三十七八户，只有十来户耕畜农具是

260

全的，也有劳力，自己就能把地种上。其他户不是缺这就是少那，有的人家就一个能干活的，要想种上地很难。

在崔文家房前看见崔文抄着袖溜达，他媳妇在喂鸡。孙大壮问崔文怎么没干活，他说："我寻摸着，那地也没有地照，现在都是领导说了算，说不定哪天给串走了，或是收回去了，上粪也是白上。再说费那个力气干啥，够吃就行了，也不想发财当地主，当地主还得挨斗，好不容易攒点家底都被分了，何苦呢，犯不上。"

"他不知打哪儿听说的，说共产党搞共产，就是穷都穷，富都富，早晚得拉平，多干少干一个样，谁多干挣得多谁吃亏，这不就抱个膀干等着呢。"崔文媳妇在旁边插话。

"那地不会动，分给谁就是谁的。自己的地自己种，又不剥削别人，发家也是靠劳动，怕啥?"崔文听了杨永寿的话摇摇头，看着杨永寿、孙大壮说："你们工作队待几天就走了，今后什么样你们也不知道，也管不着。我们心里也不托底，走一步看一步吧。"说完就扭头回屋了，有点带搭不喜理①的样子，杨永寿觉得很反常。

回到村政府正好韩玉在，杨永寿就将了解到的情况说了说，他担心一家一户搞不好春耕生产，把赵生屯陆长富三家联合打场的事讲了讲。

"不妨咱们也试试，过去延安和晋察冀根据地都搞过生产互助。"韩玉沉思一下说。

"一家一户种地是千百年来的习惯，怕是一下子难以改变。"

---

① 【待搭不喜理】dài dā bu xǐ lǐ 对人的一种冷漠态度。待，要、想要；待搭，像要搭理。喜，喜欢。此词与"待搭不理"意思相似。

徐茂有些担忧。

"没啥了不得的，能不能搞成关键是干部和党员，只要干部、党员、积极分子带头什么问题都好解决。小杨，你准备一下，正好明天区政府开会，你把苏联集体农庄的情况做个简要介绍，然后村里开会你再讲讲，先开动一下脑筋。"韩玉很有把握地说。

杨永寿把苏联集体农庄情况在区和村的会议上进行了宣讲。农村干部和积极分子从来没有听说过，都睁大了眼睛听。什么几百人上千人在一起劳动，按劳分配挣工资，耕地、种地、收割、打场全是机械化，集体农庄还有幼儿园、学校、医院等等。杨永寿讲，那是社会主义国家发展的方向，新中国成立以后，我们也要走这条道路。听的人有的惊奇，有的怀疑，更多的人是向往。

讲完的第二天，杨永寿就和孙大壮随着韩玉参加了县委、县政府召开的春耕生产会议。

开会前，金浪白看看人差不多到齐了，就站在会场前面说："我这次到北兴去，发现一个小能人，会袖里吞金①，过去只是听说，现在是亲眼所见。他那个村分地不用算盘，全是他一个人心算，又准又快，现已调到区里，他叫张殿贵，人送外号小先生。高玉成，小先生来了吗？"

"在这儿哪！"高玉成已是北兴区区长，说着把身旁一个低着头的小伙子拽起来。大伙一看他又瘦又小，那样子也就十五六岁，像个害羞的小孩。就是他？人们有些怀疑。

"不相信，那咱们试一试，从第一排开始，每个人报个数，小先生用心算，前面有六个人用算盘算，看谁的准。"看来金浪

---

① 【袖里吞金】xiù lǐ tūn jīn 以藏在袖筒里的十个手指做数位的心算法。

白是有所准备，已从县财务科、商会选了六名珠算高手，在前面桌子上严阵以待。

"站到前面来！"金浪白招呼"小先生"道。

"不了，站到前面就更紧张了，就在这儿吧！"高玉成赶紧说。

"行，那就准备好，开始！"金浪白指挥着，会场上每个人报了一个数，一共七十八人。张殿贵坐在板凳上，低着头，两手抄着袖。刚报完"小先生"张殿贵就站起来说："总共六千七百零八，人均八十六。"一看算盘也是这个数，人们很惊奇。

"再来一遍，随便报数，可大可小，中间不要停顿。"金浪白说完又来了两遍，"小先生"还是又快又准，大家报以热烈的掌声。从那以后不管是区、县、地区、省开会，只要有张殿贵在，都要表演一番，准确无误，声名大振。可惜，社会发展的导向所误，张殿贵的"袖里吞金"心算没有受到重视，他也没有向深层次研究和向这方面努力，一直从政四十多年，九十年代中期在县人大主任的位置上退休。"文化大革命"后期，张殿贵去北京参加华罗庚主持的"统筹法"推广大会，华罗庚点名让张殿贵在人民大会堂表演心算，受到华罗庚和专家及与会人员的好评。可惜，又过些年科学的春天真正来到的时候，"小先生"已变成了老先生。

"小先生"表演完就开始开会。这次会议先宣读了《东北日报》刊登的克山土改经验专刊，主要内容是：克山县委、县政府一九四八年春节后，认真贯彻《中国土地法大纲》，按照省委要求，自觉纠正土改中"左"的错误，开展了土地复查，按照政策给予了妥善处理，进一步巩固了土改成果。全县纠正错斗中农（中佃）一千五百九十一户，被分土地全部归还，返回耕畜二千三百九十七匹（头），房屋二千三百零七间，衣服四千多件，粮食四十五万公斤。并给错划错斗错分户予以公开道歉，尽量补偿造成的损失，帮助他们解决生产生活上的困难。《东北日报》加了编者按，要求全东北解放区学习克山的做法，团结一切可以团结的力量，把新生政权牢牢掌握在人民群众手中，为解放全中国做出贡献。接着会议学习了省委、省政府《关于保护地权发展生产的联合规定》，文件明确规定了土改中分给谁的土地就归谁所有，不再变动，由县一级政府颁发地照，保护农户的合法地权。

在会上，韩玉对群众中存在的怕土地变动、怕贫富拉平、不敢生产致富、劳动不积极、生活铺张浪费等现象进行了分析，特别提到古城区张庆村有劳力、耕畜、农具，能独立完成春耕生产任务的只占百分之二十左右，这是当前的最大问题，希望各区领导要根据当地实际情况认真解决，并提出了一些具体的建议。

土地改革运动取得了决定性胜利，下一步要像打仗一样搞好春耕生产，带领分得土地的穷苦农民走上富裕幸福的道路。在肯定前一阶段工作的同时，张同舟代表县委、县政府要求宣传贯彻好省委、省政府文件精神，解决部分群众对政策不托底、怕土地变动和怕贫富拉平的模糊认识，稳定群众情绪，提高生产的积极性；县政府以借贷的方式，筹措部分资金购买种子、耕畜，区村政府要把工作做细做实，采取自愿的原则，尽快上报缺种子、耕畜的具体户数，用借贷的方式发到农户；县委、县政府主要领导带领机关人员和工作队分区包片，配合区村干部组织好备耕和春耕生产，重点是帮助群众解决生产中的具体困难和问题，打好春耕生产这一仗。

"打好春耕生产这一仗，就是巩固土改运动的成果，就是对解放东北和全中国最有力的支持！"张同舟最后说，他的大嗓门震得屋子嗡嗡响。

会后，省、县土改工作队又开了一个短会。韩玉指出，纠正土改中"左"的错误，受到东北局和省委的好评，杨永寿同志是立了大功的。古城区张庆村农民在分到土地后，存在一些不正确的思想苗头和不良倾向，也是杨永寿同志首先发现的。这说明杨永寿同志善于学习，政策水平高，观察事物认真仔细，思考问题全面深刻，我们县区干部和工作队都要学习这种精神。金浪白表扬了杨永寿靠近群众、深入调查、及时发现问题的工作态度，要求全体队员要在备耕春耕生产中，不辞辛苦，协助区村干部把工作做好，帮助分到土地的穷苦农民把地种好，让地主老财看看翻身穷人的力量。领导的表扬使杨永寿感到不安，觉得自己做得还不够好，需要继续努力。

回到古城区，韩玉就组织区村干部和工作队开会讨论如何解决缺劳力、耕畜、农具问题，怎样把地种上种好。有的说缺劳力的可以互相帮衬，缺种子、耕畜的，只能靠县里解决；有的提出缺农具的，等有能力的农户种完后帮助别人种，也可以互相借用。这些意见一提出就有人否定，说缺种子、耕畜靠县里解决不可能，这么大的量怎么解决，光军烈属都不够；等别人种完了再种，农时不等人，那肯定晚了，黄花菜都凉了；还有人担心，这一分地肯定各顾各的多，没一点能力的真难种上地。

在讨论中，杨永寿讲了赵生屯陆长富三家联合打场的事例，提出搞生产互助的建议。李永生听了受到启发，他说，可以动员党员、干部、积极分子带头，几户联合起来搞互助，就是几家的劳力、耕畜、农具放在一起使用，这叫插犋。先种军烈属的，最后种党员、干部的，但户数不能太多，劳力、耕畜、农具够用就行。区农会主任贺国良认为几家亲戚也可以联合互助，张庆村村长赵大喜说，动员有能力的户带一两户，带亲戚也行。这一引头，有的就提出可以换工，换人工、耕畜工、农具工都行，这也是一种互助形式。缺种子怎么办？大家都说互相串换，怎么换法自己商量。也可以借，现在借了秋后还，还多少先商定好，但不能搞高利贷，最多不能超过借的百分之十五。

整整讨论了一头晌，韩玉最后讲，今天就是理个思路，具体怎么办，还要根据实际情况来确定。互助是个好形式，但要自愿，不能强迫。怎样互助，交给群众自己商定，我们不搞一个模式。党员、干部必须带头搞互助，而且要自愿、主动吃亏，才能把群众带动起来。对于军烈属和有特殊困难的农户，党员和干部要包下来，一包到底。随着形势的发展和政权的巩固，东北解放区党组织和党员身份已经完全公开。

散会后，杨永寿就想怎样宣传互助活动呢？想来想去，他想到编顺口溜，这样念起来顺口好记，对于大多数不识字的农民来说是个好办法。杨永寿就坐那琢磨，写一句，停一停，再写第二句，嘴里叨咕着，边叨咕边改。整了一下晌，凑上两首类似打油诗的东西，他给孙大壮、齐长兴念：

穷人翻了身，不能把地扔，
翻身扔了地，地主笑嘻嘻。
合伙一条心，黄土变成金，
庄稼侍弄好，再翻一个身。

合伙种地人不困，懒汉干活也有劲，
一人铲地一条线，人多铲地一大片。
人多力量就是大，干啥事情都不怕，

大家拧成一股绳，天王老子没咱能。

　　念了两遍觉得还行，然后用钢笔工工整整地抄在纸上。第二天召开村干部和党员、积极分子会议，李永生传达了县委扩大会议精神，特别对所分土地不托底问题，怕重新调地或收地、贫富拉平、不勤俭过日子等思想苗头，有针对性地提出解决的办法，强调要搞好春耕生产互助，一定把地种好。杨永寿在会上把写的顺口溜念了一遍，大伙都说好。

　　怎么把顺口溜的内容宣传出去呢？赵大喜说好办，就叫人把村儿童团长喊来。不一会儿就听见：

　　"报告，儿童团长黄家兴前来报到！"一个有些响脆又尖声尖气的声音传来。杨永寿抬起头一看，是一个十二三的少年，虽然穿着带补丁的衣服，但样子很精神。

　　"好，大毛，你把这个屯的儿童团员都找来，吃完午饭在这儿集合，把这个背会，在全村各屯宣传，这是政治任务。"赵大喜指着杨永寿手拿的纸交代说。

　　"是，保证完成任务。"叫大毛的立正回答，惹得大家都笑了。

　　杨永寿又用毛笔把顺口溜工工整整地抄在一张大红纸上，贴在村政府房前墙垛子上。李永生看了说，不能叫顺口溜，应叫土改民谣或互助民谣，而且要多写几张，各村的路口、街面的墙上都要贴上。杨永寿觉得李永生说的有道理，拿毛笔一笔一画在第一首开头写上"土改民谣"，在第二首开头写上"互助组民谣"，连着写了十来张，孙大壮给他打下手。李永生夸杨永寿字写得不错，杨永寿告诉他，这是他爹李老师教的，自己还没练好呢。

　　刚吃完午饭，大毛领着十几个孩子来了。有穿得整齐的，有穿得破的，有全身上下干净利索的，也有埋埋汰汰连脸都没洗的，但一个个都高高兴兴。杨永寿问他们谁念过书？没人回答。大毛说，这都是穷人家的孩子，咱这没有学校，屯子里只有私塾，县城和古城区有小学，穷人也念不起。杨永寿替他们惋惜。杨永寿让大毛把孩子们领到门外，对着窗户旁边的墙垛子站一溜儿，他领着一个字一个字地念，念了十来遍，然后又一句一句领着念，又念十来遍。杨永寿试着让大家自己念，磕磕巴巴还是念不下来。杨永寿确实有些口干舌燥，想休息一会儿。这时听见大毛喊："二胖，你过来，快点过来！"

村政府大门旁站着一个小胖子，抄着袖不敢往前凑，探头探脑地看热闹，听见大毛一喊，赶忙颠颠儿跑过来。

"杨同志，你歇一会儿，让二胖领着念，他跟屯里的王先生念过两年书。"大毛看着杨永寿说。

"这是谁家小尕儿①？"孙大壮问，没等大毛回答，儿童团员就嚷嚷起来。

"不行，不行，他是地主的狗崽子，我们不用他教。"

"快点滚！快点滚！不滚我们就斗争你。"

儿童团员这一喊，二胖的高兴劲一下没了不算，还哭了起来。

"真是个哭巴精②，哭啥呀？"大毛边说边咧着嘴看着杨永寿，他好像没辙了。杨永寿一问，才知道二胖是本屯大地主张大酒壶

---

① 【小尕儿】xiǎo gǎr 小男孩。尕，本音 gǎ，小的意思，变读阴平且儿化。也有写作"小嘎儿"，嘎是象声词，在此词中只是记音，因此，还是写"尕"好。

② 【哭巴精】kū ba jīng 称爱哭的孩子，这样的孩子好哭，哭起来没完没了。

的孙子，还是个十来岁的孩子，平时比较娇惯。

"压迫剥削穷人的是他爷爷和他父亲，他爷爷父亲有罪，他没罪。我们要帮助他，团结他，让他与他的家庭划清界限，站到我们这一边，为我们出力。他会念这些字，领着念是做好事，我们应支持他，你们说对不对？"杨永寿跟儿童团员们这样讲。

"对！"儿童团员听杨永寿这样一说觉得有道理，主要还是看杨永寿是工作队的，从大城市来的，看样子很有学问，很像大干部，他们能不听吗。于是叫二胖的领着念起来，开始声音很小，慢慢就大了。杨永寿听他念得不仅流利，还抑扬顿挫的，就知道二胖学习一定很好，可惜出生在地主家庭。

练习会了以后，杨永寿让大毛明天领着几名儿童团员到各屯去，每个屯子贴几张。不管到哪个屯都要领着屯子里的儿童团员学念两首民谣，学会以后让他们在家里给大人念，在屯子里召开的贫雇农、妇女等会上朗诵，要让全村人都知道。很长时间儿童团没有新任务了，大毛他们也没什么活动。前年剿匪镇压汉奸和地主恶霸时，他们帮着自卫团站岗放哨查路条，监督或看守坏蛋；去年斗地主、挖浮财还能帮帮忙；今年分地、分耕畜和农具就没他们的事了。现在有了任务当然高兴，而且又是工作队布置的，一定要完成好。大毛将儿童团员列成两排，立正、稍息、向左右转地训练一阵子，就将任务交代清楚，又做了分工。

最后他高声问："能不能完成任务？"

"能——"声音响亮整齐。

杨永寿心里对大毛产生一种好感，小小年纪就能把这些小孩组织得这么好，真是不简单。照这样下去，如果好好培养将来肯定有出息。

儿童团活动起来，工作队和村、农会干部也抓紧工作，一个屯一个屯地开干部、党员、积极分子会，动员他们带头。同时把屯子底数摸清，看看究竟有多少缺劳力、缺耕畜、缺农具、缺种子的户，各类是多少；最困难的有几户，主要困难是什么，怎么解决合适；有独立耕种能力的户数是多少，他们与有困难的户是什么关系，能帮几户，与哪些人能合得来；干部、党员、积极分子中有几个有条件、有威信，能够起带头作用的，又能把什么样的人带动和组织起来。

李永生想得很细，他告诉村妇女主任，一定要做好妇女工作。他告诉杨永寿，这地场妇女厉害着呢，多数都当家，不做好她们的工作，有的男的不敢答应，即使答应了也会拖后腿，给工作带来麻烦。多数妇女爱算小账，总考虑自己吃不吃亏，占了便宜就高兴，吃了亏就不行，这正是搞互助组最挠头的事。

妇女主任答应得很痛快，觉着没什么难的。杨永寿对这位妇女主任印象很深，她叫常玉凤，三十多岁，个头不高，壮壮实实，走起路来"扑通扑通"的；略长的脸形，前额有些突出，显得有棱有角；眼睛一大一小，看人时总是眯缝着；大嘴巴薄嘴唇，一说话像吵架，连珠炮一样，别人根本插不上嘴，那嗓门老高，老远就能听见她的声音。

听齐长兴说，过去她跟人骂仗，几个时辰骂人的话不带重复的，不把你骂老实求饶不算完。刚嫁过来那会儿，她男人看她总不吭声以为好欺负，想找个茬给她个下马威。有一天晚饭煮苞米糁粥有点欠火，她男人将饭碗往桌上一蹾，就对她审搭起来，开始她没有吱声，她男人越说越来劲，嘴里还不干不净地带啷当地骂人。常玉凤火了，张嘴就是四六句，骂得她男人一晚连还嘴的工夫都没有，一下子茶帖了。从此不但她男人，就是外人也不敢惹她。虽然厉害但她讲理，不胡搅蛮缠。她这个人嘴不让人，可是心眼特别好，愿意帮助人，谁家有个大事小情少不了她。她也能干，不管地里家里的活样样拿得起来，尤其那一手好针线活，在全屯报头子①。土改开始那会儿想选一名村妇女主任，挑来选去没有太合适的，就矬子堆里拔大个选上了常玉凤。别说，常玉凤干得还不错，说话也文明多了。杨永寿感到革命真像大熔炉，锻炼出不少好干部。

张庆屯共有三十八户，其中一户地主，两户富农，四户中农，贫雇农三十一户。贫雇农中有独立耕种能力的三户，需要互助的二十八户。四户中农能帮亲家、兄弟、姐夫、小舅子等亲属种地的估摸有十一二户，有耕种能力的三户贫雇农能带十来户，顶多也就差五六户不好办。特别是有三户最难，一户是烈属，叫刘奎，大儿子前年参加民主联军，去年在吉林前线牺牲了，家有老伴和一个十多岁的小儿子和七八岁的闺女。刘奎虽然四十出头，可是患风湿病多年，平时腰疼得直不起来，外号叫"弯腰子"，春夏秋也只能干点轻活，冬天连出门都难。还有一户是没儿没女姓于的老两口，六十多岁了，种种房前房后园子还行，种地就不行了。最使人头痛的是一个外号叫"二驴子"的，用齐长兴的话说是"马尾串豆腐——提不起来了"。他三十来岁，整天游手好闲，就是不愿意干活，家里就一个老妈，也管不了他。听说前些天分的一副犁杖也被他换酒喝了，还剩一头牛。有人说，再没人管那头牛也快没了。懒不说，还一身臭毛病，总是他有理，刺毛撅腚②的，爱说个俏皮嗑，真是"癞蛤蟆蹦脚面上——

---

① 【报头子】bào tóu zi 占第一名。报，有占有、属于的意思；头子，首领，即居首位的、第一的人。

② 【刺毛撅腚】cī máo juē dìng 参熬开翅膀和羽毛，翘起尾巴，一副桀骜不驯的样子。

不咬人膈应人^①"，谁都不愿搭理他。杨永寿想，也怪了，这地场哪儿都有这样的人。

召开干部、党员和积极分子会把道理一讲，大伙都表示要带头搞互助。齐长兴说，没有共产党领导闹翻身，哪儿来的地呀？还不是扛大活和租种地主的地，还得受剥削和压迫。我们穷哥们要团结一心，把共产党分给的地种好。他当场要求与"弯腰子"刘奎互助，刘德盛提出与老于头老两口互助。其他有与亲戚帮亲戚的，有与山东或辽宁老乡搞联合的。弄了半天就是没人与"二驴子"搞互助，大伙不是怕吃亏，不是怕他少干活，而是最怕他胡捣蛋。

这几天李永生忙坏了，没有参加会。正是送粪整地的时节，春节后分地时雪还没化不好刨坑，为图省事，各户地界的木橛子多数插在雪上。这雪一化净木橛子就倒了，有的还被人故意挪了地方。因地界不清有吵架的，还有动铁锹、耙子打起来的。村干部分了三个组，拿着分地台账去核实，解决纠纷。还要摸好底数，向区政府申请解决部分耕畜、种子问题。杨永寿把搞互助进展的情况向李永生简单说了说，李永生说，就这样往下进行串联吧，他抽空参加互助组成立大会。

开会前一天，杨永寿和孙大壮在齐长兴的带领下来到"二驴子"家。这是一座破马架，外间的马窗户有一个大窟窿用谷草塞着。院里树上拴着一头瘦骨嶙峋的牛，在慢慢嚼着整根的谷草。

"你看看，这谷草不铡牛怎么吃，这牛比刚分来时瘦多了。唉，别人家拿牲口都当宝贝疙瘩，他也忍心这么造祸。"齐长

---

① 【膈应人】gè ying rén 不知好歹，语言、行为轻浮低贱，让人讨厌。人们一看到这种人，就会引起横膈膜收缩的生理反应，产生要呕吐的厌烦情绪。

兴说。

进屋看见一个人躺在炕头，一个老太太坐在炕上缝衣服。老太太眼神不好，没看清进屋的人是谁，问："谁呀？"

"工作队的。"齐长兴回答。

一听是工作队，炕头躺着的也起来了，块头不小，大脸盘大骨架，像是有力气的人。虽然穿的衣服补丁不少，但很干净，看来老太太挺勤快。

"那草不铡怎么喂牛，你呀就是不争气，白瞎这头牛了。"齐长兴说。

"别说了，要不叫我拦着，那牛也早卖了。"老太太数道着。

"没铡刀咋整，我也不能用手撅。""二驴子"白了老太太一眼说。

"尽说那些攮松香①的话，你不会去借，不行拿两捆谷草到别人家铡去，换换工也行啊。"

"现在有地了，下点力气把地种好，老大不小了，娶个老婆，让你妈也省省心。"

听见齐长兴这样说，"二驴子"没吭声。

"要好好干早就好了，混到这个年纪也不好找了。再说了，谁嫁给他呀，都知道他那德行。"老太太说着"唉"了一声。

"你有个好身板，不就出点力、吃点苦吗，只要肯干什么都会有的。不能再像过去那样了，只要把日子过好了，还愁说不上媳妇。"杨永寿也劝道。

---

① 【攮松香】nǎng sōng xiāng 比喻用赶劲的话攮丧人，把别人的话碓回去。攮，（用刀）刺，转义为硬塞；松香，本是松树油子，热时是流体，常温下凝固成块。如果把松香硬塞进人的嘴里，凝固起来，人嘴就不能动弹说话了。

"人往高处走，水往低处流，哪个女的不想找个好人家，就说我那小姨子吧，光复那年她男人被日本飞机炸死了，抱着孩子来我这里，孩子都四五岁了，还没找到合适人家。有钱的人家嫌她是拖孩带崽的寡妇，没地没牲口人又懒的她又不愿意。那人要模样有模样，脾气好又能干，就是要找个能过日子的有个依靠。现在好了，她娘俩也分地了，日子肯定会好起来的。"

听见齐长兴提到他的小姨子，"二驴子"来精神了，说："我张振才不是不能干，过去自己没有地，给别人干没意思，提不起劲来。"原来"二驴子"叫张振才。

"谁不知你呀，油篓鹳子卡前失——全靠嘴支着，能不能干要动真格的才行，你这么多年锹镐不摸，能干啥呀？"齐长兴话里有些瞧不起他。

"你那是窝贬人，庄稼活哪有三年力巴①的，我就不信学不会。"别说，张振才确实挺能讲的。

说了说互助种地的事，张振才拍拍胸脯说："我跟老齐大哥互助，别人我还瞧不起呢。"

齐长兴笑了笑没吱声，张振才有些急了，说："老齐大哥，我从心里服你，你咋说我咋干还不行吗。要不先试试，我不好好干你把我一脚踢出来。"

齐长兴没说行，也没说不行，就招呼杨永寿、孙大壮走了。

张振才一直跟出来送到拐弯，尽说好听的。

看见张振才回家去了，齐长兴才说："这家伙其实也挺可怜的，但不能让他太轻松地参加互助，非得难为他一下不可，不然

①【力巴】lì ba 外行，门外汉。东北的俗语"行家看门道，力巴看热闹"，这句话的字面意思是只看人家用力操作的样子，根本没注意到这里的门道；也指光会出笨力气，不懂技术或窍门，是指外行。

靠不住，这人容易反桄子。”

“他参加互助不是很积极吗，应该支持他、鼓励他。”孙大壮说道。

“哪是积极呀，是看上我小姨子了，三十来岁没娶上媳妇急的。就那屃蛋样我小姨子能瞧上他？真是癞蛤蟆想吃天鹅肉，做梦去吧。话又说回来了，他身板好，也长个人样子，要真能养成爱劳动、肯吃苦的习惯，改掉尿尿豪豪[1]的毛病，也许还有希望。”听齐长兴这样一说，杨永寿、孙大壮才恍然大悟。

张庆屯召开妇女会这天，常玉凤要求杨永寿给妇女讲讲苏联集体农庄的事，杨永寿爽快地答应了。

妇女们来得很齐，有纳鞋底的，有抽烟的，有嗑瓜子的，但嘴都在说话，有交头接耳的，有大声嚷嚷的。俗话说“三个女人一台戏”，这么多妇女那不闹翻天。

“哟，老刘婆子，看样子又有了吧。”一位眼睛有点斜的中年妇女说一位正在奶孩子的妇女。

“我像你呢，猴子肏屁股——没完没了，都五个了还生呢，我这是末末渣[2]。”奶孩子的妇女指着抱着的孩子说。

“哟，还有准啊，你那地好，说不上哪天你老头子就给你种上了。”斜眼妇女说。

“我这地哪有你那地好啊，谁的籽撒上都出，尽整些杂种。”

---

① 【尿尿豪豪】niào niào hāo hāo 缺乏耐心，一副旁若无人、傲气十足的样子。

② 【末末渣】mò mo zhā 同“拉巴渣”。是动物一胎生育的最后出生的小崽，一般长得弱小，吃奶抢不到奶头，吃食抢不上槽，干干瘪瘪，生长发育非常慢。拉巴，先天不足，发育不好；渣，渣滓，物品提出精华后剩下的部分。①妈妈最后生的孩子。②动物一胎生育的最后一个小崽。也比喻兄弟姐妹排行最末一个或一个团体里能力最差、地位最低，排名总是最后的人。

奶孩子的妇女也不示弱。

"还说我呢，不知谁尽往高粱地里钻，长出来的却都是豆子。"斜眼妇女一说，满屋大笑。原来奶孩子的妇女有四个孩子，叫大豆、二豆、三豆、四豆。

"好了，好了，开会吧。"常玉凤一开口，会场就静了下来。

苏联集体农庄集体劳动，实现机械化，有学校、医院、幼儿园、养老院、食堂等，妇女们听得津津有味。那位斜眼妇女不知嘟囔了一句什么，常玉凤问："老李婆子，你瞎说什么呢，就你捣乱。"

"她说，干活、吃饭都在一起，是不是睡觉也都在一起。"斜眼妇女旁边的抢着汇报，这一下可好，全场憋不住大笑起来。

"把她送过去正好，老毛子那家伙大，得劲。"

"哎哟，那不把她乐坏了。"

"乐啥乐，就那小身板，那还不把她踹咕①死。"

"死了也值，舒服不算，也算出国见过世面。"

"别闹了！丢不丢人，没见过这么不知害臊的。还让杨同志接着说。"在常玉凤的吆喝下会场恢复了平静。

讲完苏联集体农庄的事，齐长兴就把春耕生产面临的困难和区、村政府动员搞互助的事说了说，希望妇女积极参加。常玉凤给妇女们只提了一点要求：只能支持，不准拖后腿，谁要是拖后腿就是思想落后，与土改唱对台戏，我们就要组织妇女到她家帮助她，白天帮，晚上帮，一直到帮助好为止。她这一说，有的妇

---

① 【踹咕】chuāi gu 本指两脚在泥水里践踏。"踹咕"很形象，两脚在泥水里一踏一抬不停地走动，溅起了泥浆，发出了咕咕的响声。踹，本音chuài，方言变读为阴平。本词在方言中有如下引申义：①打；②胡搞乱做；③欺负、压迫、作贱。

276

女直伸舌头。因为她们见过常玉凤在土改运动中组织妇女帮助那些跳大神、供黄皮子的，说是扫除封建迷信，那阵势很吓人，不整老实誓不罢休。

开贫雇农和中农大会那天就更热闹了，也简单多了，事先私下都串联好了。全屯共自愿组成八个互助组，最多的五户一组，最少的两户。齐长兴还是主动与烈属"弯腰子"刘奎互助，刘德盛与于家那老两口互助，还是剩"二驴子"张振才没人愿意与他互助。他一个劲地央求齐长兴，后又求助李永生。李永生故意大声说："让我帮你说话可以，但得有条件。"

张振才一看有门，就急着问："什么条件？快说，只要我能做到的，我都答应。"

"大家都静一静，张振才自愿要求与齐长兴互助，大家看行不行？"李永生高声问道。

"这人没长性，可别是鸭子上架——一蹾。"

"他一耍熊①可就肏蛋②了，那真是豆腐掉灰堆——吹也吹不得，打也打不得，老齐可就为难了。"

一看大伙这样说，"二驴子"着急了，赶紧说："我，我，我改还不行吗。"

"是狗改不了吃屎，过一阵子你还是外甥打灯笼——照舅（旧）。"

李永生看大家说得差不多了，就说："你想参加齐长兴的互助组，必须做到三条：第一，干活不能耍滑偷懒，要卖力气、肯吃苦、主动干；第二，一切听齐长兴的，不准另搞一套，干活时

_____

① 【耍熊】shuǎ xióng 调皮、放赖、不讲道理不听话。熊在杂技表演场上总是赖着不愿做节目，须不停地给它吃的才动一动。此词用的是比喻义。

② 【肏蛋】cào dàn 引申为很差的人或做了很差的事。

齐长兴在不在都要一个样；第三，不准说那些没用的，不准挑三拣四。如果违反其中一条，齐长兴有权将你清出他的互助组，全屯人监督并作证。大家说好不好？"

"好！"会场一个声音。

"光咱们说不行，二驴子得有个态度，他这人搞不好到时候又该仰脖吹喇叭——起高调了。"

"那就让二驴子说说。"

张振才先看看李永生和齐长兴，又瞅瞅大伙，说："我，我，我这个……人……"

"平时不是挺能叨叨吗，今个怎么了？"有人故意逗"二驴子"。

"过……过去都怨我，不……不……不好好干活，不好好过日子，大伙不愿意与我互助都是我的不对，我不埋怨大伙。现在有地了，也有奔头了，齐大哥不嫌弃我，同意互助是瞧得起我，我一定按李区长说的话去做，重新做人，如做不到怎么处置我都行，大伙瞧好吧！"

大伙觉得"二驴子"的表态还不错，李永生带头给他鼓掌。常玉凤看"二驴子"参加了齐长兴的互助组，就提出把"弯腰子"刘奎划到她那组。齐长兴不同意，常玉凤怕"二驴子"听见，悄悄与李永生说了说，那意思是齐长兴有个"二驴子"就够受了，为他减轻点负担。李永生又征求刘奎的意见，刘奎巴不得不和"二驴子"一组，自然愿意到常玉凤那组去。村长赵大喜还要争，齐长兴说你那组五户够多的了。

全屯互助组组成了，李永生讲："生产互助关键是人和心、马和套，劲往一处使。有事互相商量，互相让着点。互助不等于依赖，能干的多干点，不能干的也别偷懒，有多大力就出多大

278

力，体现互助的优越性。清明已过好几天了，马上该种麦子了，各组商量一下，怎么种好，做好准备。"

　　人们都在准备种地，杨永寿和孙大壮吃完晚饭，溜达到屯子南面铁路路基上。这时天长多了，夕阳的余晖把天空映得亮亮的。虽然还有些凉意，但不用穿棉大衣、戴棉帽子了。杨永寿看着铁轨伸向远方，他知道往东是通向哈尔滨，往西通向齐齐哈尔，还知道铁路通向北平，通向老家长沙。也不知父亲在哪里，还在陕北吗？姥姥和舅舅、舅妈不知怎么样了，国民党反动派找没找他们的麻烦？清明过了，母亲的坟上有没有人添土烧纸，现在如果回去自己肯定能找到，他记得清清楚楚。杨永寿不知道，三月二十一日父亲已离开陕北米脂县杨家沟，二十三日从吴堡县川口村渡过黄河到达山西临县三交镇双塔村，现在正从兴县蔡家崖村经五台山奔河北阜平县城南庄。杨永寿边想边与孙大壮跨过路基，往南走到大草甸子边上。这时草甸子上的雪已化净，但乌裕尔河上的冰还没有化开，能听见冰下流水的声音，还时不时传来冰层爆裂的动静。孙大壮告诉杨永寿，开河前的冰最酥，一般都不走车了，就是人在冰上走都要多加小心，搞不好就会掉到河里。

　　这里有句老话叫"麦子种在冰上，收在火上"，那意思是犁出的沟不到半尺深下面就是冻土，麦子就种在冻土上；收麦子时正是伏天，全年最热的时候。

　　种麦子开始了，地里闹吵吵的，人欢马叫。杨永寿和孙大壮帮齐长兴互助组种地，这里最难干的活是赶套扶犁。一般小麦都种在去年的谷地、豆地或苞米、高粱地，用小豁子在垄台庄稼茬的一面犁出一条沟，撒上种子；回头在这个垄台庄稼茬的另一面再豁一条沟，撒上种子。这条沟必须溜直，所以扶犁赶套是个技

279

术活，自然是齐长兴来干；犁杖后面是点种的，背着一个长布口袋，里面装着种子，布口袋连着一个木制的长方形筒，筒头插着绑好的苕条、柳条或高粱挠子①，点种的人拿一根木棍，边走边敲木筒，种子就从筒头均匀地撒到地里。点种是个力气活，只有孙大壮还可以；张振才滤粪，就是把旁边粪堆的粪装在粪箕子里面，用手撒在犁出的沟里；齐长兴的小姨子在最后扶拉子，就是在犁杖后面拴两根长长的绳子，绳子那头拴一块三角形的木板，木板上立着一根木棍由人扶着，前面牲口一拉，就将犁起的浮土覆盖上沟里的种子。杨永寿看了一会儿，觉得自己扶拉子还可以，于是把齐长兴小姨子换下来，让她与张振才两人滤粪。齐长兴连他小姨子共分了六垧来地，准备种两垧麦子、一垧苞米、一垧谷子、两垧黄豆，今天种的是三垧好地。齐长兴赶牲口可费劲了，齐长兴一匹好马，加上张振才的一头瘦牛，一个快，一个慢，走不到一起，要不住地吆喝。齐长兴边赶套边照顾张振才，一会儿告诉他粪滤多了，一会儿说滤少了。张振才真是脾气变了，一声不吭，只是干活。

中间歇一会儿再起来干时，孙大壮换齐长兴赶套扶犁。走了两个来回到了地头，杨永寿看孙大壮样子很轻松，也想试试。齐长兴就教杨永寿怎样扶犁，要领虽然明白了，可是真赶起来刚一起步就扶不住了，来回拧弯，造得跟头把式②的，孙大壮见状赶

---

① 【高粱挠子】gāo liáng náo zi 指高粱头脱粒后剩下的部分。一般作柴烧，也可扎成笤帚、刷帚。讲究的人家把高粱挠子把儿抹在房山墙上，挠子头露在外面，层层压住，像披了件厚厚的皮毛，既保暖又防雨水对山墙的浇和淌，并且那部分墙多年不用泥抹了。

② 【跟头把式】gēn tóu bǎ shi 从字面上来说，"跟头"是前滚翻，"把式"是侧滚翻，意思是走路不稳或忙得不可开交，不断地张跟头打把式，经常摔倒。引申义为办事不顺利，很艰难。

紧喊"吁"停下。杨永寿这才知道扶犁赶套那是功夫，不是一天两天能练出来的。

种地一开始每天就是三顿饭了，午饭后接着干。到下半晌时杨永寿感觉有些累了，一出是二里地，来回就是四里，他觉着腿没力气，明显地沉了。下午歇气时齐长兴掏出烟袋抽了几口，又递给张振才，还夸张振才干得不错。张振才瞅瞅齐长兴小姨子，咧嘴笑笑。齐长兴小姨子长得不高不矮，不胖不瘦，长条脸红扑扑的，干了大半天动作还是那么麻利，没看出有什么两样，拎起粪箕子走路还是一阵风似的。衣服上没沾一点土星或粪渣，一看就是利落人。张振才脸上却一个劲出汗，腰板也没有那么直了，看样子是咬着牙坚持，怕齐长兴，特别是怕齐长兴的小姨子瞧不起。

杨永寿纳闷，中间那趟谷茬为什么不犁掉，多碍事。齐长兴告诉他，这地场春天风大，容易干旱，那趟谷茬能挡风起保墒作用。杨永寿体会到种地也不是那么简单。

麦子种完了，齐长兴提出把张振才的牛放在他家喂，上上膘，以后干活好有劲。让张振才每三天傍晚带谷草到他家来铡一次，张振才满口答应，他恨不得天天来才好。

种完麦子没几天就到了谷雨，节气也就晚那么三五天，就开始种谷子。这时粪已在地里撒开，不用滤粪了。赶套扶耧耙、点种、扶拉子、踩格子，一副耧耙需要四个人。这回杨永寿、孙大壮到常玉凤家帮助种谷子，常玉凤的男人赶套扶耧耙，孙大壮还是点种，常玉凤滤粪，烈属"弯腰子"刘奎的老婆扶拉子，杨永寿踩格子。常玉凤给杨永寿带来一双靰鞡和一根杨木拄棍，告诉他靰鞡底宽踩的面积大还稳当，拄木棍帮助走直，省得东倒西歪的。常玉凤给他做两遍样子，告诉他双脚要走直线，脚尖脚跟要对上，踩出一溜沟来。杨永寿开始觉得新鲜还可以，走过两趟就感觉很别楞①，每一步脚尖脚跟都要对上，才能踩出一条直线。一天下来，杨永寿的小腿肚子和双脚都有些麻木，睡觉前用热水烫一烫才感觉舒服许多。

三天时间就耧完常玉凤和刘奎家的谷子，又隔几天就种苞米。杨永寿看有用耧耙撒苞米的，有刨埯种的。杨永寿和孙大壮帮刘德盛种苞米，他们分了三组刨埯种。刘德盛与他老婆、刘德盛儿子与老于头、杨永寿与孙大壮，一个刨埯一个挎筐点种带培土，杨永寿和孙大壮换着干，不觉得很累，就是进度太慢。都是两里来长的垄头，干了半天，一看离地头还很远，半头晌一组才种了一根半垄。多亏有刘德盛老婆才不寂寞，她是个爱说爱笑的人，看孙大壮长得憨厚，特别爱逗他。种了半头晌地，觉得有些熟了，她就问："孙同志，多大了？"

"二十了。"孙大壮回答。

"成家没有？"

孙大壮摇摇头。

"我不信，这么溜光水滑②的小伙，没成家也说人了吧？"刘德盛老婆继续逗他。

"人家不大就参加抗联了，现在又到咱这搞土改，上哪儿成家去，别瞎咧咧，弄得孙同志都不好意思了。"刘德盛帮孙大壮说话。

---

① 【别楞】biè leng 觉得别扭，不融洽，不顺眼，或工具不好使唤。

② 【溜光水滑】liū guāng shuǐ huá 本义是像阳光那样亮，像水那样平滑；引申为称赞年轻人干净清纯，明丽可人。

"孙同志，你看中我们屯谁家姑娘了，大嫂给你说说去。谁家姑娘要找了你，那可是烧高香了。"刘德盛老婆差不多比孙大壮大二十岁，自称是大嫂也算可以。

看孙大壮没吱声，刘德盛老婆就数叨："东头老王家的二丫，不行，个有些矮；后街张大嘴的老闺女，也不行，个头虽高，但长得黑；西头金大牙的大闺女脸盘长得不错，不行，不行，那腰像水桶似的；王大迷糊的彩霞长得不错，但太厉害。有了，朱洋家的小花，那孩子不但长得漂亮，还仁义，又勤快，你俩年龄也相当，真是天生的一对。"刘德盛老婆有些眉飞色舞。

一提小花，不知为什么孙大壮的脸腾地红了。

"哟，哟，孙同志害臊了，我看有门，嫂子一定给你帮忙。"刘德盛老婆越说越近乎，真是个热心肠的人。

"小花在这十里八村是数一数二的，谁找她谁有福。"老于头忍不住插话道。

"看看，我说的没错吧，老于大叔都这样说。孙同志你给个痛快话，到底行不行？"刘德盛老婆来劲了。

真不好说，从心里说孙大壮喜欢小花，但成亲的事是不可能的，但这话不知怎么说好。

孙大壮琢磨半天，才吭吭哧哧地说："我很快就要回哈尔滨了，可能要参加解放东北的战斗，东北解放了，还要解放全中国。等把老蒋打垮了，建立了新中国，我才能考虑说媳妇的事。"

"哎哟哟，这一杆子支这么远，那也不怕，你俩要有心就先说到那，等几年也不晚。好，哪天嫂子给你说说，我看不大离。"刘德盛老婆说。

"杨同志呢，听说你是留过洋的，肯定不在我们这找刨土坷垃①的，要找也找大城市识文断字的，模样俊的，还得会打扮浪巴丢儿②的。"

"哎，哎，真是狗嘴里吐不出象牙来，杨同志不爱开玩笑。"

刘德盛呲打他老婆，他老婆也不生气。杨永寿只是笑笑，话又转到各家种地的事上。

"你们看，那伙像不像互助的?"刘德盛老婆指着不远处一男一女刨埯种苞米的问。只能看到两人的背影，估摸那男的和女的都二十五六岁，男的大高个，女的长得也挺顺溜，瞧那样子像两口子。

"那肯定是一家，不是互助。"孙大壮回答。

"真是小孩子家，看不出门道，那不但是互助，还互助到一起去了。"

"又来了，你那嘴就没把门的，什么话都能呲得出来。"

刘德盛一边审搭他老婆，一边告诉杨永寿、孙大壮，那不是两口子，也不是互助。男的叫仇君，女的叫牛丽，牛丽比仇君大两岁。两家在河北承德老家一个屯子住着，算是最近的老乡。那牛丽和她男人先到这屯的，仇君是后投奔来的。两人都给地主扛活，都有一手好活计，两人处得比亲戚还好。没承想光复前两年秋天，这家男的给地主家赶车拉麦子，正赶上下大雨，雷鸣电闪，突然一个炸雷，拉车的马惊毛了，狂奔起来，把这家男的从

---

① 【刨土坷垃】páo tǔ kā la 指种地当农民。坷，本音 kē，方音习惯读作 kā。

② 【浪巴丢儿】làng ba diūr ①打扮得俏丽又有些搔首弄姿的样子。

②形容乐声鲜亮轻快又带些花点儿的样子。词中的轻声"巴"，近似轻声"不"音，但不宜写成"不"字。此词又可写作"浪巴溜丢儿"。

车前颠下来，铁轱辘车从身上轧过去，把一条腿轧断了，当地的先生没接上，从此成为残废人，成天挂个大棍子。两口子有一女孩，人要活呀，日子还得过。仇君除扛活外，趁空把这家的打烧柴、扒炕抹墙、背背扛扛的活全包下了，还把扛活挣的粮食弄回来用。这女的也想改嫁，但扔下瘸腿男的怎么办？两人原来可好了，女的很念旧情，一咬牙就没改嫁。这女的也很能干，房前屋后种了一大片园子，一年四季的菜差不多够吃了。

刘德盛老婆抢过话头，说仇君住在地主家，人长得精神又能干。瘸腿男人不但腿坏了，男女之间的事也废了。这女的在那个岁数上熬不住，除给仇君缝缝洗洗外，看见仇君就忍不住撩骚，可能仇君嫌她年龄大，还是怕丢人，或者觉着对不起牛丽的男人，就是不理那个茬。有一阵子屯子里有人给仇君介绍对象，眼看有个八九不离十了。夏天的一天下午，下大雨出不了工，长工都躺在地主家的炕上睡大觉，仇君回牛丽家取衣服。瘸腿男人赶紧让老婆炒几个菜，说是与大兄弟喝几杯，无非是园子里的黄瓜、茄子、辣椒、豆角，额外煎了一盘鸡蛋。两人越喝越来劲，差不多时牛丽也和仇君干了一碗，后面的事就什么都不知道了。一觉醒来天刚亮，仇君觉得被窝咋多个人，长头发奔拉在枕头上像是牛丽，掀起被子看见两个人都光溜溜的。仇君一看炕上就他俩，就什么都明白了，从此再不提说媳妇的事，也从地主家搬回来住，在东房山又接了一间房，晚上那女的就经常往东屋跑。前年春天的一天晚上，两人忙活好几回累了困了，搂着抱着睡着了。不知什么时候，突然听见木棍子敲窗户的声音，睁眼一看天大亮了，两人还光腚拉权地睡呢，瘸腿男人脸阴沉了好几天。刘德盛老婆说，这些都是听别人说的，不管准不准，反正两家就这么过了。

刘德盛接着说，土改分地时要求把地分在一起种也很正常。那女的去年有了一个儿子，人们都说长得像仇君。屯子里人都知道，人家也不藏着掖着，出双入对的也不背人，就是很少与别人家来往。这女的哪样都好，就是护犊子①，谁招了她家的孩子，闹起来没完没了。刘德盛解释说，这种现象在这地场叫拉帮套。对这种现象杨永寿并不陌生，在赵生屯就遇到过。他知道这是生活所迫，但今后生活好了，孩子大了怎么办？杨永寿望一望那一男一女干活的背影，眼神里有同情，有无奈，也有些茫然。

一连二十来天麦子和大田种完了，虽然有些缺这少那的，乱事不少，但人们种地热情高。俗话说，"穷人一条心，黑土变成金"，实践证明互助就是好。用齐长兴的话说，从来种地没这样细致过，连地主富农都背地里叫好。各家各户趁着还没开锄铲地，抓紧用土垡子、柳条或秫秸补前后园子的障子，把地挖好了，该种的菜都种上。还有给分的牲口盖棚子的，整修猪羊鸡鸭鹅圈的。也有整理犁杖、锄头的，准备蹚地铲地用。

"春雨贵如油"，这是北大荒的一句农谚。难得刚刚下了一场小雨，先种的麦子已出来了，在眼皮底下看还是黑乎乎的，从远处望已呈淡淡的黄绿色。

在查看各户种地情况时，李永生即景吟了"天街小雨润如酥，草色遥看近却无"两句诗。杨永寿听了连说："好诗！好诗！与现在的景象太像了，作得好。"

---

① 【护犊子】hù dú zi 本义是母牛保护小牛犊，发现人或其他动物对牛犊子有所侵害时，母牛都要发起攻击，拼命保护它。此词的比喻义是一句骂人护孩子的话，说不管自己孩子对错，他都像母牛或其他动物对它的犊子（或崽子）一样，拼命地护着他，而不是教育他。

李永生连连摆手，告诉杨永寿这不是他作的，是唐朝著名诗人韩愈的诗句。

"唐朝？是哪个地方？肯定还没解放呢。"孙大壮问。

"是我国古代一个朝代，距今已有一千多年。你听过说书的说《响马传》没有，那里的秦琼、程咬金、罗成、徐懋功就是唐朝的。"李永生解释道。

"听过，李元霸是第一条好汉，力大无比，打遍天下无敌手。可我最佩服秦琼，骑着黄骠马，双手使铜，为朋友两肋插刀，讲感情，重义气。"孙大壮说。

杨永寿觉得李永生就是有学问，他打心眼里佩服。

五月初的一天，韩玉告诉杨永寿，明天到县里完成一项特殊任务，县中学的教师和学生不知从哪里听说工作队有一名留苏学生，强烈要求给他们作一次报告，主要是介绍苏联社会主义的一些情况。杨永寿听了有些担心，怕讲不好。韩玉一眼就看出来了，鼓励他说："不要紧张，把你在那里看到的事情理一理，开始慢一些，然后放开讲，这也是锻炼嘛！"

讲什么呢？怎么讲？杨永寿想了又想，就按韩政委说的，把自己看到的又比较了解的，排了一个大致的顺序。晚上试着讲了一讲，李永生、孙大壮、徐茂都说不错，因是面对教员和学生演讲，他们建议把苏联的教育作为重点部分，可以再详细一些。

第二天吃完早饭，杨永寿、孙大壮坐着李永生安排的二马车赶到县里。下午，县委宣传部一位副部长陪着，杨永寿、孙大壮他们来到县中学。县中学在十字街往西约四里处西郊路北，砖砌的院墙，一个漂亮的大门，院内有七八排整齐的一面青的房子。

杨永寿他们径直来到校长办公室。

　　校长名叫乔晓波，山东人，学生出身，十七岁参加抗日，在八路军队伍和地方上一直做宣传教育工作，曾任鲁西北文联部长，算得上是个才子。一九四五年十一月十六日，汪滔等六人带领一个班的东北民主联军战士，代表共产党接收克山。乔晓波是一九四五年十月中旬从山东烟台渡海到东北的，十二月初被组织派来克山任县委委员，参加郑家区土改工作，建立区政府后留下任指导员。克山虽然建县较晚，但因地理位置比较重要，经济发展较快，教育也随着发展起来。一九二七年就建立了初级中学，一九三四年建立了女子初级中学。一九三八年又建立了省立克山国民高等学校，简称"国高"，校址分男女两处还离得较远。"国高"除招收本县学生外，还招收附近六个县的，学生逐年增加，可算是当地最大、最高等的学府。去年将原女"国高"从东北街迁来，男女"国高"合并为县高等中学，在校学生已达六百多人，因此调乔晓波任校长兼县教育科科长，仍任县委委员。见面寒暄几句之后，乔晓波就领着他们进了会场。

　　会场设在学校唯一的一个大教室，就是上次开联欢会的地方。杨永寿一进去，看见前面坐了两排人，估计是校领导和教师；后面站着的是学生，满满一屋子。不高的讲台上放着一张桌子，上面放了一只白瓷茶杯。乔晓波做了一个开场白，在一阵掌声中杨永寿登上了讲台。杨永寿从来没有在这么多人面前讲过话，一上来确实有些紧张，他一再在心里嘱咐自己要沉住气，担心自己普通话讲不好，说话一定慢一些。杨永寿的演讲提纲共分四个部分，一是苏联的学校教育；二是工厂建设和规模；三是集体农庄；四是卫国战争。杨永寿在苏联读了十多年书，学校生活

288

是他最熟悉的，也是师生们最想听的，所以从他入学讲起。开始还有些不自然，个别地方有些打锛儿①，但越讲越顺畅，声音不算高很清晰。台下的师生睁大眼睛听着，距离不远的苏联，国家免费教育、青年人普遍能上大学，成千上万人的大工厂、工人上班有工资、老了领退休金，土地公有、全村人都在集体农庄里劳动、机械化耕种，真是闻所未闻。他们被杨永寿的演讲所吸引，憧憬着社会主义国家的美好前景。

讲着讲着，全场的人突然目瞪口呆，鸦雀无声。原来，杨永寿一不留神讲起了俄语，虽然是滔滔不绝，可是人们一点也听不懂。杨永寿发现后，不好意思地停住了，用手挠挠头发。乔晓波赶紧跨上讲台解释，说杨永寿长时间在苏联留学，讲俄语习惯了，请大家不要介意。当师生们知道杨永寿讲的是俄语，为他流利的俄语所折服，全场爆发出雷鸣般的掌声。

这次演讲用了一个半小时，最后杨永寿大声地讲道："同学们，老师们，我们现在的革命，就是像苏联那样的无产阶级革命，我们要建立的国家，就是像苏联那样的社会主义国家，到那时没有剥削、没有压迫，人们很快会过上幸福的生活，青少年会普遍受到良好的教育，这个日子不会太远了！"

全体师生起立为杨永寿热烈鼓掌。两名身着学生服装的漂亮女生向杨永寿献花，杨永寿深深地向全场师生鞠躬致谢。

转眼就到了五月下旬，芒种节气已过，农谚说，"春分地皮

---

① 【打锛儿】dǎ bēnr 锛，木匠用的削平木料的横刃斧。木匠用锛子削木料时遇到了硬节子锛不动了叫打锛儿。其比喻义有二：①讲话、朗读或背诵时接不下去了，发生了语塞。②走路碰到障碍物或突然腿脚不灵便，几乎跌倒。

干，芒种开了铲"，夏锄即将开始。这时接到上级通知，要求每个工作队员都要写收获和体会。杨永寿感触最多，却迟迟没有动笔。他觉得自己经历了七个多月的土改运动，不仅了解了解放区农村的状况，还参与到火热的土改斗争中去，这一课上得好，对自己太重要了。他要好好想一想再写，回去交给东北局，交给李富春叔叔和蔡妈妈，还要给爸爸看。不知爸爸到哪里了，杨永寿真的想见爸爸。其实爸爸已到河北省阜平县城南庄，很快就要到西柏坡了。

晚饭后，太阳刚刚卡山，晚霞把西面的天边映得通红。杨永寿翻背包时碰到了笛子，他摸出来看看，自然就想起古北区赵生屯的宋成祥和宋玉梅，不知他们的地种完没有，这支笛子一定在走前捎过去。想到这儿，他给笛子贴上苇膜，试了试，接着吹了一曲苏联歌曲《三套车》。刚要吹奏完，李永生和大毛进来了。李永生说吹得好，有那个味。孙大壮告诉他，杨永寿在苏联学习时就是文艺骨干，春节前在县里慰问伤病员那表演才带劲呢。杨永寿笑着说孙大壮瞎吹，可惜自己不会中国歌曲。李永生一把把大毛推到杨永寿跟前，说："这小子不大时就会吹笛子，还会唱莲花落。"

杨永寿听李永生这样一说，就把笛子递给大毛，大毛也没客气，就吹了一段《小拜年》，那声音清亮娴熟，节奏明快。吹完，大毛就拿着笛子反复看，用手不住地摸笛子两头那两个铜箍，然后抬起头问杨永寿："这笛子是你的?"

"不是，是宋成祥借给我的。"

"是不是赵生屯的老宋大叔?"大毛急切地接着问。

"是，你认识?"杨永寿说完这句话，立马想起宋成祥曾说过，说书的瞎子是古城区的，姓黄，笛子是瞎子的孙子送的纪念

290

品。一想大毛叫黄家兴，估计是说书瞎子的孙子。想到这儿，杨永寿就把他听宋成祥说的事学了一遍，大毛激动得掉下了眼泪。李永生连说真巧了，并告诉大毛，下次他回赵生屯一定带上大毛，去看他的宋大叔。大毛一听乐了，擦擦眼泪，伸出小拇指与李永生拉钩。

一看笛子的原主在这儿，杨永寿就要把笛子还给大毛，大毛说啥也不要。他说，这是他送给宋大叔的，你是从宋大叔那儿拿的，打酒冲提瓶子的要钱，你要还的话，还得还给宋大叔。大毛这小家伙年纪不大，说得头头是道，杨永寿真没招了。李永生出来打圆场，说先放在杨永寿这儿，等工作队走时再说。

刚说到这儿，窗户前有人影一晃，好像有人顺着窗户纸的小窟窿眼往里张望，杨永寿问："谁呀？进来呗。"

听见这样一问，人影一闪就没了，大毛追了出去。

不一会儿大毛回来了，李永生问："是谁呀？怎么没进屋？"

"人跑了，我没看清。"大毛答道。

大伙又扯了一会儿种地的事，谁家的麦子长得好，谁家的谷苗已露土了，谁家该用木磙子压地保墒，说说就散了。大毛最后走的，不知把手里什么东西偷偷塞给孙大壮，并趴在孙大壮耳朵旁说两句什么，孙大壮点点头。

今晚村政府比较清静，就剩杨永寿、孙大壮他俩。杨永寿问孙大壮是怎么回事，孙大壮红着脸也没说啥，扔给杨永寿一件东西。杨永寿拿过来一看，是用灰白色家织布缝的袜子，就问谁给的，孙大壮不好再瞒，告诉他是小花送的，一人一双。杨永寿才明白，心想，好啊，你孙大壮还会这一手，啥时候与小花好上了。杨永寿非让孙大壮交代，孙大壮说真没啥，就是前几天种地时刘德盛老婆随便说说，没想到刘德盛老婆当真了，还特意问了朱洋两口子和小花。这不小花最近把大毛当成通讯员，今天捎点好吃的，明天带点用的，好像真有那么点意思。

杨永寿问孙大壮到底想咋办，孙大壮还是帮刘德盛家种地时说的那个话，就是等到全国解放、建立了新中国、不打仗了再说。小花愿意等就等，不愿意等就算了，杨永寿看出来孙大壮确实从心里喜欢小花。孙大壮反过来问杨永寿有什么打算，杨永寿摇摇头。他嘴上没说心里想，我的婚姻问题肯定也是全国解放以后才能解决，还得哥哥结了婚，爸爸才会考虑我。不过，当前这些都不重要，最重要的是早些见到爸爸和哥哥。

又过两天县里来通知，让韩玉和东北局、省县工作队的同志明天回县开会，并把行李带回去。杨永寿、孙大壮明白这是土改工作结束了，一想要离开工作三个来月的张庆屯，他俩与这里的贫雇农都混熟了，好多人都能叫上名字，真有些舍不得离开。

吃完晚饭，杨永寿说："咱们要走了，你也不给小花留点什么东西？"

"也没有啥呀，就还有一块部队发的洗衣胰子①。"孙大壮觉得有些拿不出手。

"我这还有一块，多少是那个意思。"杨永寿找出一块花色纸包装的香皂。

"这就行了，他们这都使猪胰子，这样好的洋胰子见都没见过。"孙大壮摸着杨永寿拿出的那块香皂说。

正好这时大毛来了，孙大壮就想让大毛给送去。杨永寿说：

---

① 【胰子】yí zi 本是东北人自家制的土肥皂，也叫"猪胰子"。方法是杀猪后，把胰脏和膛油剁碎，加上一些碱面，用斧头顶砸碎，弄成鸡蛋形或方块，干燥后用来洗脸洗衣服，这就叫"胰子"。农民把工厂生产或从国外进口的香皂、肥皂叫"洋胰子"，或者叫"洗脸胰子""洗衣胰子"。

"不行，要走了，怎么也得见见面，说几句话呀。"

大毛对孙大壮说："你在房西烟筒桥子那等着，我这就叫小花姐去。"说完一溜烟儿跑了。

当晚，韩玉从区政府回来，又召开村干部和工作队会，把当前农民中存在的各种思想动态进行了分析。一方面看到了农民翻身有了觉悟，积极性调动起来了，种地的热情高，劲头大；另一方面还存在好多问题和困难，真要侍弄好地、取得丰收还要继续努力。杨永寿在发言中提出，一定要把互助组坚持下去，除了靠党员、干部、积极分子的带动之外，可以试着搞一些用人工、耕畜、农具等价交换，没有能力对等交换的，可以换算成粮食到秋清账，但要注意交换自愿合理，不要出现新的高利贷。

躺在炕上，杨永寿脑子里像过电影一样，从到克山开始，在郑家窝棚斗争郑大头、黄广富、张三棒，到赵生屯搞"四十天运动"、分土地，来张庆屯纠偏和搞春耕生产，一幕一幕的场景和一张张熟悉的面孔在眼前出现。紧紧张张快七个多月了，自己受到了很好的学习和锻炼，了解解放区穷人渴望翻身、积极参加土地改革的状况，特别是开天辟地有了自己的土地，对共产党更加拥护，更加热爱。土地改革培养了一大批泥腿子干部，他们觉悟高，有能力，是党的宝贵财富，一定会带领贫雇农朝着幸福的道路前进。杨永寿心里感到欣慰，他听到孙大壮不停地翻身，知道他也没有睡着，肯定是想小花呢。

吃完早饭，村政府安排了一辆二马车，李永生等几名区村干部刚把韩玉、杨永寿、孙大壮等人的行李放在车上，齐长兴、"张小抠"、刘德盛两口、崔文和他媳妇、朱洋和小花都来了，还有大毛。大家一一告别，刘德盛老婆特意嘱咐孙大壮："你可别忘了我们小花啊！"说得小花和孙大壮两人满脸通红。

噢，差点忘了，杨永寿赶忙拿出笛子递给大毛，大毛死活不要，他说："我是给宋大叔的，你要给就给宋大叔。"

杨永寿说："恐怕我没那个机会了，还是物归原主吧。"

大毛又说："你在这儿待一回，就算留个念想儿吧。"

杨永寿坚决地说："工作队有纪律，我不能拿，回哈尔滨我可以买。这地场笛子很稀少，你又会吹，一吹笛子就想起我了。"说完将笛子硬塞给大毛就上车了。

韩玉挥挥手喊一声"走了"，马车老板一晃鞭子喊一声"驾"，马车就开始启动。这时小花慌忙把一件什么东西扔在孙大壮的怀里，喊了一句："煮的鸡蛋，路上吃！"

孙大壮接过一看，是用手绢包着六个煮熟的红皮鸡蛋，还热乎乎的。手绢上用五色线绣着什么，看不太清。孙大壮将帽子摘下来，将鸡蛋装到帽子里，把手绢打开。看到手绢上绣着两棵树，每棵树上绣了一只小鸟，互相痴痴地张望着。杨永寿拿过来一看，心里想，肯定小花看到孙大壮送给她香皂，她高兴得一宿没睡，连夜绣出来的。就跟孙大壮说："小花的心思很明显，她盼着你快点回来，希望你也盼着她。"

韩玉接过手绢看了看说："这闺女很有心，一般这地场都爱绣鸳鸯戏水，她自己想的图案，把自己的心思都绣上了。这闺女值得你爱，要好好保存，等全国解放了，你来找她，那时如果我还在这里，一定当你的大红媒。"

孙大壮心里像打翻了五味瓶，说不上是什么滋味，只是点点头。

这时，村政府院里传出悠扬的笛声："解放区的天是明朗的天，解放区的人民好喜欢……"

第九章
春天来了，他怀着眷恋的心情告别这里

县委、县政府领导和东北局、省县工作队开会，省委书记王鹤寿出席了会议。张同舟代表县委、县政府对土地改革进行了总结，对东北局和省工作队的大力帮助表示感谢。王书记宣布了省委的任命，尹之家同志经东北局安排调哈尔滨铁路局工作，金浪白接任县长。王书记对克山土地改革试点工作予以充分肯定，同时宣布黑龙江省土地改革圆满结束，已担任区领导的省工作队队员原则上就留在克山工作，其他同志回省里统一安排。他要求今后重点要抓好农业生产和城镇手工业、商业发展，保证今年农业有一个好收成，城镇经济有一个新变化，为解放东北和全中国做出新贡献。

杨永寿对王鹤寿书记印象很深，他刚从哈尔滨到黑龙江省省会北安时就见过，谈话中一再嘱咐他注意安全。今天会后王鹤寿又单独找杨永寿谈了话，最后说回哈尔滨后，代他向李富春、蔡畅同志问好，并告诉杨永寿明天中午坐火车往东经北安、绥化回哈尔滨，这个事暂时还得保密。杨永寿问王书记是否同坐一趟车

走，王鹤寿哈哈笑了，他告诉杨永寿，原来北满的黑龙江省与西满的嫩江省合并为黑龙江省，省会设在原嫩江省省会齐齐哈尔，杨永寿上火车后，他乘火车往西走，不是一个方向了。

估计杨永寿和孙大壮要走了，李春海、刘富贵晚上非要请他俩吃饭，算是送送行，表示个意思。刘富贵说了小鸡炖蘑菇、熘肉段、酱猪蹄、木樨肉等几个北大荒的特色菜，还要好好喝几杯。杨永寿说，什么时候走还没定，走时再说，不信你们问问大壮。孙大壮证实杨永寿说的是实话，这才算拉倒。

第二天中午，县政府食堂吃水饺，除了县领导和东北局、省工作队之外，把与东北局、省工作队一起工作的四五位县工作队队员也叫来作陪。县委书记张同舟只说了两句话："送行的饺子接风的面，第一，感谢东北局和省工作队的同志，为克山土地改革立了大功；第二，祝你们一路顺风，今后工作顺利！"

这顿饭杨永寿、孙大壮、李春海、刘富贵都没吃好。杨永寿、孙大壮是要走了，有些恋恋不舍，李春海、刘富贵是生气，埋怨杨永寿、孙大壮撒谎，没能请上他俩吃顿饭。孙大壮感觉很冤，他也是刚知道的，越说越说不清，有点越描越黑的样子。还是杨永寿给他解了围，说是省委王书记不让告诉任何人的。杨永寿这样一说，李春海和刘富贵才不说啥了。

吃完饭，王鹤寿书记和几位县主要领导坐上一辆嘎斯六九吉普车，其他人坐在后面一辆公安局的敞篷汽车上，就是上次蔡畅坐的那辆，杨永寿被推进驾驶室，汽车一溜烟就到了县城西南角的火车站。韩玉一看表，往哈尔滨方向的火车还有不到半个小时时间，就领着大伙进了站台。

杨永寿他们正在与赵辉、李春海、徐茂、刘富贵等人话别，几名穿学生装的人跨过铁路急急地赶过来。杨永寿定睛一看，原来是县一中文艺宣传队的，带头的是那位能歌善舞的李佳。杨永寿对李佳印象很深，除年前参加慰问在一起联欢外，前几天在县中学演讲时她还上台献花了。见了面，李佳就抓住杨永寿的手问，走了怎么不告诉一声，要不是李春海捎信就送不上了。还半真半假地说："杨同志，咱俩那舞还没跳完呢，不知什么时候还能接着跳。"

火车"咣当、咣当"地进站了，县委、县政府的领导一一与杨永寿、孙大壮握手，到杨永寿那都用力地摇一摇。李春海、刘富贵没有与他俩握手，而是像外国人那样拥抱，李佳也与杨永寿紧紧地拥抱。杨永寿在苏联没少经过男女拥抱的场面，但在这里是稀罕的。火车刚停稳，王鹤寿过来与杨永寿握手，说："你的任务完成得很好。"

杨永寿说："土地改革真伟大，从此贫雇农不会再受剥削压迫了，他们一定会过上好日子的。"

"说得好，说得好，穷人的苦日子一去不复返了。"王鹤寿松开手示意杨永寿、孙大壮上车。

当杨永寿站在车厢门口挥手告别时，王鹤寿大声地说："你见到他时，一定替我向他问好！"

"好！忘不了。"杨永寿也大声回答。

在场的人有些奇怪，王鹤寿书记让杨永寿替他向谁问好？在匆忙的送别中，人们也来不及细问。

火车发出长鸣，喷着烟雾徐徐启动，杨永寿、孙大壮等隔着车窗玻璃与站台上的人们挥手致意。杨永寿看见赵辉、李春海、刘富贵，还有李佳一边挥手，一边抹眼泪。

当列车渐渐远去，韩玉对着站台上送行的人们提出一个意想不到的问题："大家猜一猜，杨永寿到底是谁？"

"杨永寿就是杨永寿呗!"刘富贵抢着回答。

韩玉摇摇头。

"他母亲姓杨,是第一次大革命时期被国民党反动派杀害的烈士,杨永寿作为烈士子女被党组织送到苏联学习,他父亲是建党初期参加革命的,现在在延安做领导工作。"李春海觉得与杨永寿在一起时间长一些,自己应该比别人更了解杨永寿。

韩玉迟疑一下,还是摇摇头。

"你别卖关子了,现在说说可以了。"王鹤寿笑着说。

"我也是昨天听王书记与咱们县委领导讲的,杨永寿的母亲姓杨,叫杨开慧,一九三〇年大革命失败时被国民党反动派杀害于长沙。为了躲避国民党当局的迫害,他随姥姥家改名为杨永寿,被党组织营救到上海,后又流落街头,最后被党组织找到送到苏联学习。"

"那他到底叫什么名,是谁的儿子?"

韩玉望望焦急的众人,一字一顿地说:"他叫毛岸青,是毛泽东主席的二儿子。"

"啊,毛泽东主席,是毛泽东主席的儿子,真的吗?"人们不敢相信自己的耳朵。

"是啊,是毛泽东主席让他到咱们克山参加土改,了解中国农村现状,在阶级斗争风浪中锻炼成长。"王鹤寿书记感慨地说。

人群静静的,但心中是激动的,想了很多很多……

杨永寿和孙大壮这时坐在车厢里也刚刚平静下来,望着车窗外那一片片绿绿的麦田,他感觉:春天真的来了。

后　记

　　二〇〇九年九月，我从中原油田回克山老家探亲，怀着崇敬的心情参观了毛岸青纪念馆。这时我才确切地知道，毛岸青于一九四七年十月至一九四八年五月，在克山参加了七个多月的土改运动。他克服语言、生活、环境等困难，深入群众，虚心学习，敢于反映正确意见的一幕幕，深深地吸引了我，也为毛泽东同志这位伟大革命家超乎寻常的思维和胸怀所感动，由此萌生了想写一部长篇纪实小说的想法。

　　二〇一一年十月我退休后，就开始着手准备。阅读了大量关于宣传毛家红色历史的书籍，反复阅读了克山已故老干部李德顺同志撰写的《毛岸青在克山》一书。二〇一二年四月我再次回克山，又一次参观了毛岸青纪念馆，拜访了克山仍健在的土改老干部、原克山县委县政府领导李永海、张殿贵，到毛岸青曾工作过的地方进行调研，查阅了《克山县县志》有关部分。五月正式动笔，经过一年半时间的写作，到二〇一三年十一月初稿完成。

　　《燃烧的黑土地》是纪实小说。说是纪实，就是毛岸青参加克山土改的主要过程是真实的，包括时间、地点、接触的土改工作队领导和县领导，还有发生在毛岸青身上的一些事，比如斗争恶霸地主和汉奸、参加"四十天运动"、办农民夜校、给穷人分配土地、指出"左"的错误并予以认真纠正、帮助翻身农民种地，等等；说是小说，一些具体情节是根据需要编撰和描写的，但都符合当时土改运动和毛岸青工作的实际情况。这部书从另一个方面反映了当年共产党在哈尔滨以东以北创建了解放区，为了建设和巩固新生的人民政权，支援东北和全国解放，进行了轰轰烈烈的土地改革运动的真实情况。本书只是从一个方面进行了记载，告诉并警示后人：这是一段永远抹不掉的红色历史，应牢牢记住它。

说来确实不易，我不是搞文学创作的，没写过长篇小说，这对我是个难题。我又是六十多岁的人，患有高血压、糖尿病、肩周炎等疾病，可以说是在疾病的折磨中坚持完成本书初稿的。我深知我写作水平有限，出不了什么名，也挣不了什么钱，但作为生长在毛泽东时代的我，宣传毛岸青鲜为人知的事迹和我的家乡，是一种责任和义务，也倍感荣光。

在准备写作的过程中，克山县的朋友魏永森、高荣，河北乡（土改时的郑家区）原党委书记、现克东县公安局局长陈开阁，古北乡党委书记田文波、县档案局副局长毕景辉等，给予了大力帮助；在初稿完成后，中原油田作协主席韩明提出了很有价值的修改意见，而且在联系出版、印刷及封面设计等方面予以热心指导和鼎力相助；陶红、王保祥、浦新新、马新等为草稿的打印提供了方便。书里用了大量的东北地方日常用语，虽然我会说一些东北方言，但如何准确书写和确切地解释，多数还拿不准。我中学时的老师、大庆教育学院的退休教授张暹征先生，正在编辑《东北方言辞典》，他逐一有根有据地加以解释。

这里特别要感谢原克山县委褚世民书记，他特意安排县委办公室副主任苑俊岭同志阅读此书草稿，提出了很好的修改意见；县委办公室王秀坤同志及时提供了有关资料。

　　在写作的过程中，对当年土改运动中的一些具体事情搞不明白时，就请教身边八十三岁的老母亲，她记得清清楚楚。

　　在此，我对上述各位的热心帮助表示诚心诚意的感谢！

图书在版编目(CIP)数据

燃烧的黑土地：毛岸青在克山／高树理著. — 北京：中国文史出版社，2020.1

ISBN 978 – 7 – 5205 – 1375 – 3

Ⅰ. ①燃… Ⅱ. ①高… Ⅲ. ①纪实小说 – 中国 – 当代 Ⅳ. ①I247.5

中国版本图书馆 CIP 数据核字(2019)第 215059 号

责任编辑：卢祥秋

出版发行：**中国文史出版社**

社　　址：北京市海淀区西八里庄 69 号院　邮编：100142

电　　话：010 – 81136606　81136602　81136603（发行部）

传　　真：010 – 81136655

印　　装：廊坊市海涛印刷有限公司

经　　销：全国新华书店

开　　本：720×1020　1/16

印　　张：19.75　　字数：221 千字

版　　次：2020 年 1 月第 1 版

印　　次：2020 年 1 月第 1 次印刷

定　　价：63.00 元